기적을 그리는 소년

# 미짓

기 적 을  그 리 는  소 년

**팀 보울러** 장편소설

김은경 옮김

마음은 꿈을 실현시키는 강력한 힘이다.

마음은 생각의 도구이자 사람 그 자체와 같다.

마음은 꿈을 만들고,

수많은 기쁨과 불행을 삶으로 가져온다.

생각은 내밀하게 이루어지나, 대부분 현실이 된다.

환경은 삶을 비추는 거울일 뿐이다.

_제임스 앨런

# 사랑하는 한국 독자들에게

『미짓』은 다양한 사람들의 욕망과 내면 심리가 복잡하게 뒤엉켜 있는 소설입니다. 제 첫 작품이기도 하고요. 또한 다른 모든 소설이 그렇듯이, 제 삶에서 건져 올린 울림이 담겨 있는 소설이기도 합니다. 제가 직접 경험한 순간도 묘사돼 있지요. 태어나고 자란 영국 동서쪽 레이온시 마을의 풍경, 북쪽 바다로 흘러 들어가는 템스강, 썰물이 빠져나간 후 넓게 펼쳐진 진흙둑, 바닷가 마을 올드레이를 따라 늘어선 해산물 가게와 각양각색의 고기잡이배. 아름답게 빛나는 그 기억 속의 장면들.

저는 창가에서 강어귀를 내려다보거나 배를 타거나 해변을 거닐면서 어린 시절의 대부분을 보냈습니다. 그러고 보니 이 소설을 처음 만났을 때도 그 해변을 걷고 있었군요.

그때 저는 더 이상 어린 소년이 아니었습니다. 20대 초반이었고, 부모님을 뵈러 오랜만에 올드레이로 돌아온 직후였지요. 해변을 따라 흐르는 물을 바라보면서 천천히 산책을 즐기고 있었습니다. 그때 불현듯 어떤 그림이 제 마음속을 비집고 들어오더군요. 환상적이고 가슴 아픈 소설의 맨 마지막 장면이. 그러나 그 소설의 다른 부분들은 떠오르지 않았습니다. 그래서 저는 곧장 그길로 돌아가 펜을 집어 들었습니다.

그랬던 게 그 후로도 10년이나 지속됐지요. 원고를 셀 수 없이 읽었고, 고쳤고, 집어던졌습니다. 오랫동안 저는 이 소설이 제게 말하고자 했던 바를 깨닫지 못했습니다. 하지만 고치고 집어던지는 과정을 거듭하면서 드디어 깨닫게 됐지요. 이것은 평범한 이야기가 아니라 한 소년의 심장에서 흘러나온 이야기라는 것을. 그리고 동시에 저를 위한 가장 큰 선물이라는 것을. 저는 매일매일 그 이야기 속으로 강하게 빠져들었습니다.

문제는 글을 쓸 시간이 충분치 않다는 것이었지요. 그 당시 저는 전업 작가가 아니었고, 생계를 위해 일을 해야 했습니다. 하지만 마음이 시키는 일을 포기할 수는 없는 법입니다. 저는 매일 새벽 3시에 일어나 책상에 앉았고, 오전 7시까지 글을 쓴 후 직장에 나갔습니다. 이 소설은 그렇게 탄생했습니다.

이것은 제 자신에 대한 이야기이자 슬픔과 아픔, 기쁨과 환희에 대한 이야기입니다. 그리고 여명에 관한 이야기입니다.

밤을 통과하지 않고서는 누구도 새벽에 이를 수 없다고 했던
가요. 이것은 바로 그 새벽에 건져 올린 이야기이며, 우리 인생
에 관한 이야기입니다.

이것은 모든 용기 있는 자들에 대한 이야기입니다.

이 이야기가 당신에게도 크나큰 축복이 되기를 진심으로 바
랍니다.


팀 보울러

요트경기는 돛의 표면에 흐르는 바람의 힘으로 배를 몰아 바다 위를 질주하며 그 기술을 겨루는 경기이다.

　출발 시간 전에 출발선을 앞에 두고 미리 자유롭게 다니면서 신호를 기다리다가, 신호 소리와 더불어 출발한다. 정지 상태가 아니라 속도를 충분히 받은 상태에서 출발선을 통과하기 때문에 정확한 시간 계산이 중요하다.

　또한 두 대의 배가 서로 정면충돌할 위험이 있을 때는 요트의 키잡이가 "우현으로!"라고 외치면서 각자 요트의 방향을 우현으로 변경하는 것이 규칙이다.

# 알아두면 좋을 요트 용어

- **센터보드** 요트가 바람을 거슬러 나아갈 때 옆으로 밀리는 것을 방지하기 위해 밑바닥에 매단 얇은 판으로, 올리거나 내릴 수 있다.

- **선미판** 배의 뒷부분 바깥쪽에 붙인 널판.

- **토스트랩** 요트의 균형을 맞추려고 몸을 선체 밖으로 내밀 때 발을 집어넣는 고리.

- **우현** 뱃머리를 기준으로 했을 때 그 중심선에서 오른쪽을 말한다.

- **좌현** 뱃머리를 기준으로 했을 때 그 중심선에서 왼쪽을 말한다.

- **노깃** 노를 저을 때 물속에 잠기는 노의 넓적한 부분.

- **시트** 풍향에 따라 돛의 각도를 조절하는 밧줄.

- **진수대** 새로 만든 배를 조선대에서 밀어 물에 띄울 때 사용하는 장치.

- **하활** 돛을 지지하기 위해 돛 맨 아래에 달아놓은 막대.

- **킥킹 스트랩** 하활과 돛대 하단 사이에 도르래로 연결돼 있는 밧줄. 시트의 한 종류이며, 하활을 아래쪽으로 당겨 돛의 뒤틀림을 방지하거나, 하활의 휨 정도를 조절해서 돛의 모양을 이상적으로 만드는 데 사용한다.

- **셀프 베일러** 항해 중 압력의 차이를 이용해서 조종실 안의 물을 빼는 장치.

- **레그** 코스에서 부표와 부표 사이.

- **마룻줄** 돛을 올리거나 내리는 밧줄.

- **활대** 돛 위에 가로 댄 나무.

- **계선부표** 닻의 사슬을 매어 배를 붙들 수 있게 해놓은 부표.

- **대빗** 보트나 닻을 달아 올리는 기둥.

"완전하게 그려보고
완전하게 원하고
완전하게 믿어라."

"그런 다음 네 기적의 요트를 진수대 위에 올려놓으면
그것이 네 삶으로 들어올 거야."

그 목소리가 소년의 귓가에서 쉭쉭거렸다.

"또다시 교활하게 빠져나가려고 했단 말이지. 절대 가질 수 없는 걸 알면서도 또 슬쩍 엿봤단 거지. 쓸데없이!"

얼굴을 확인하기 위해 고개를 돌릴 필요도 없었다. 도망치려고 애쓸 필요도 없었다.

사실 그럴 수조차 없었다.

소년은 올해야말로 자신의 해가 되지 않을까 기대했었다. 벌써 한 해의 절반이 지나갔고 그동안 변한 것이라곤 전혀 없었지만, 그래도 올해에는 모든 일이 다 잘 풀리기를 꿈꿨다. 소년은 평범해지고 싶다는 꿈을 버리지 않았다.

하지만 지금 그 꿈은 내팽개쳐졌고, 그 대신 고통스럽고 두

렵고 어두운 생각이 그 자리를 비집고 들어섰다.

"여기에 있으면 안 된다는 걸 잘 알 텐데."

비웃음이 섞인 목소리.

"집에 있어야지. 준비해야 하잖아……."

비아냥거리는 어조가 한층 더 강해졌다.

"중요한 약속이 있잖아."

소년은 앞으로 벌어질 일을 감지하면서 두 눈을 심하게 깜빡거렸다. 다가올 상황을 억누르고자 하는 헛된 시도를 비웃듯이, 이상한 기운이 소년의 몸과 마음을 타고 스멀스멀 퍼져나갔다. 강어귀는 이미 어슴푸레하게 보였다. 소년은 검게 반짝이는 진흙더미와 해안가 저 멀리, 요트가 떠다니는 레이거트의 푸른 물결을 잠시 응시했다. 늘어뜨린 채찍처럼 뻗어 있는, 희미하고 거무스름한 사우센드 부두도 잠깐 쳐다보았다. 그러나 잠시 후 모든 풍경이 다른 장면들과 함께 점점 눈앞에서 희미해졌다.

"서서히 안 보이지?"

걱정을 가장한 목소리가 끌끌거렸다.

"자주 그렇잖아, 안 그래? 그러니 그렇게 지나치게 흥분하지 말라고."

소년은 자신의 손가락들이 뒤틀리는 것을 느꼈다. 그것들이, 눈 뒤에서 새어 나오는 빛을 막기라도 하듯 두 눈가를 짓누르고 있다는 것도 알았다. 하늘 높은 곳에서 갈매기 떼의 울음소리가 들렸다.

다른 쪽 귓가에서 과장된 한숨소리가 들렸다.

"발작이 또 시작됐군. 돌봐줄 사람이 나밖에 없는 이곳에서 말이야. 응? 그렇지?"

"으…… 으……!"

소년은 경련이 시작된 두 손을 주머니에 간신히 찔러 넣었다.

"소용없어. 그렇게 한다고 발작이 멈출까? 전에도 시도해봤잖아, 안 그래?"

조롱하는 목소리가 들렸다.

눈앞엔 어둠뿐이었다. 빛이라고는 없었다. 이제 다른 감각을 곤두세웠다. 강어귀 특유의 찝찔하면서도 서늘한 공기, 땀이 배어 있는 목 주위의 따끔따끔한 느낌, 방파제 뒤편에서 들리는 사우센드 행 기차의 우르륵거리는 소리. 하지만 그 감각도 이내 사라졌다. 머리와 눈동자가 빙글빙글 돌고 잔뜩 긴장한 어깨와 팔다리의 근육이 경련을 일으키며 뒤틀렸다. 깨물었던 혀끝에서 비릿한 피 맛이 번졌다.

또다시 목소리가 들렸다. 비웃음을 담아 느리게 뱉는 목소리.

"오, 미짓(Midget, 난쟁이). 미친 미짓. 레이온시 출신의 한심한 얼간이."

"으으…… 윽……."

첫 번째 경련과 함께 고통이 미짓의 온몸을 옥죄었다.

"말더듬이 미짓. 열다섯 살인데 제대로 말도 못하지. 그렇다고 네 목소릴 듣고 싶은 건 아니지만."

미짓은 이를 악다물었다. 침을 뱉어야 할지, 물어뜯어야 할지, 으르렁거려야 할지 알 수 없었다. 사실은 그 행동들을 조절할 수조차 없었다.

"돼지 미짓. 줄줄 흘리지 않고는 음식을 먹을 수도 없어. 자기 몸에도 줄줄, 다른 사람 몸에도 줄줄."

"으······ 으······."

"얼간이 미짓. 간단한 단어조차 읽지 못하다니. 불쌍하게 자기 이름도 못 쓰지. 학교에서 받아주지 않는 게 당연해. 가정교사들이 줄줄이 포기하는 것도 놀랄 일이 아니지."

"으······."

"지저분한 미짓. 여드름투성이. 키가 1미터도 안 된다지."

"으······."

갑자기 소리 높여 웃는 소리가 들렸다.

"실수 그 자체인 녀석. 아무도 원하지 않는데 태어난 못생기고 땅딸막한 난쟁이."

그리고 이어지는 은밀한 속삭임.

"살인자 미짓."

"으······ 으······."

다시 목소리에 힘이 실렸다.

"비참할 정도로 형편없는 내 동생."

그것으로 말소리는 멈췄다. 사실 더 이어질 필요도 없었다. 그때쯤 미짓은 더 이상 한마디도 들을 수 없었으니까. 발작과 경련이 계속되었다. 발작이 거센 물살처럼 밀려오자 미짓은 바닥에 쓰러져 개처럼 숨을 헐떡였다.

*난 살인자가 아니야. 그건 사고였어. 의도된 게 아닌……*

미짓은 밝은색 목재로 둘러싸인 방 안을 두리번거렸다. 새로 왁스칠을 끝낸 바닥 표면이 반질반질 반짝였고, 전체적으로 부유한 분위기가 감돌았다. 미짓은 윤기가 흐르는 가죽 의자 팔걸이를 손가락으로 훑다가 풀썩 뒤로 몸을 기댔다. 피곤이 몰려왔다. 이곳까지 오느라 그런 것만은 아니었다.

미짓은 해안가에서 집까지 자신을 데리고 온 사람이 누구일지 궁금했다. 하지만 그 답이 떠오르자마자 가슴속에 온통 분노가 차올랐다.

*난 살인자가 아니야. 그건 사고였어.*

미짓은 자신이 혐오하는 몸뚱이를 못마땅하게 내려다보며, 이 몸을 죽여서라도 근사한 몸을 갖게 된다면 얼마나 좋을까 하고 생각했다.

*난 너를 증오해.*

미짓은 자신의 몸을 향해 낮게 중얼거렸다.

*미짓이란 별명을 증오하는 것만큼이나 너를 증오해. 그 별명을 은밀하고 모욕적인 방식으로 붙여준 그도 증오해. 주위에 아무도 없을 때만 그렇게 부르는 자식. 아, 네드도 있었지. 하지만 그 녀석은 겁쟁이니까. 혼자서는 아무것도 못 해.*

미짓은 떨리는 왼손을 가까스로 진정시켰다.

*그 이름에 너무 익숙해졌어, 나조차도 그렇게 부를 정도로. 진짜 내 이름을 잊어버릴 정도로.*

미짓은 오른손에 온 정신을 집중했다. 그러자 마침내 손의 떨림이 멈추었다. 그러나 곧이어 왼손이 다시 떨리기 시작했다.

*나를 조금이라도 이해하는 사람은 제니뿐이야. 물론 아주 일부분에 불과하지만. 제니조차도 최악의 상황은 모르니까. 그래…… 그런 일은 모를 수밖에 없잖아.*

미짓은 창문 틈으로 지저분한 거리를 내다보며 얼굴을 찡그리고 생각했다. 런던에 가는 일도 즐겁지 않다고. 냉정한 새 의사를 만나기 위한 거라면 더더욱. 게다가 무더위가 시작되고 있었다. 선풍기가 윙윙거리며 돌아가고 있는데도 셔츠가 계속 몸에 들러붙었다. 도로를 내달리는 자동차들의 상판이 햇빛을 받아 번쩍거렸다. 그것을 보고 있자니, 올드레이로 돌아가고 싶다는 생각만 점점 강렬해졌다. 그곳에 앉아 강을 바라볼 수만 있다면.

바보. 내 발밑에 세상이 있을 거라고 생각하다니. 내가 세상
의 발밑에 버려진 줄도 모르고……

미짓은 자동차를 좇던 시선을 들어 하늘을 올려다보았다.
언제나처럼 하늘은 바다가 되었고 미짓은 자신도 모르게 그
꿈을 떠올렸다. 사람들이 절대 불가능하다고 말하는 그 꿈.

평범해지기를 원하는 것만큼이나 간절히 바라는 꿈. 복수
를 하고 싶은 것만큼이나 간절히 원하는 것.

어쩌면 그 이상으로 원하고 있을지도 모르는 것.

복도에서 두런두런 대화하는 목소리가 들렸다. 미짓은 문
쪽을 쳐다보았다. 아버지의 목소리는 항상 알아채기 쉬웠다.
쾌활함과 선량함과 수다스러움이 뒤섞여 있는 그 목소리는
아버지가 생각하는 것 이상으로 크고 우렁찼다. 아버지와 말
을 주고받는 또 다른 목소리는 생소했지만 미짓은 곧 그 목소
리의 주인공도 짐작할 수 있었다.

"굉장한 아이죠. 미짓이 얼마나 특별한지 다른 사람들은 알
지 못합니다. 유머 감각도 풍부해요. 하지만 인내심이 필요하
죠. 그 녀석을 상대하다 보면 신경이 곤두설 때기 많거든요. 자
기 마음을 제대로 표현하지 못하니까요. 그러니까, 정상적인
방법으로 말입니다. 그래서 사람들이 오해를 하기도 합니다.
예를 들어 '그 녀석의 미소'가 그렇죠. 자기 딴에는 미소를 지
어 보인 건데 겉으로는 좀 괴상해 보이거든요. 그것을 불쾌하

게 여기는 사람들이 있어요. 하지만 그 애의 속마음을 파악하기 위해 노력해주셨으면 합니다. 적절한 도움을 받으면 그 애는 분명히……."

"음……."

상대방이 목구멍을 부드럽게 울리는 듯한 소리로 아버지의 말을 잘랐다. 그게 동정심의 표출이었는지 긴 수다를 멈추게 할 의도였는지는 잘 알 수 없었다. 뒤이어 그 목소리가 다시 들렸다.

"그 아이의 신체적인 문제를 염두에 뒀을 때 심리적인 문제를 배제할 순 없죠."

불쾌한 목소리는 아니었다. 오히려 그 목소리에는 음악적인 리듬감이 깃들어 있었다. 그러나 동시에 차갑고 냉정하며 확신에 가득 차 있기도 했다. 미짓은 그러한 목소리를 지닌 얼굴을 상상해보려고 애썼다.

미짓은 문이 열리는 쪽을 지켜보았다. 예상은 또다시 빗나갔다. 목소리의 주인공은 그가 예상했던 어떤 얼굴과도 달랐다. 특히 햇볕에 검게 그을린 우락부락한 아버지의 얼굴과는 분명 달랐다. 환한 미소가 잘 어울리는 아버지의 얼굴은, 상대방의 평범한 행동 속에 숨겨진 악을 읽어내기엔 너무 물렁해 보였다.

그는 아버지보다 열 살은 더 늙어 보였다. 기다란 볼에 스며

있는 창백한 기색이 그의 건강 상태를 말해주고 있었다. 병에 담긴 표본을 관찰하듯 눈동자를 굴리는 모습에서 그의 분석적인 면모가 드러났다. 하지만 적어도 손을 내밀어 인사할 줄은 아는 사람이었다.

"패터슨 박사란다. 정신과 의사지. 네 아버지께 얘기는 들었겠지."

그 말에 아버지가 살짝 얼굴을 붉혔다.

"제가…… 사실은 이 만남에 대해 따로 얘기해두지 않았습니다."

아버지가 안락의자 쪽으로 걸어가며 입을 열었다.

"선생님을 만나게 될 거란 얘기만 해두었죠. 그러니까…… 뭘 좀 알아보기 위해서라고……."

"발작 증세를 고칠 가능성이 있는지 말이죠."

패터슨 박사가 책상에 앉으며 아버지의 말을 이어받았다. 미짓은 관찰하는 듯한 박사의 시선을 마주하며, 그가 먼저 고개를 돌리길 기다렸다. 하지만 박사는 생각에 잠긴 사람처럼 침착하고 끈질기게 미짓을 쳐나보았다. 그래도 불편하거나 불쾌한 시선은 아니었다. 결국 미짓은 박사에게 미소를 지어야 할지 말지 고민하기 시작했다.

어쩌면 아직은 위험할지 모른다. 미짓을 모르는 대부분의 사람들은 미짓의 미소를 '적의'로 받아들였다. 그러나 그대로 있을 수만도 없었다. 박사의 끈질긴 시선을 끊어내던지, 친근한 몸짓으로 맞받아치던지, 어떤 행동이라도 해야 했다. 미짓은 윙크를 하기로 결정했다.

그러나 그 선택은 완벽한 실수였다. 박사는 미짓의 윙크를 보더니 얼굴에 잉크라도 튄 듯 갑자기 고개를 홱 돌려버렸다. 그러고는 뭔가를 찾는 것처럼 책상 위의 서류들을 이리저리 뒤적거렸다.

미짓은 힘없이 어깨를 으쓱했다. 그러면서 자신의 윙크를 받아줄 아버지를 향해 다시 한번 눈을 찡긋거렸다. 언제나 미짓을 받아주는 단 한 사람.

"자, 전화로 말씀드렸듯이 오늘은 준비 단계입니다. 일단은 몇 가지 질문을 드리도록 하겠습니다. 서로를 알아갈 시간은 앞으로도 충분하니까요."

박사가 아버지를 돌아보며 말했다.

그 말에 미짓이 고개를 치켜들었다.

*앞으로라고? 처음 듣는 얘긴데요. 한 번으로 끝나는 거 아니었나요?*

아버지는 그 시선을 눈치챘지만 모르는 척 이렇게 대답했다.

"좋습니다. 뭘 알고 싶으시죠?"

"신체적 문제에 대한 정보는 자료에 자세하게 나와 있더군요. 하지만 제가 필요한 건 발작에 대한 정보입니다."

박사는 안경 너머로 파일을 넘겨다보면서 계속 말을 이었다.

"지금껏 상담을 담당했던 여러 전문가와 가정의 소견이
모두 비슷하군요. 이 아이의 발작을…… 간질의 일종이라고
만 볼 수는 없다고…… 흠, 발작에 대한 상담을 이미 받아보신
모양이네요."

"네. 마지막으로 상담을 담당했던 분, 그러니까 선생님을 소
개해주셨던 분의 말로는……."

"네, 이 아이의 발작이 일종의 정서 장애와 연관돼 있다고
했죠. 예를 들어 불안감 같은. 처음 발작을 일으켰던 때를 기억
하시나요?"

아버지가 양미간에 힘을 주었다.

"지금은 워낙 자주 있는 일이라서…… 사실 항상 발작을 일
으키는 것 같아서 말입니다."

*난 알고 있어요. 내 첫 발작이 어땠는지를. 난 모든 발작을
기억하고 있어요, 그것도 아주 세세히.*

"여섯 살이나 일곱 살 때였던 것 같아요. 한번은 이른 아침
정원에서 심한 발작을 일으켰는데  ⋯ 그래요, 그 장면이 또
렷이 기억나는군요."

*아니에요. 어쩌다 한번 있었던 일이 아니라고요. 그 후로도
전 수없이 발작을 일으켰으니까요. 단지 아빠가 몰랐을 뿐이
에요. 그리고 첫 번째 발작은 그보다 한참 전에 일어났어요. 형*

이 평소처럼 어둠 속에서 모습을 드러냈죠. 그리고 그날 처음으로 다른 걸 시도했어요. 비아냥거림이 끝이 아니었죠.

"발작은 어떻게 시작되나요?"

"그러니까 그 부분이 문제입니다. 혼자 있을 때 일어나는 것 같거든요."

아니, 아니, 아니라니까요!

"아드님이 고개를 젓는데요."

패터슨 박사가 미짓을 잠깐 쳐다본 후에 아버지 쪽으로 고개를 돌렸다.

아버지의 양미간이 찌푸려졌다.

"아마 셉을 생각하는 모양입니다."

미짓이 머리를 세게 끄덕이자 아버지가 다시 얼굴을 찌푸렸다.

"셉이라뇨?"

"이 아이 형제죠."

"형입니까, 동생입니까?"

"형입니다. 열일곱 살이죠. 저나 이 녀석처럼 항해에 미쳐 있죠. 어쩌면 당연해요. 어릴 때부터 두 녀석을 '무역풍'에 태우고 다녔으니까요."

"무역풍이요?"

"제 요트 이름입니다."

“아.”

미짓은 하늘을 쳐다보았다. 그러자 곧이어 그 꿈이 다시 떠올랐다. 미짓은 아버지가 자신의 생각을 읽어내려고 자꾸만 얼굴을 흘긋거린다는 것을 알았다. 패터슨 박사가 다시 입을 열었다.

“그러니까 온 가족이 항해에 특별한 애착을 갖고 있는 거군요. 부인도 그러시나요?”

아버지의 얼굴이 붉어졌다. 미짓은 그 모습을 보고선 재빨리 고개를 돌렸다.

“아내는 몇 년 전에 세상을 떠났습니다.”

*정확히 말하면 15년 전이죠. 왜 정확히 얘기하지 않죠?*

박사가 큼큼거리며 작게 헛기침을 했다.

“실례했습니다. 그렇다면, 음, 셉은 평소에 뭘 하나요?”

“항해 말고요?”

박사가 설핏 미소를 지었다.

“네, 항해 말고요.”

“얼마 전에 졸업했습니다. 가을에 대학에 들어갈 예정이죠. 지금은 입학날을 기다리고 있습니다.”

박사가 안경을 벗었다.

“그런데 말이죠, 아까 이런 말씀을 하셨죠. ‘아마 셉을 생각하는 모양이라고’. 그 말씀을 하신 특별한 이유라도 있나요?”

"아, 제가 그랬나요?"

아버지가 앉은 채로 자세를 바꾸었다.

"글쎄요, 이 녀석이 자기 형한테 약간의 유감을 가지고 있어서요. 형을 안 좋아하는 것처럼 보인단 말이죠. 이유는 모르겠습니다. 셉도 잘 모르는 것 같더군요."

미짓은 손과 얼굴에 경련이 일어나는 것을 느꼈다. 그것을 억누르려고 의자에서 몸을 이리저리 틀어봤지만 소용없었다. 미짓은 아버지를 쳐다보았다.

무슨 일이 일어나고 있는지 아무것도 모르잖아요. 아빠는 너무 착하고 형은 너무 약삭빠르니까.

아버지가 머리를 긁적였다.

"사실 전 이해를 못하겠습니다. 셉은 잘 지내보려고 계속 노력하고 있어요. 얼마나 다정하게 구는지. 이것저것 도와주려고 하고. 그런데 저 아이는 형만 보면 얼굴을 찌푸리죠."

아빠, 아빠, 제발.

아버지가 미짓을 흘끔 쳐다봤다.

"그렇게 봐도 소용없다. 모두들 셉을 좋아해. 그들이 다 잘못됐다고 생각하는 건 아니겠지? 셉이 얼마나 잘해주는지 한번 생각해봐라. 그런데 넌 매번 형한테 날을 세우잖아."

미짓은 끙끙거리며 의자 한쪽으로 몸을 기울였다. 동시에 패터슨 박사가 줄곧 자신을 관찰하고 있다는 걸 알아차렸다.

*당신이 무슨 생각을 하는지 알아요. 모두가 사랑하는 열일 곱 살 착한 형과 그의 못생기고 키 작고 질투심에 사로잡혀 불만만 쏟아내는 난쟁이 동생을 생각하고 있겠죠.*

미짓은 창밖을 바라보면서 다시 자신만의 꿈속으로 빠져들었다. 그 꿈은 마치 저절로 마음속에 스며든 것 같았다. 아니, 어쩌면 항상 미짓의 마음속에 자리하고 있었는지도 모른다. 과연 어느 쪽일까. 이제는 너무 자주 떠오르는 꿈. 미짓은 올드레이의 자갈 깔린 길을 상상했다. 그곳에서 미짓은 혼자였다.

벨워프까지 정처 없이 걷다가 발밑의 물을 물끄러미 내려다봤다. 동쪽 사우센드 부두를 향해 밀려나가다가 마침내 먼 바다와 합쳐지는 그 물.

곧이어 풍경이 바뀌었다. 물이 스르륵 빠져나간 해안에 거대한 진흙 둑이 펼쳐졌다. 부드럽고 비릿하고 축축한 진흙의 냄새. 해안을 둘러보다가 사우스뱅크 쪽으로 고개를 돌려 물빛이 더 짙고 깊이가 더 깊은 템스강 줄기와 켄트 해안을 눈으로 좇았다. 그리고 마음을 사로잡는 풍경에 시선을 고정시켰다. 진흙 둑과 사우스뱅크 사이를 거대한 뱀장어처럼 꿈틀거리며 흐르는 레이거트 수로.

미짓은 그곳을 더 바라보고 싶었지만 수로를 따라 흐르는 물이 미짓을 자꾸만 동쪽으로 떠밀었다. 미짓은 레이거트 어귀에 있는 로웨이 부표를 거쳐 사우스뱅크를 지나 마침내 사우센드 부두의 끝자락으로 시선을 옮겼다. 그리고 마침내 모든 장면이 어둠처럼 깜깜해졌다.

"말씀 드릴 게 하나 더 있습니다."

미짓은 아버지의 목소리에 화들짝 놀라며 정신을 차렸다. 대화는 그때까지 이어지고 있었다.

"오늘 아침에도 발작을 일으켰어요, 올드레이에서. 혼자 밖에 못 나가게 하는데…… 요즘 발작이 너무 잦았거든요. 아무래도 위험하죠."

아버지는 이마에 송골송골 맺힌 땀을 닦아냈다.

"아무튼 말도 없이 용케 혼자 나갔더라고요. 어디에 갔는지 짐작은 했죠. 그때 이 녀석을 찾아온 애가 누군지 아십니까? 바로 셉입니다. 다행이죠. 그 애가 아니었다면 이 녀석, 혼자 돌아오지도 못했을 겁니다."

미짓은 의자 위에서 제멋대로 요동치고 있는 자신의 몸을 내려다보면서 그 밉살스러운 몸부림을 억제하려고 애썼다. 그때 아버지의 목소리가 귓가를 울렸다.

"너도 언젠가는 셉의 좋은 점을 인정하게 되고 말 거야. 그렇게 되면 요 몇 년 동안 네가 셉에게 보인 태도를 부끄러워하게 될걸."

아버지는 감정을 표현하는 데 거침이 없었다. 정신과 의사든 신문 배달원이든 옆집 고양이든, 특히 하루 중 맨 처음 마주친 사람에게는, 상대방이 누구든 간에 자신의 기분을 큰 소리로 늘어놓았다. 물론 그 목소리에 분노를 담은 적은 한 번도 없었다. 그렇지만 마냥 편하게만 받아들일 수 있는 것도 아니었다.

미짓은 의자에서 떨어지지 않으려 의자 팔걸이를 꽉 붙잡았다.

패터슨 박사는 지금 아버지와 미짓, 두 사람 모두를 관찰하고 있었다. 하지만 박사가 무슨 생각을 하는지는 알 수 없었다. 박사는 손목시계를 쳐다보았다.

"자, 이 치료가 아드님께 어떤 마법을 부릴지 지켜봅시다."

그 말에 흠칫 놀란 미짓이 몸을 돌려 아버지를 바라봤다.


*치료라니? 내게 한마디 말도 없이?*

아버지를 따라 병원 문을 나설 때 미짓의 얼굴은 잔뜩 찌푸려져 있었다. 지하철역으로 들어갈 때도 마찬가지였다.

"네가 무슨 생각하는지 다 안다. 아프지 않을 테니까 걱정 말거라. 틀림없이 효과가 있을 거야."

아버지는 자동 승차권 발매기 앞에 멈추어 서서 몸을 숙였다.

"사실은 네가 또 도망칠까 봐 미리 말 안 했다."

*알아요, 그랬겠죠.*

"또…… 일단은 네가 패터슨 선생님을 먼저 만나보는 게 좋을 것 같아서. 만나보면 그 분을 신뢰할 수 있을 거라 확신했거든. 그래, 좋은 분 같지?"

미짓은 시선을 돌렸다.

*아빠는 내게 거짓말을 했어요. 그냥 이야기만 하는 거라고 했잖아요.*

"당장 치료를 시작하는 건 아니야. 패터슨 박사 말이 몇 가지 더 물어볼 게 있다고 하더구나. 이제 병원에 올 때는 항상 같이 오는 거다."

두 사람은 지하철 승강장으로 걸어갔다. 이리저리 몸을 밀치는 사람들에게 둘러싸여 지하철을 기다렸다. 미짓의 눈앞에는 온통 사람들의 다리와 서류 가방뿐이었다. 미짓의 눈높이에서는 딱 그 정도의 세상밖에 보이질 않았다. 지하철이 요란한 소리를 내며 들어오는가 싶더니 문 밖으로 사람들을 토해내기 시작했다. 그러자 곧이어 자리를 차지하기 위한 작은 소동이 일어났다. 아버지가 잽싸게 두 사람을 위한 자리를 잡았다.

"원한다면 치료가 진행되는 동안에도 곁에 있으마."

아버지가 속삭였다.

미짓은 아버지를 노려보다가 곧 고개를 떨구었다. 아버지에게는 제대로 화를 낼 수 없었다. 단 한 번도. 그때 근처에서 키득거리는 소리와 수군거리는 소리가 들려왔다. 여자아이 두 명이 미짓을 쳐다보면서 팔꿈치로 서로의 옆구리를 찔러

대고 있었다. 그것이 신호탄이라도 된 듯 다른 자리에 앉아 있던 사람들까지 미짓을 뚫어지게 쳐다봤다. 고개까지 돌린 채 대놓고 훑어보았다. 미짓은 이글거리는 눈빛으로 자신에게 쏟아지는 시선 하나하나를 맞받아쳤다.

하지만 사람들은 시선을 거두지 않았다. 마침내 아버지가 입을 열었다.

"실례지만, 뭐 물어볼 거라도 있으신가요?"

가볍게 빈정거리는 말투였다. 사람들의 호기심과 조롱에 맞서는 아버지만의 방식이었다.

그래도 사람들은 흘끔거림을 멈추지 않았다. 두 사람이 타워힐 역에 내릴 때까지. 물론 그들이 내리자마자 다시 무표정한 가면을 뒤집어썼지만. 미짓은 자신을 곁눈질하는 사람들을 보면서, 자신이 얼마나 못생기고 이상하고 혐오감을 주는지, 시도 때도 없이 경련을 일으키는 비틀린 몸과 근육들이 얼마나 우스꽝스럽고 불쾌한지 다시금 떠올려야 했다.

미짓은 평생 사람들의 시선을 받아왔다. 그 속에서 어떻게 하면 자신을 보호할 수 있을지 전혀 알지 못한 채.

하지만 그런 고통스러운 시간 속에서도 꿈의 장면은 미짓을 떠나지 않았다. 펜처치 거리 역에 지하철이 들어서고, 사람들이 분주하게 그 철제 몸통에 올라탈 때도 그 그림은 여전히 남아 있었다. 그리고 그것은 곧 레이온시의 장면으로 바뀌었다.

미짓은 두 눈을 감고 그 그림에 온 신경을 집중했다. 지하철이 움직이자 아버지의 목소리가 들렸다.

"네가 무슨 생각을 하는지 알 것 같구나."

지하철이 속력을 높이자 날카로운 쇳소리가 귓전을 울렸다. 잠시 아버지의 말이 끊겼다가 다시 들리기 시작했다.

"누구도 네가 꿈꾸는 걸 막지 못해. 심지어 나조차도. 그리고 사실 난 네가 항상 꿈꾸며 살기를 원한다. 하지만 말이다, 아들아, 그건……"

다시 말이 끊겼다.

"자, 오늘만은 그곳에 가지 않겠다고 약속해주겠니? 오늘만은 말이다. 약속할 수 있지?"

미짓은 눈도 뜨지 않은 채 고개를 주억거렸다. 어쨌든 지금은 그곳에 가려고 해도 너무 늦었다.

미짓은 아버지가 약간 주저하고 있음을 알아차렸다. 이미 이런 대화를 여러 번 주고받았기 때문에, 미짓은 아버지가 지금 어떤 말을 참고 있는지, 그리고 뒤이어 어떤 말이 이어질지 쉽게 짐작할 수 있었다.

"나도 이런 얘기 계속하는 거 싫구나. 하지만……"

*하지만 해야 한다고 생각하시는 거죠.*

"하지만 해야 한다고 생각한다."

*넌 가질 수 없단다. 너도 그 이유를 알겠지. 미안하다.*

"갖지 못하게 하려는 게 아니다. 그걸 막는 게 아니야. 하지만 네가 원하는 것은…… 너도 알 거다. 왜 그게 불가능한지. 그건 너무 위험해. 난 네가 위험에 처하는 걸 원치 않는다."

미짓은 아버지의 따뜻하고 큼지막한 손이 자신의 팔에 닿는 것을 느꼈다. 귓가를 울리는 아버지의 낮고 조용한 목소리도.

"미안하다."

그 말을 끝으로 아버지는 손을 떼더니 좌석 뒤로 몸을 기댔다. 미짓은 여전히 두 눈을 감고 있었다. 감은 두 눈 속에서 다시금 그 장면이 떠올랐다. 다른 사람들의 충고에도 불구하고 너무나 강력해서 거부할 수 없는 꿈. 실은 거부하고 싶지도 않은 꿈. 미짓이 눈을 떴을 때는 거의 40분이나 흐른 뒤였다. 왼편으로 잠든 아버지가 보였고, 오른편에는 강어귀가 다이아몬드처럼 아름답게 반짝이고 있었다. 지하철이 서서히 느려지면서 초크웰 역의 기다란 벽이 시야를 가로막자 반짝거리고 출렁거리던 수면도 눈앞에서 사라졌다.

아버지가 몸을 움찔거리며 쩝쩝 입맛을 다셨다.

"다 왔나 보군."

미짓이 살짝 고개를 끄덕였다. 역을 빠져나온 후 두 사람은 언덕을 올랐다. 늦은 오후인데도 햇살이 불쾌할 정도로 따가웠다. 알록달록한 돛들이 강어귀 여기저기를 수놓고 있었다. 미짓은 그 광경을 물끄러미 쳐다보면서 꿈이 이루어지기를 간절히 바랐다.

아버지가 팔꿈치로 미짓의 옆구리를 슬쩍 찌르며 말했다.

"아빠랑 약속한 거 잊지 않았지?"

두 사람은 언덕 꼭대기에 다다른 후 우드필드 가로 이어지는 좁은 길을 향해 내려갔다. 미짓은 질문에 대한 대답을 속으로 중얼거렸다.

*알아요, 기억하고 있어요. 하지만 그 꿈이 절 떠나지 않는걸요. 점점 더 강해지기만 하는걸요.*

저녁 내내 그 꿈은 미짓의 마음속을 맴돌았다. 그리고 마침내 미짓의 모든 것을 점령해버리고 말았다. 미짓은 그 꿈에 사로잡혀서 다른 모든 것을 잊었다. 새로 만난 의사 선생님도, 앞으로의 치료에 관한 이야기도, 지하철에서 자신을 훑어보던 사람들의 따가운 시선도, 그리고 자신의 몸까지도.

심지어 셉조차도.

그날 늦게까지.

밤이 다가오자 꿈은 사라지고 두려움이 몰려들기 시작했다. 아버지 방의 불이 꺼지자 집은 어둠과 고요함에 휩싸였다. 미짓은 침대에 누워 천장을 올려다보면서 두려운 마음으로 기다렸다.

위가 졸아드는 느낌, 두 손의 경련, 폭포수처럼 쏟아지는 폭언들에 대한 상상이 미짓을 짓눌렀다. 견뎌내야 할 끔찍한 일들을 떠올릴 때마다 그런 현상이 일어나곤 했다. 억누르려고 해봐도 소용없었다. 우드필드 도로의 한쪽 끝에서 자동차 바퀴소리가 들리기 시작했다. 그 소리는 점점 커졌다가 다시 희미해지면서 마침내 완벽한 정적 속으로 흩어졌다. 사방이 고요했다. 미짓은 잠자코 기다렸다. 그러나 고요한 시간은 생각보다 길게 이어졌다. 미짓은 어쩌면 오늘 밤은 이대로 지나가는 게 아닐까 생각했다. 그때 문손잡이가 서서히 돌아가기 시작하더니 딸깍 하는 소리와 함께 문이 스르륵 열렸다.

방어벽은 힘없이 무너졌다. 문고리에 괴어놓은 의자 몇 개가 카펫 위에 자국을 남기며 조용히 뒤로 밀려났고, 의자가 침대 가장자리에 가볍게 부딪치면서 삐걱 하는 비명소리를 냈다. 오랜 시간 공들여 쌓아놓은 책들이 의자 위에서 바닥으로 우르르 떨어졌다.

그리고 그 검은 형상이 불쑥 나타났다.

신음 같은 웃음소리를 흘리면서. 갑자기 커다란 손이 쑤욱 앞으로 다가와 미싯의 목을 김싸 쥐고 천천히 휘주어 눌렀다. 미짓은 숨을 쉬기 위해 온몸을 버르적거리면서 이 끔찍한 정기 행사가 단순한 조롱과 협박으로 끝나기만을 간절히 기도했다.

오늘 밤은 그래도 운이 좋았다. 한 시간을 넘기지 않고 그는 돌아갔다.

하지만 그가 속삭인 말은 그 후로도 오랫동안 미짓의 귓가를 맴돌았다.

"네가 엄마를 죽였으니까…… 이젠 네 차례야. 이 여름이 끝나기 전에…… 넌 죗값을 치르게 될 거야."

"접시! 빨리! 석쇠 밑에!"

아버지는 프라이팬 쪽으로 서둘러 다가가 손가락 끝으로 가열된 테두리를 만져보았다.

"너무 뜨거운데."

아버지는 아침 식사용 소시지와 베이컨을 준비하는 데 엄청난 에너지를 쏟아부으며 부산스럽게 움직였다. 프라이팬에서 고소한 냄새가 솔솔 풍기기 시작했다. 아버지의 요리 솜씨는 썩 뛰어난 편이 아니었지만, 무슨 이유에서인지 소시지와 베이컨 요리에는 일가견이 있었다.

미짓은 접시를 꺼내 들고 부엌 창가에 서 있었다. 창밖으로 흰털발제비 한 마리가 획 지나갔다. 그 총총한 날갯짓이 뜰의

사과나무 위로 점점이 사라졌다. 날은 벌써 뜨거워지고 있었다. 미짓은 잠깐 동안 강어귀를 생각했다.

"접시를 그쪽에 올려놓거라."

미짓은 눈을 빛내며 바쁘게 움직이는 아버지를 바라봤다. 아버지가 요리하는 모습은 언제나 우스꽝스러웠다. 미짓과 시선이 마주치자 아버지가 싱긋 웃어 보였다.

"요 꼬맹이, 나를 그런 눈으로 쳐다보지 말거라. 솜씨가 엉망일진 몰라도 여기선 내가 최고 주방장이거든."

미짓은 그 말을 듣고 기분 좋게 깔깔거렸다. 미짓의 얼굴이 기묘하게 일그러졌다. 그 웃음을 제대로 받아들일 수 있는 사람은 거의 없었다.

다행스럽게도 아버지는 그 몇 안 되는 사람들 중 한 명이었다. 미짓은 미소를 머금고 있다가 더 늦기 전에 미션을 수행해야 한다는 것을 깨달았다. 미짓은 무언가를 가리키려고 팔을 들었다가 마음을 바꾸었다.

*너무 쉽게 알려주면 재미없잖아.*

"으으…… 음……."

미짓은 사물을 직접 가리키는 대신 팔을 둥글게 휘저으며 웅얼거렸다.

아버지가 미짓을 내려다보았다.

"뭐야, 지금? 지금 말이야……?"

아버지는 소시지와 베이컨을 긁어내 접시에 담는 중이었다.

"좋아, 간단한 거라면."

미짓이 손가락 하나를 위로 치켜올렸다.

"한 단어구나."

미짓은 그 손가락을 자신의 팔에 갖다 대었다.

"한 음절이고."

아버지는 프라이팬을 식탁 위에 올려놓고 미짓의 몸짓을 열심히 쳐다보았다. 미짓은 이 게임을 할 때마다 아버지가 아이처럼 즐거워한다는 게 흐뭇했다.

"발음이, 발음이…… 어서, 발음이 어떻게 들리지?"

미짓이 눈을 크게 뜨고 눈동자를 이리저리 굴리면서 아버지를 쳐다보았다. 그러자 아버지가 손바닥을 탁 쳤다.

"아이즈eyes? 아이즈랑 비슷하게 들리는 단어구나? 그렇다면 타이즈ties…… 가이즈guys…… 파이즈pies……."

미짓이 폴짝폴짝 뛰었다.

"다이즈dies…… 라이즈lies……."

미짓이 두 팔을 뻗었다. 날개를 표현하기 위한 몸짓이었는데 아버지는 미짓이 창문 밖을 가리킨다고 착각했다.

"스카이즈skies!"

아버지가 소리쳤다.

"으으…… 음……."

미짓은 고개를 젓고는 두 팔을 펼친 채로 부엌을 이리저리 내달렸다. 아버지가 와락 웃음을 터뜨렸다.

"트라이즈<sup>tries</sup>!"

아버지가 큰 소리로 외쳤다.

"그건 꼭 럭비하는 모습 같은데! 맞지, 그렇지?"

아버지의 얼굴이 승리감으로 환해졌다. 그러나 미짓이 웃음을 터뜨리자 다시금 어두워졌다.

"그게 아닌가 보군."

미짓은 키득거리며 의자에 앉았다. 아버지와 함께 웃고 떠드는 시간이 너무도 즐거웠다. 미짓은 자리에 앉아서 그 단어를 전달할 수 있는 다른 방법을 생각해보았다. 그러나 얼마 못가, 온몸의 근육이 뻣뻣하게 굳기 시작했다.

뒤돌아볼 필요도 없었다. 몇 년 간의 경험에 비추어볼 때, 몸이 내지르는 경고 신호는 틀림없었다. 미짓은 고개를 돌리지 않고도, 소리를 듣지 않고도 형이 가까운 곳에 있다는 사실을 본능적으로 알아챘다.

셉은 미짓의 뒤에서 모습을 드러냈다. 뒤쪽 문간에 서 있던 그가 두 사람을 향해 환한 미소를 지었다.

"좋은 아침!"

아버지가 계속 싱글거리며 셉의 아침인사를 받았다.

"거 참, 도통 모르겠단 말이야. 이 녀석이랑 제스처 게임을 하는데 전혀 맞힐 수가 없네."

"어디 봐요. 제가 필요하겠는걸요."

그러더니 창문 쪽으로 고개를 돌리고는 이내 의미심장하게
말했다.

"저 끈끈이는 비위 상해. 온통 파리들(플라이즈, flies)이 들러
붙어 있잖아."

"뭐야? 그게 끝이야? 자자, 이번 문제를 맞히면 내가 바로 새
문제를 내지. 자, 다시 해볼까."

하지만 미짓은 고개를 저었다. 항상 의도적으로 자신을 괴
롭히는 형. 지금도 형은 우연을 가장해 자신의 행복한 순간을
방해하고 있었다. 미짓은 그 모든 상황이 불공평하게만 느껴
졌다. 아버지의 재촉하는 눈빛 때문에 어쩔 수 없이 다시 몸짓
으로 힌트를 설명하며 손가락을 죽 뻗었지만 마음은 편치 않
았다.

그때 아버지가 돌연 크게 웃음을 터뜨렸다. 비로소 알아챈
것이다.

"뭔데요?"

셉이 묻자 아버지가 장난스러운 미소를 흘리며 고개를 저
었다.

"나중에 말해주마. 자, 이 소시지나 먹자."

세 사람은 식탁에 앉았다. 미짓은 온몸의 근육들이 날카롭

게 긴장하고 있음을 애써 무시했다. 다른 사람과 같이 있어도 형의 존재는 항상 미짓을 위협했고, 숨 막히게 했다.

"오늘은 좀 늦었구나."

아버지가 셉에게 말했다.

"정신없이 잤어요. 꿈도 전혀 안 꾸고요."

"머리가 맑겠구나."

"물론이죠."

셉이 미짓에게 시선을 돌렸다.

"넌 잘 잤니?"

미짓은 침을 흘리지 않으려고 애썼지만, 셉과 시선이 마주치자마자 씹다 만 소시지와 베이컨 조각과 끈적끈적한 침이 턱으로 죽 흘러내렸다. 냅킨을 재빨리 얼굴에 갖다 대면서 미짓은 자신이 무의식적으로 주먹을 쥐고 있다는 걸 깨달았다. 하지만 셉은 아주 친근한 태도로 미짓을 바라보고만 있을 뿐이었다. 그러다가 미소 띤 얼굴을 다시 아버지 쪽으로 돌렸다.

"그 의사가 도움이 될 것 같아요?"

"합리적이고 분석적인 사람 같아. 사람들이 강력하게 추천하기도 했고. 명망 있는 사람인 건 분명해. 이름 뒤에 얼마나 많은 직함이 붙어 있던지 명함에 빈 공간이 거의 없더라고."

"그럼 치료비가 꽤 비싸겠네요?"

아버지가 빵 한 조각을 접시 가장자리로 밀쳤다.

"얼마가 들든 상관없다."

미짓은 고개를 들어 아버지를 쳐다보았다. 치료라는 말에 신경질적인 반응을 보인 자신이 부끄러웠다. 아버지는 미짓을 사랑했다. 모든 게 미짓을 위한 일이었다. 요즘엔 아버지가 운영하는 잡화상 매출도 신통치 않은데. 아버지가 해결해야 할 집안일도 산더미인데. 페인트칠이 벗겨진 창틀, 계속 물이 새는 차고 지붕, 3월 강풍에 무너진 울타리는 아직도 을씨년스러운 모양새 그대로였다.

모두 노련한 아버지의 손길을 절실히 기다리고 있었다. 그러나 지금 같은 상황이라면 아버지는 가게를 꾸리는 것만으로도 정신없을 터였다. 그것은 미짓에게는 위협이었고, 셉에게는 절호의 기회였다.

셉은 미짓을 건너다보며 살짝 윙크했다.

"그 의사가 잘 해내길 기대해 봐야죠. 알고 있지? 우리는 모두 네 편이야."

아버지가 커피를 따랐다.

"오늘 경기 나가니?"

"그럼요."

"이번 시즌 득점은 어느 성도나 되지? 네드와 점수 차기 큰 거냐?"

"지난주까지는 동점이었어요. 네드가 세 번, 제가 세 번 우승했으니까요. 그런데 어제 경기에서 제가 이긴 데다 네드의 요트가 전복되기까지 했으니 이제부터 점수 차가 크게 벌어질 거예요."

아버지가 어깨를 으쓱했다.

"그럼, 이겨야지. 네가 훨씬 뛰어난 키잡이니까. 더군다나 네 요트는 아주 물건이야. 순풍을 받으면 쏜살같이 질주하지."

"제 경쟁 상대는 네드밖에 없어요."

"아니, 경쟁 상대도 아니야. 아침 식사 하고서 바로 나가봐야겠구나?"

"제니가 오기로 했어요."

그때쯤 미짓의 몸은 미세한 경련을 일으키고 있었다. 미짓은 떨림을 무기력하게 방치하면서도 나름대로 허리를 곧추세워 몸을 똑바로 펴보았다. 셉이 미짓을 흘긋 쳐다보았다.

"몇 시에 오는 거냐?"

"흠, 사실은 십 분 전에 도착했어야 하는데."

"그거 참, 빨리 말해줘서 고맙구나."

아버지가 말을 마치자마자 뒷문을 두드리는 소리가 들렸다. 미짓은 재빨리 손수건으로 입과 손을 닦고서 아직 남아 있는 음식에 시선을 고정시키려고 애썼다. 하지만 호리호리한 몸매와 허리께에서 찰랑거리는 풍성한 머리카락의 윤곽이 현관문의 창유리에 어른거리자 어쩔 수 없이 시선이 흐트러졌다. 그 모습을 셉이 물끄러미 바라봤다.

아버지가 문을 열었다.

"안녕, 제니. 저 촌놈을 데리러 왔구나?"

"그러게요."

제니가 웃으며 식탁으로 다가와 셉 옆에 앉았다.

"몇 시에 나갈까?"

셉이 시계를 보면서 물었다.

"서두를 필요는 없을 것 같은데……. 경기 시작까지는 아직 멀었잖아, 지금은 밀물 때가 아니니까. 주변 산책이나 좀 하다 갈까?"

"햇볕을 쬘 수 있다면야 좋지."

"오, 휴식을 취한다니 좋구나. 휴식은 누구에게나 필요한 법이지."

아버지가 말했다.

"저희 엄마도 제가 연습을 너무 많이 한다고 생각하세요."

"맞아. 너희 집을 지날 때마다 바이올린 소리가 들리더구나. 연주는 훌륭하디만. 뭐 준비하는 거라도 있니?"

"큰 대회가 있어요. 저는 중등부 자격으로 나갈 거예요."

"어떤 곡을 연주할 건데?"

갑자기 미짓의 마음 깊은 곳에서 어떤 단어가 맹렬하게 튀어 올랐다. 너무도 강렬한 충동이라서 삼키던 음식 조각이 목

49

구멍에 걸릴 뻔했다.

"브, 브…… 브라암……."

미짓은 말을 더듬다가 그만 입을 닫아버렸다. 그래도 제니
는 이해했을 것만 같았다.

제니가 몸을 숙이고 미짓의 얼굴을 유심히 뜯어보았다.

"브람스라고 말하려고 했니? 그렇지?"

미짓이 고개를 끄덕였다.

"그래! 맞아! 어떻게 알았어? 아무한테도 말하지 않았는데.
심지어 셉한테도 말하지 않았어."

미짓의 얼굴이 화르르 달아올랐다. 제니가 자신을 주목하
고 있기 때문이 아니라, 자기 자신도 그에 대한 마땅한 대답을
알지 못했기 때문이다.

아버지가 미소 띤 얼굴로 대신 입을 열었다.

"마음을 읽나 보지."

"맞아요…… 그런가 봐요."

제니가 고개를 끄덕였다.

그때 셉이 자리에서 일어났다.

"이제 나가자. 서둘러."

제니는 어리둥절한 표정으로 셉을 바라보다가 마지못해 몸
을 일으켰다. 미짓은 제니가 자신에 대한 이야기를 더 하고 싶
어 한다는 걸 알아차렸지만 아무 소리도 내지 않았다. 아버지

는 두 사람이 일어서는 것을 지켜보며 의자 뒤로 몸을 기댔다.

"집에도 찾아오고 경기도 지켜봐주는 여자친구가 있다니, 이 아빠는 한 번도 경험해보지 못했는데."

"지금도 늦지 않았어요. 아빠 여전히 멋있어요."

"농담은."

셉은 예의 그 매력적인 미소를 지어 보였다.

"그 농담의 진짜 의미, 이해하지 못한 사람도 있을 거예요."

셉은 다시 미짓을 흘긋 쳐다봤다. 미짓은 그 말과 눈빛이 무엇을 의미하는지 눈치챘다. 미짓의 얼굴이 일그러졌다. 하지만 그 와중에도 형의 빛나는 미소에 마음이 끌렸다. 그곳에 있는 모든 사람이 그렇듯이.

두 사람이 밖으로 나가자 아버지가 미짓을 향해 몸을 돌려 말했다.

"그래, 이제부터 뭘 할 거지?"

하지만 미짓은 이미 그 자리에 없었다.


_그걸 봐야 해. 꼭._

미짓은 주차된 자동차 뒤에 몸을 숨긴 채, 셉과 제니가 우드필드 가 아래쪽 오솔길로 사라질 때까지 한동안 서 있었다. 그런 후 두 사람이 사라진 길을 따라 내달렸다. 제니가 곁에 있다면 셉도 자신을 어쩌지 못할 것이다. 아니 그럴 수 있다 해도 일단은······.

*지금은 그 꿈만 생각해. 그게 제일 중요해.*

미짓은 언더클리프 도로 고개에서 손을 잡고 강어귀를 내려다보는 두 사람을 발견했다. 그들은 동상처럼 가만히 서 있기만 했다. 미짓은 그 틈을 놓치지 않았고 두 사람을 힐끔거리며 최대한 속력을 높여 길 위쪽으로 달려갔다. 두 사람은 여전히 그 자리에 서 있었다. 그러나 미짓은, 셉이 자신을 인식했으며 자신이 어디로 가고 있는지 짐작했을 거라고 생각했다. 하지만 그렇다 해도 바뀌는 건 없었다.

*난 갈 거야. 그 무엇도 날 막지 못해.*

미짓은 슬며시 길을 건너 철로 위에 놓인 다리로 내려갔다. 그곳에서 내려다본 강어귀의 바닥은 단단하고 건조해 보였다. 하지만 밀물이 들이닥치기 시작하면 레이크리크와 레이거트의 물은 빠르게 불어날 것이다. 물론 그때까지 머뭇거릴 시간은 없었다. 미짓은 서둘러 신더길로 내려가 올드레이로 향했다.

그곳에서라면 사람들의 시선으로부터 자유로워질 수 있었다. 여전히 사람들은 미짓을 보고 놀란 표정을 감추지 못했지만 정작 미짓 자신은 별로 신경 쓰이지 않았다. 그곳에는 사람들의 시선 말고도 봐야 할 게 아주 많았다. 보고 싶은 것도 아주 많았다. 미짓은 오늘따라 따가운 시선을 거의 느끼지 못했다. 미짓의 눈 속에는 경주용 소형 요트들만이 가득했다.

특히 레이온시의 단일형급 요트가 눈에 들어왔다. 승조원의 조종 기술과 역량으로만 경기의 승패를 가를 수 있도록, 모든 요트들은 동일한 규격에 따라 제조되었다.

그 가운데 셉의 요트도 있었다. 표면이 단단하고 매끄러운 작은 요트. 미짓은 형의 요트를 바라보다가 천천히 다른 요트들로 시선을 옮겼다. 일부 요트는 이미 로프를 준비해놓은 상태였고, 심지어 어떤 요트는 물에 뜰 준비를 마치고 진수대 밑에서 대기하고 있었다.

요트장에는 이미 여러 명의 키잡이들이 나와 있었다. 그들에게서 빛나는 자신감이 뿜어져 나왔다. 그러나 셉이 나타나면 그들도 긴장할 수밖에 없으리라.

미짓은 형이 자신과 얼마 떨어지지 않은 곳에 있다는 걸 기억해내고 걷는 속도를 높였다. 요트장을 지나 벨워프에 가까워지자 올드레이의 진입로가 보였다. 미짓은 사람들의 다리와 유모차와 가방을 헤치고 나아갔다. 미짓의 머리 위로 흘끔거리는 시선이 쏟아졌다. 하시만 신더길은 점점 넓어졌고, 유쾌한 당일치기 여행자들로 북적이는 해변을 피해 오른쪽으로 방향을 틀자 곧이어 올드레이의 중심가가 나타났다. 흥분이 벅차올랐다.

*다 왔다.*

미짓의 얼굴이 기쁨 때문에 제멋대로 실룩거렸다. 그럴수록 더 많은 사람들이 미짓을 쳐다봤지만 미짓은 신경 쓰지 않았다. 미짓은 카페와 상점, 선술집을 지나 자신이 그토록 고대하던 곳에 도착할 때까지 멈추지 않고 달렸다.

오늘은 문틈으로 기웃거릴 필요도 없었다. 문은 열려 있었다. 미짓은 평소처럼 원통 위로 기어올라가 가장 편안한 자세를 잡고 앉았다. 그러고는 소형 선박 조선소를 한번 바라본 후 두근거리는 마음으로 시선을 옮겼다.

그 요트는 여전히 그곳에 있었다. 입구 근처, 항상 있던 그 자리에. 자신을 사랑해주는 유일한 사람을 환영하듯 뱃머리가 미짓을 향해 있었다. 미짓은 그것과 처음 마주쳤던 때를 떠올렸다.

*이렇게 말끔한 요트가 왜 버려졌을까. 왜 페인트칠이 반밖에 되지 않았을까. 이렇게 아름다운 요트를 왜 마저 완성하지 않았을까. 왜 누군가 나서서 이 요트를 사지 않았을까. 그랬다면 다른 단일형급 요트처럼 경주에 출전할 수 있을 텐데.*

머릿속을 어지럽혔던 수많은 질문들.

그 질문은 며칠 후에 이렇게 바뀌었다.

*왜 이 요트는 내 것이 될 수 없을까.*

미짓은 조선소에 있는 직공들을 쳐다보았다. 워낙 자주 들락거렸기 때문에 모두 낯이 익었다. 이제는 그들도 미짓을 받아주는 듯했고 심지어 인사를 건넬 때도 있었다. 하지만 그들은 항상 바빴다. 그래서 미짓은 마음속에 품은 의문을 풀어놓을 엄두조차 내지 못했다.

그래도 꿈은 꿀 수 있었다. 그곳에 앉아 있을 때 그 요트는 미짓의 것이었다. 미짓의 마음속에서 그 요트는 완전한 모습이었다. 반쯤 색이 칠해진 채 버려진 요트가 아니라 모든 페인트와 니스가 완벽하게 칠해져 마무리된, 부낭과 센터보드와 키가 모두 제자리에 있는, 활대 아랫부분에 돛이 감겨 있는 빈틈없는 모습이었다.

이제 미짓이 키를 잡는다. 요트가 바다로 돌진한다. 해안에서 멀어질수록 고통에서도 점점 멀어진다.

그 꿈은 오늘따라 강렬했다. 그래서 미짓이 정신을 차렸을 때는 벌써 다섯 시간이나 지난 후였다. 미짓은 언제나처럼 실망한 채로 꿈에서 깨어났다. 현실은 꿈의 세계와는 전혀 달랐다. 그걸 알면서도 언제나 미짓은 현실로 돌아가야 했다. 그게 바로 미짓의 인생이었다.

그리고 그 시간, 미짓을 기다리는 또 다른 사람이 있었다.


미짓은 신더길을 따라 돌아가는 게 가장 안전할 거라고 생각했다. 아직 요트경기가 끝나지 않았을 거라고 예상하며. 그리고 셉의 곁에 아직 제니가 있기를 바라며.

그러나 제니는 보이지 않았다. 대부분의 요트도 해안으로 돌아온 상태였다. 미짓은 좀 전처럼 해안이 사람들로 복작거리길 바라며 주의 깊게 발걸음을 떼었다. 하지만 조선소에 너무 오래 머물렀던 게 화근이었다. 어느덧 저녁 어스름이 내려앉고 있었다. 미짓은 작은 체구의 장점을 십분 활용해 몸을 약간 웅크린 채로 요트장 근처로 살금살금 다가갔다.

이리저리 움직이는 사람들의 모습이 눈에 들어왔다. 요트 경기에 참여했던 선수들이었다. 그들은 평소처럼 셉의 주위를 둘러싸고 있었다. 셉은 진수대 위에 놓인 '스콜피언'의 남색 선체에 몸을 기댄 채 자신에게로 몰려든 사람들을 바라보고 있었다.

셉은 리더였다. 사람들을 끌어모으는 주인공이었으며 요트 클럽 학생부 소속 최고의 키잡이였다. 뿐만 아니라 노어 레이스(영국 남동부 지방 최고의 요트경기-옮긴이)에서 우승한 최연소 키잡이였다. 이 영웅은 이미 열세 살 때 혼자서 무역풍을 타고 영국 해협 중간 지점의 바다를 통과해 올드레이로 돌아온 이력이 있었다. 그때의 파도는 기록에 남을 만큼 거세고 거칠었으며 영국 텔레비전 방송과 신문은 앞다투어 그 어린 영웅을 보도했다.

물론 그가 안전하게 올드레이로 돌아올 때까지 아버지는 갑자기 발병한 협심증과 아들에 대한 걱정으로 하루 종일 누워 있어야만 했다. 그리고 그때도 여전히 작고 어렸던 미짓은 벌벌 떨면서 아버지만을 바라보고 있었다.

셉은 인기도 많았다. 카리스마와 친근함을 동시에 내보일 줄 알았으며, 어려운 상황에 처한 사람을 기꺼이 도울 줄 알았다. 표면상으로는 그랬다.

요트장에 가까이 다가가자 웃음소리가 들렸다. 셉이 한창 농담을 하는 중이었다. 모두 즐거운 표정이었다. 미짓은 그 무리를 힐끔거리다가 재빨리 머리를 숙인 채 앞으로 달려 나갔다.

그 모습을 본 사람은 아무도 없었다. 미짓은 요트장과 접해 있는 낮은 담에 몸을 밀착시킨 후 잔뜩 웅크리고서 가쁜 숨을 내쉬었다. 그런 후 계속 몸을 웅크린 채로, 말뚝 사이로 엿보이는 남색 선체를 힐끔거리며 재빨리 요트장 바깥쪽으로 걸어갔다. 다행히 아무도 눈치채지 못한 것 같았다. 미짓은 안전한 다리로 이어지는 마지막 구간을 응시하며 몸을 살짝 폈다. 그때 거대한 몸이 미짓의 앞을 가로막았다.

"이것 봐라, 쥐새끼 미짓이잖아!"

미짓은 수근깨부성이의 심술궂은 얼굴을 창백한 눈길로 올려다보았다.

네드에 대해서는 까맣게 잊고 있었다.

"네가 항상 이 길로 돌아온다고 하던 걸, 네 형이."

과장된 웃음 때문에 네드의 양 볼에 주름이 졌다.

"네가 지나가는지 잘 보라고 하더라."

셉은 여전히 요트에 기대어 있었고, 그 주위를 친구들이 둘러싸고 있었다. 그곳에서 왁자지껄한 웃음소리가 흘러나왔다. 네드가 그쪽을 향해 큰 소리로 외쳤다.

"셉!"

미짓은 사람들의 시선이 자신에게로 쏟아지자 무의식적으로 뒷걸음질 쳤다.

*안 돼, 이곳에선 안 돼. 사람들 앞에서는 안 돼……*.

미짓은 차가운 금속이 등에 닿는 것을 느끼며 발걸음을 멈췄다. 네드가 다시 큰 소리로 셉을 부르고 뒤이어 덧붙였다.

"누가 너 좀 보자고 하는데."

셉은 손에 들고 있던 밧줄을 천천히 감으면서 뚜벅뚜벅 걸어왔다. 차분한 얼굴엔 황홀하리만큼 아름다운 미소가 서려 있었다. 다른 사람들의 눈에는 사랑하는 남동생을 본 기쁨의 미소로 비춰질 것이었다. 수많은 연습 끝에 나온 꽤 그럴듯한 미소였다. 네드마저도 그 미소를 오해했는지 살짝 놀란 표정을 짓더니 이내 실망하는 기색을 보였다.

셉은 낮은 담 앞에서 걸음을 멈추었다. 그러고는 담에 몸을 기대고 말없이 네드와 미짓을 응시했다. 그런 후에 갑자기 담을 뛰어넘었다.

"으…… 음……."

미짓의 계획이 무산되는 순간이었다. 아무 일 없는 것처럼 담을 따라 천천히 걸어가려고 했는데 이제 양쪽 방향이 다 막혔다. 셉이 가까이 다가왔다. 그 얼굴에는 아직도 따뜻하고 매력적인 미소가 어려 있었다. 미짓은 자신을 향한 그 미소가 단 한 번이라도 진심이었던 적이 있는지 궁금해졌다. 그와 동시에 어리석게도 정말 그랬던 적이 있을지 모른다고 생각했다.

셉은 형제애를 과시하듯 미짓을 향해 두 팔을 활짝 펼쳤다. 하지만 정작 손은 팔에 닿지도 않았다. 셉은 미짓의 얼굴 근처로 자신의 얼굴을 들이밀었다. 아직도 셉의 눈동자에는 애정 어린 빛이 담겨 있었다. 셉이 미소를 유지한 채 낮게 말했다.

"네드, 왜 날 불렀어? 이 꼬맹이를 보라고?"

그 말에 네드가 낄낄거리며 웃었다. 셉의 말을 듣자 의심이 사라진 모양이었다.

"네 꼬맹이 친구를 보고 싶어 할 줄 알았지."

"으…… 음……."

미짓은 그 자리에서 벗어나려고 했지만 자꾸만 그 매력적인 미소가 자신을 붙드는 것만 같았다. 몸을 움직이려는 의지가 서서히 약해졌다. 미짓은, 다른 사람들을 좌지우지하는 셉의 그 힘이 싫었다. 특히 자신에게 미치는 영향력이. 눈길 한 번만으로도 마음속 밑바닥까지 파고들어와 온몸을 옴짝달싹못하게 만들어버리는, 자신을 집어삼키는 그 검은 입 같은 힘이.

"친구?"

셉은 여전히 미짓의 얼굴을 뚫어지게 쳐다봤다. 그 목소리는 세상에서 가장 사랑하는 사람에게 말하는 듯 부드럽고 음악적이었다. 셉은 그 목소리로 이렇게 읊조렸다.

"이렇게 하찮은 녀석에겐 너무 거창한 말인데. 친구라⋯⋯ 프렌드⋯⋯ 이것 봐, 단어를 줄여야겠어. 프렌드friend에서 R을 빼면 뭐가 되지?"

"핀드fiend, 악마지."

네드가 낄낄거렸다.

"제법 똑똑한데. 아주 훌륭해. 그럼 브라더brother에서 R을 빼면 뭐가 되지?"

"바더bother, 골칫거리가 되지."

네드가 이렇게 말하고는 큰 소리로 웃었다.

"이 재미있는 말장난은 어디서 배웠지? 자식, 오늘도 이겼다고 잘난 척하는 거냐?"

셉은 대답하지 않았다. 그 대신 아주 미묘한 방식으로 태도를 바꾸었다. 고개를 끄덕이며 공감하는 척하다가 갑자기 딱딱한 돌덩이라도 된 듯 눈 하나 꿈쩍하지 않았다. 친근했던 미소는 대리석 얼굴에 새긴 날카로운 선처럼 변했다. 네드와 미짓이 응시하는 동안 셉은 눈을 깜빡거리지도 시선을 돌리지도 않았다.

"으…… 음……."

미짓은 눈을 돌리려 애썼지만 동시에 피하고 싶지 않다는 욕구도 일었다. 미짓은 강렬한 광휘에 휩싸인 듯 그 미소에 압도되었고 동시에 완전히 질려버렸다. 네드가 그 답답한 분위기를 벗어나려는 듯 몸을 약간 틀었다.

미짓은 가장 친한 친구인 네드조차 은근히 셉을 두려워하고 있다는 걸 알아차렸다. 물론 그 상황에서는 별 도움이 안 되는 사실이었지만. 셉의 눈동자가 점점 커졌다. 미짓은 그 두 눈동자를 응시하면서 눈이 얼굴 전체를 빨아들이고 있는 것 같다고 생각했다.

*네가 뭘 원하는지 알아. 뭘 기다리는지도 알아. 하지만 넌 결코 얻지 못할 거야.*

그러나 그 순간 미짓은 첫 번째 경련이 두 팔의 근육을 훑고 지나가는 걸 느꼈다. 끔찍하리만큼 익숙한 그 느낌. 금세 위에서 두 번째 경련이 일었고 뒤이어 허벅지에서 세 번째 경련이 일어났다. 발작 증세가 겉으로 드러나지는 않았지만 미짓은 셉이 이미 그것을 눈치챘음을 알아차렸다. 셉이 활짝 웃으며 쾌활하게 입을 열었다.

"네드, 애가 발작을 일으킬 모양이야. 심할 것 같은데. 억누르려고 애쓰고 있지만 잘 되진 않겠지. 성공한 적이 한 번도 없거든. 불쌍한 녀석."

그 목소리는 소름 끼치도록 부드럽고 달콤했다.

위에서 또 한 번 경련이 일었다. 처음보다 강렬했다. 허벅지 근육이 조여들기 시작하더니 뒤이어 팔, 손, 발의 근육이 뒤틀리기 시작했다. 두 눈이 부풀어 오르는 듯했다. 셉의 얼굴이 흐릿하게 보였다. 그래도 그 미소는 여전히 또렷했다. 미짓은 그 미소와 함께 점점 눈앞이 어두워지는 걸 느꼈다. 미짓은 숨을 헐떡이며 담 쪽으로 쓰러졌다. 셉이 미짓을 일으켜주는 척하면서 손으로 미짓의 목덜미를 잡았다. 그러고는 머리카락을 움켜쥐면서 거칠게 비틀었다.

발작이 미짓의 몸을 홍수처럼 훑고 지나갔다.


미짓은 의식을 회복하면서 사람들이 자신을 둘러싸고 있음을 알아차렸다. 그러나 미짓의 눈에는 희미한 형상들로만 보일 뿐이었다. 셉과 네드와 유령처럼 자신을 둘러싸고 서 있는 또 다른 사람들. 미짓의 머리카락을 비틀던 손은 이제 부드럽게 뒤통수를 어루만지고 있었다.

또 다른 형상이 미짓 앞으로 다가왔다. 제니의 목소리였다.

"괜찮은 걸까? 안 좋아 보여."

"괜찮을 거야. 최악의 상황은 지나갔으니까."

셉의 목소리에서 근심이 배어 나왔다.

"이렇게 심하게 발작을 일으킨 적은 없었지?"

"한두 번쯤. 최근엔 더 심해졌어. 그 요트를 보겠다고 집에서 도망쳐 나오기 시작하면서. 그 요트를 왜 가질 수 없는지 아버지가 수없이 설명해줬는데도 말이야. 제니, 너도 이제 그 이유를 알겠지? 그런데도 이 녀석은 계속 그 보트를 보러 몰래 집을 나온단 말이지. 게다가 그 요트는 완성품도 아니야. 앞으로도 계속 그런 꼴로 방치될 게 분명해. 그런데도 포기하지 않으니 미칠 노릇이지. 직공들이 몇 주 전에 손을 떼더니 그 후로 그 요트는 거들떠보지도 않아."

미짓은 몸속에서 에너지가 꿈틀대는 것을 느꼈다. 하지만 아무리 분노가 치밀어 올라도 셉을 치거나 할퀴거나 침을 뱉거나 욕을 할 만한 힘은 없었다.

"안됐어."

제니가 말했다. 미짓은 제니의 손이 자신의 얼굴에 닿는 것을 느꼈다. 순간적으로 울음이 터져 나왔다. 고통 때문은 아니었다. 자신도 이해할 수 없는 감정들이 속에서 마구마구 뒤엉키고 있었다.

셉이 미짓을 일으켜 세웠다.

"자, 집에 가자."

"도와줄까?"

제니였다.

"내가 할게. 상황이 이렇게 돼서 기분이 너무 안 좋아."

"하지만 발작을 일으킨 게 네 잘못은 아니잖아."

"그렇긴 하지. 그래도 내 책임인 것만 같아서."

형제는 집까지 말없이 걸었다. 미짓은 형의 팔 안에서 이리 저리 몸부림치며 계속 울부짖었다.

저녁이 되자 미짓은 시력을 회복했다. 경련도 완화되었다. 아버지는 의사를 부르려다가 그만두었다. 셉은 차를 끓이고 스크램블드에그를 만들어 구운 빵 위에 올렸다. 아버지와 셉이 음식을 권했지만 미짓은 아무것도 먹고 싶지 않았다. 하지만 셉이 빵을 잘라 먹여주자 굳이 거부할 수 없었다. 그 후 아버지가 미짓을 안고 위층으로 올라갔다. 아버지는 미짓을 침대에 눕혀놓고 물끄러미 바라보다가 이마에 살짝 입을 맞추었다. 슬프고도 축축한 입맞춤이었다.

아버지는 다시 아래층으로 내려가 셉과 함께 크리켓 경기의 주요 장면을 시청했고, 그로부터 한 시간 후 다시 위층으로 올라왔다. 마침내 집 안의 모든 불이 꺼졌다.

미짓은 천장의 검은 그림자를 한참 동안 응시했다. 손이 너무 후들거려서 얼굴에 흐르는 땀을 닦아낼 수조차 없었다. 그래도 일말의 희망은 있었다. 오후에 그런 소동을 겪었으니 오늘만은 셉이 나타나지 않을 거라는 기대감.

미짓은 눈을 감았다. 희망이 현실로 이루어지기를 바라면서 잠을 청했다.

그러나 희망은 항상 어긋나게 마련이다.

셉은 잊지 않았다. 그는 어김없이 미짓을 찾아왔다. 미짓을 조롱하고, 괴롭히고, 미짓의 얼마 남지 않은 삶을 다시 한번 알려주기 위해서.

"아드님이 혼자 밖에 나갔다가 발작을 일으킨다고 하셨죠."

패터슨 박사가 말했다. 미짓은 박사의 눈동자가 온순한 도마뱀의 그것과 닮았다고 생각했다. 박사는 미짓을 바라보다가 곧 아버지에게로 시선을 돌렸다.

"아드님이 어디에 갔을지 짐작하신다고도 하셨죠? 그게 무슨 뜻인가요?"

아버지는 어깨를 으쓱하더니 옆에 있는 꽃병의 탐스러운 장미 한 송이를 만지작거렸다.

"올드레이에 정박해 있는 어떤 요트에 흠뻑 빠져 있거든요. 경주용 소형 요트예요. 그걸 보겠다고 계속 나가는 겁니다."

"어떤 요트인데요? 아, 전문적인 용어로 말씀하시면 제가 못 알아듣습니다."

박사의 얼굴에 잠깐 동안 호기심 섞인 미소가 떠올랐다가 금방 사라졌다.

"제가 그쪽은 문외한이라서."

"반만 완성된 채로 버려진 요트예요. 조선소에 있어요. 아마 기술자들이 그것보다 더 나은 일감에 매달리고 있나 봐요."

미짓은 혼자 덩그러니 놓여 있는 그 요트를 생각했다.

*버려졌다고? 아니, 버려지지 않았어. 내게는 아니야. 사람들이 어떤 식으로 말하든지 말이야.*

"그런데 그 요트는 어떤 목적으로 만들어졌던 건가요?"

"단일형급 요트예요. 올드레이에서 그런 요트를 생산하는 곳은 오직 그 조선소뿐입니다. 디자인도 독창적이에요. 보통 요트경기는 단독 항해로 이루어지는데 두 사람씩 나가기도 하죠. 이곳 요트클럽 회원은 모두 스무 명 정도인데, 그들이 바로 경기에 참가합니다. 셉도 거기 회원이죠."

박사가 눈썹을 치켜 올리며 물었다.

"실력은 어떻죠?"

"주로 이기죠."

아버지가 다시 꽃잎을 만지작거렸다.

"셉을 따라잡을 사람은 없어요."

박사가 잠시 침묵했다. 미짓은 박사가 무슨 생각을 하고 있는지 궁금했지만 얼굴 표정을 전혀 읽을 수가 없었다. 마치 이목구비 하나하나가 멍하니 정지해 있는 것처럼 보였다. 아니, 어떤 움직임도 거부하고 있는 것처럼 보였다.

아버지가 목에 맺힌 땀을 손수건으로 닦아냈다.

"우리 가족들은 모두 항해할 실력을 갖췄죠. 하지만 그 요트는 말이죠, 그게 완성품이든 아니든 간에 이 녀석이 가질 수 있는 게 아닙니다. 한 사람만 탈 수 있는 경주용 요트니까요. 만일의 상황을 고려해서…… 아시죠……, 제 말이 무슨 뜻인지."

미짓은 아버지를 바라보며 얼굴을 찌푸렸다.

*제 발작을 말하는 거겠죠.*

박사가 상체를 앞으로 내밀었다.

"하지만 아드님이 발작 증세를 보이지 않는다면 그 요트를 갖도록 허락해주시겠습니까?"

"아뇨."

아버지는 주저 없이 대답하고서 흠칫 놀라며 미짓을 쳐다봤다. 얼굴에 미안한 기색이 가득했다.

"너도 잘 알잖니. 그동안 수도 없이 설명해줬으니 이해할 거라 믿는다. 네 항해 실력을 의심하는 건 아니야. 너도 할 수 있지, 물론. 하지만……."

아버지는 두 사람 가운데 누구에게 설명해야 할지 난처하다는 표정으로 잠시 머뭇거렸다. 그러다 마침내 패터슨 박사 쪽으로 고개를 돌렸다.

"경주용 요트는 크기가 작아서 바람이 불면 심하게 요동칩니다. 노련한 키잡이가 조종을 해도 쉽게 뒤집어지죠."

미짓의 입가 근육이 씰룩거렸다. 아버지가 무슨 말을 할지 머릿속에 훤히 그려졌다.

*항해 도중에 발작을 일으킬까 봐 위험한 데다, 그런 요트를 똑바로 운전하기엔 너무 작고 허약하잖아요. 그래서 그 요트는 절대 안 됩니다.*

"……때문에 요트를 가질 수 없는 겁니다."

아버지가 말을 마쳤다.

역시 미짓이 짐작한 대로였다.

박사가 다시 미짓을 건너다보았다.

*당신 생각도 충분히 읽을 수 있어요. 주로 어디서 항해하는지 궁금한 거죠.*

"그래도 아드님은 절실히 원하고 있는 것 같은데요. 아드님은 주로 어디서 항해를 하죠? 물론 혼자선 불가능하겠지만."

*주로 머릿속에서 하죠. 항상 그래왔으니까.*

"기회가 되면 함께 무역풍을 타고 나갑니다. 그때는 이 아이에게 키를 맡기죠. 이 아이는 레이데이즈를 특히 좋아하지요."

"뭐라고 하셨죠?"

"레이데이즈요."

몇 초가 지나서야, 아버지는 레이온시 앞바다와 연결된 템스강 어귀의 조수 특징을 모든 사람들이 다 알고 있는 건 아니라는 걸 깨달았다.

"실제 명칭은 레이거트입니다. 하지만 대부분의 사람들은 그냥 레이라고 부르죠. 레이온시 앞바다로 나 있는 수로입니다. 육지를 따라 1.5킬로미터 정도로 길게 이어져 있는데 한가운데는 굉장히 깊어요. 해안에서 조수가 밀려나갈 때면 그곳에 물이 꽉 들어차죠."

아버지는 손짓을 동원해가며 열심히 설명했다.

"양쪽에 진흙 둑이 쌓여 있는 수로를 말씀하시는 건가요?"

"맞아요. 해안의 커다란 진흙 둑을 보셨군요. 그 옆이 바로 레이 수로입니다. 레이 수로에서 바다 쪽을 향해 고개를 돌리면 또 다른 둑이 보이는데 바로 사우스뱅크죠."

"레이의 폭은 얼마나 되죠?"

"조수의 상태에 따라 달라지는데 보통 180미터 정도 돼요. 당연히 우리는 사우스뱅크까지 나가죠."

아버지가 단호하게 말하자 박사가 살짝 눈썹을 치켜떴다. 설명이 더 필요하다는 의미였다.

아버지가 헛기침을 하며 말을 덧붙였다.

"대부분의 사람들은 사우스뱅크까지 나가지 못해요. 요트가 없으면 불가능하니까요. 그래서 우리는 그쪽으로 가는 겁니다. 덜 붐비고 풍경도 더 좋고."

"헤엄쳐서 갈 수는 없나요?"

"그럴 수도 있죠. 하지만 그곳까지 갔다가 사우스뱅크가 밀물에 잠기기 전에 다시 수영으로 되돌아오려면 체력이 엄청 좋아야 해요."

"그렇군요. 밀물 땐 사우스뱅크가 잠기는군요. 어쨌든 주로 사우스뱅크까지 항해를 나가신다는 거죠?"

"맞습니다."

이제 패터슨 박사는 미짓을 바라보았다.

*당신이 무슨 생각을 하고 있는지 전혀 모르겠어요. 하지만…… 어떤 생각을 안 하고 있는지는 알죠. 아마 아빠는 두 가지 생각 다 읽어낼 수 없겠지만.*

언제나 그렇듯 아버지는 그 시선을 잘못 해석했다.

"아, 이 녀석은 시도하지 않을 겁니다. 수영을 못하거든요."

*잘하셨어요. 제가 할 수 없는 것 목록에 기어이 하나를 더 추가하셨군요.*

박사가 양미간을 찌푸리며 천천히 입을 열었다.

"그런 생각을 한 게 아닙니다."

"아, 그런가요. 그런데…… 이런 얘기는 핵심에서 조금 벗어난 것 같은데요. 오늘은 이 녀석, 그러니까 제 아들에 대한 얘기를 나누기로 한 것 같은데."

"네, 그런데요."

미짓은 박사의 대답이 그렇게 하기로 했었다는 말인지, 지금 그렇게 하고 있다는 말인지 아리송했다. 그러나 어쩐지 후자일 것만 같았다.

박사가 다시 입을 열었다.

"아버님이 레이에 대해 언급하는 순간 아드님의 긴장성 경련이 멈췄다는 걸 눈치채셨나요?"

아버지가 어깨를 으쓱했다.

"아…… 아니요. 그런데, 제 생각에는 우리가 자꾸만 핵심에서 벗어나는 것 같은데요."

하지만 박사는 특유의 침착하고도 부드러운 목소리로 말을 이었다.

"그 레이데이즈에서는 뭘 하시나요?"

아버지가 잠깐 동안 침묵했다. 마치 생각을 떠올리려는 것처럼. 하지만 미짓은 아버지가 조바심을 억누르고 있다는 걸 알았다. 그리고 패터슨 박사가 그걸 알고 있다는 것도. 마침내 아버지가 주섬주섬 말을 꺼냈다.

"조수가 빠져나가는 날 아침, 썰물을 따라 레이로 향합니다. 조수가 완전히 빠진 후부터 여섯 시간 동안 그 수로는 완벽하게 고립된 휴식처가 됩니다. 오후에 다시 조수가 밀려들 때까지요. 그 후에는 다시 배를 몰아 집으로 돌아오죠."

박사는 벗은 안경을 만지작거렸다. 미짓은 박사의 손이, 거칠고 뭉뚝한 아버지의 손이나 손톱을 물어뜯은 자국이 선명하고 사마귀와 작은 상처가 어지럽게 나 있는 자신의 손과는 비교도 안 될 만큼 하얗고 가늘고 매끈하다는 것을 발견했다.

"레이데이즈에서 따로 하는 일은 없나요?"

박사가 재차 물었다.

아버지는 다시 어깨를 으쓱했다.

"대개는 친구들을 만나죠. 함께 요트도 타고 해안을 따라 걷기도 하고요. 때로는 많은 사람들과 마주칠 때도 있습니다. 무척 신나는 일이죠. 진흙 위에서 크리켓도 하고 산책, 수영, 뭐 그런 것들을 다양하게 합니다. 애들은 조수가 다시 밀려와 물이 들어차기 전에 누가 가장 마지막까지 사우스뱅크에 남아 있는지 내기하는 걸 좋아하죠."

"위험할 것 같은데요."

"요트가 있거나 수영을 아주 잘하면 괜찮아요. 요트도 없고 수영 실력도 별 볼일 없다면 그야말로 미친 짓이죠. 물에 빠져 허우적거려도 어쩔 수 없쇼."

그때 금파리 한 마리가 열린 창으로 들어와 나갈 곳을 찾으며 빙빙 돌았다. 창유리에 몇 번씩이나 부딪치는가 싶더니, 가까스로 틈을 찾아 빠져나갔다. 미짓은 금파리를 눈으로 좇다가 하늘로 시선을 옮겼다. 그러자 평소처럼 강어귀의 영상이 마음속으로 흘러들어왔다. 요트의 영상도 물결처럼 흘러들었다.

미짓은 다시금 패터슨 박사의 목소리에 귀를 기울였다.

"그래, 그 모든 일을 하고 싶지? 크리켓 같은 것도 마음껏 하고 말이야."

미짓에게 던진 말이었다. 미짓은 거세게 고개를 젓다가 도움을 구하는 눈빛으로 아버지를 쳐다보았다. 아버지가 긴 한숨을 내쉬었다.

"이 애가 원하는 건 오로지 항해밖에 없어요. 유일한 열정이죠. 이 녀석의 감정을 격하게 만드는 요인이기도 하고요. 바로 그게 문제입니다. 절대 가질 수 없다는 걸 알면서도 계속해서 망상을 품으니 말입니다."

미짓은 아버지를 쳐다보다가 다시 패터슨 박사를 보았다. 강건하고 슬퍼 보이는 한 얼굴과 활기와 감정이라곤 느낄 수 없는 또 다른 얼굴. 둘 다 자신과는 동떨어진 얼굴들처럼 보였다. 그리고 그 순간 장미 꽃병에 담긴 깨끗한 물이 꽃잎처럼 점점 붉게 변하는 환상을 목격했다. 깊은 상처에서 흘러나오는 새빨간 피처럼. 그리고 급기야 그 붉은 물이 자신의 몸 안으로 쉴 새 없이 스며드는 것처럼 느껴졌다. 물은 점점 넓게 퍼졌고, 결국 마음을 사로잡고 있던 강어귀의 영상과 합쳐졌다.

여전히 물은 붉었다. 이번에는 요트도 보이지 않았다.

미짓은 집으로 돌아가는 지하철 안에서 다시 그 요트를 떠올려보려고 애썼다. 하지만 텅 빈 영상만 보일 뿐이었다. 그 공허한 공간이 점점 커지더니 자신뿐만 아니라 세상 전체를 다 빨아들이는 듯했다.

미짓은 요트 대신에 엄마를 떠올렸다. 사실 엄마에 대해 아는 건 전혀 없었지만, 무언가 마음속에 있는 말을 전하고 싶을 때면 여전히 '엄마'라는 단어를 사용했다. 미짓은 보는 사람이 없을 때 그랬던 것처럼 집에 들어서자마자 가족 앨범을 몰래 들여다봤다. 그러나 거기서 알아낼 수 있는 건 엄마의 겉모습 뿐이었다. 엄마가 어떻게 행동하고 어떻게 말하고 어떻게 웃었는지는 결코 알 수 없었다.

어쩌면 그 일이 정말 자신의 잘못이었는지도 알 수 없었다.

엄마가 자신을 사랑했는지도 알 수 없었다.

앨범을 덮자 붉은 물을 뚝뚝 흘리고 있는 장미의 이미지가 되살아났다. 그와 동시에 조롱과 비난의 목소리가 귓가에 메아리쳤고, 복수하겠다는 협박이 무섭게 마음을 할퀴었다. 셉이 밤마다 퍼붓는 그 말들이 자신의 마음속을 비집고 들어와 응어리진 채 불안스럽게 꿈틀거렸다. 협박 자체는 새로울 게 없었다. 셉은 항상 적절한 때에 자신을 죽이겠다고 선언해왔으니까. 하지만 지금 상황은 조금 미묘했다. 셉은 며칠 전부터 여름이 끝나기 전에 그 일을 해치우겠다고 단언하는 중이었다.

셉은 한번 내뱉은 말은 무슨 일이 있어도 실행에 옮기는 사람이었다.

마음을 익사시켜버리겠다는 듯 생각의 물줄기가 점점 거세게 출렁였다. 그와 함께 꿈과 욕망과 두려움과 불안함, 그 밖의 모든 것들이 뒤죽박죽 뒤섞인 채 마음속으로 밀고 들어왔다. 오직 죄책감만 없을 뿐이었다.

이른 아침의 햇살에 땀방울이 주르륵 흘러내렸다. 미짓은
셉이 계단을 올라가 초인종을 누르는 동안 뒤에서 머뭇거렸
다. 여느 때처럼 집 안에서 격렬하게 개 짖는 소리가 들리더니
이어서 커다란 앞발이 현관 안쪽을 긁어대는 소리가 들렸다.

미짓은 한 발자국 더 뒤로 물러났다. 벌써부터 셉의 눈을 피
해 대문으로 슬쩍 빠져나가리라 다짐하고 있었다. 현관 안쪽
에서 숨을 헐떡이며 나무를 긁어대는 소리가 들리자 달아나
고 싶은 마음이 한층 더 간절해졌다. 하지만 셉은 미짓의 마음
을 알아차렸는지 재빨리 뒤를 돌아다봤다.

"미친 미짓, 딴 생각 하지 마."

셉이 낮은 목소리로 말했다. 협박조차도 부드럽게 느껴질

정도로 달콤한 그 목소리는 마음을 끄는 미소와 완벽하게 조화를 이루고 있었다. 그 두 가지 요소는 셉의 본모습을 감춰주는 완벽한 보호막이었다.

"몰래 도망갈 생각은 하지도 말라는 뜻이야."

셉의 눈빛은 햇살처럼 따스하고 환했으며 목소리는 음악처럼 물결쳤다. 셉의 실체를 잘 알고 있는 미짓조차도 하마터면 혼란에 빠질 뻔했다. 방금 전 자신에게 읊조렸던 협박이 귓가에 쟁쟁함에도 불구하고 그 순간 미짓은 이렇게 밝고 빛나는 겉모습 속에 그렇게 싸늘한 증오가 감추어져 있다는 사실을 도무지 믿을 수가 없었다. 미짓을 향한 셉의 증오는, 셉을 향한 미짓의 증오만큼이나 깊었다. 하지만 훨씬 더 미묘했다.

미짓은 집 안에서 발소리가 들리자 자신도 모르게 도로 쪽으로 몸을 돌렸다. 그러나 셉의 눈빛이 살짝 변하는 것을 보고 다시 몸을 되돌리고 말았다. 아름다운 목소리가 귓가에서 부드럽게 울려 퍼졌다. 모두가 사랑하는 그 목소리. 농담을 할 때나 노래를 부를 때나 주위 사람들의 환호를 자아내는 그 목소리.

"또 한 가지 말해두지. 그동안 유심히 지켜봤는데, 너 꽤나 제니의 관심을 끌려고 애쓰더라. 제니가 인정이 많다는 걸 이용해서 말이야. 맘에 안 드니까 이제 그만두지 그래? 내가 계속 지켜보겠어."

그런 말을 읊조리고 있는데도 셉의 얼굴은 여전히 매혹적이었다. 미짓은 형에게서 영원히 벗어날 수 없을 것 같아 절망했다.

미짓은 시선을 내리깔고 다시 꿈의 요트를 떠올리려고 애썼다. 미짓은 이미 알고 있었다. 제니의 집에 들를 때 자신을 데려가라고 오늘 아침 아버지가 셉에게 부탁해놓았음을. 조선소에 가지 못하도록 말이다.

귀에 익숙한 말소리가 현관 안쪽에서 새어 나왔다.

"그 녀석 붙잡았어요?"

"당신이 붙잡아! 난 지금 두 손 다 바쁘다고."

"당신이 더 가깝잖아요!"

"하는 일이 있다고 했잖아!"

"나도 바쁘단 말이에요."

콧방귀 뀌는 소리가 들렸다.

"신문을 읽고 있다고요!"

"제니는 어디 있는데?"

"어디에 있겠어요?"

"좋아. 내가 나가지."

위층 뒤쪽 침실에서 아래층의 복닥거리는 소리와 묘하게 대조적인 바이올린 선율이 흘러나왔다. 곧이어 마루를 울리는 쿵쿵거리는 발소리와 개의 낑낑거리는 소리가 들리더니 뒤이어 문을 쿵 차는 소리가 들렸고 중얼중얼 욕지거리를 내뱉는 소리도 들렸다.

셉은 입가에 미소를 매단 채 다시 한번 초인종을 눌렀다. 문에 달린 우편함이 끼이익 하는 소리를 내며 천천히 열렸다. 그틈으로 밖을 빠끔히 내다보는 두 눈동자가 보였다. 셉은 다시 웃음을 터뜨렸다.

"안녕하세요."

그러자 두 개의 눈동자가 갑자기 빛나기 시작했다.

"오, 너였구나. 제니를 보러 왔나 보네. 잠시만 기다려라. 헨리가 문 앞에 자리를 깔고 엎드려 있는데 도통 움직이질 않는구나."

"저희가 뒤쪽으로 돌아갈게요."

"아니, 잠깐만."

우편함이 탁 하고 닫히더니 다시금 문 안쪽에서 몸을 밀치는 소리, 으르렁대는 소리가 번갈아 들렸다. 이어서 몇 마디의 욕설과 함께 마침내 문이 30센티미터 정도 열렸다. 벤은 셉을 향해 환하게 웃으며 그 우락부락한 얼굴을 내밀었다.

"이 쓸모없는 덩치를 넘어 들어올 수 있겠니?"

벤이 느린 말투로 말했다.

거구의 개가 입구에 축 늘어져 있었다. 헨리는 한 발짝도 움직이지 않겠다는 듯 아예 배까지 깔고 멀뚱멀뚱 쳐다보기만 했다. 셉이 그 위를 손쉽게 넘어가자 벤이 셉의 어깨를 탁탁 두

드렸다.

"잘 했어. 매일매일이 새로운 도전이지."

벤이 슬리퍼 한 쪽으로 헨리를 장난스럽게 때렸다.

"이 녀석은 머리가 텅 비었어. 그게 문제라니까."

미짓이 계단 쪽으로 몸을 돌리자 벤이 그제서야 아는 척을 했다.

"꼬맹이 너도 같이 왔구나?"

벤의 명랑한 태도는 늘 과장돼 있어서 진짜처럼 느껴지지 않았다.

"잘 왔구나. 너도 한번 껑충 뛰어서 넘어와보렴."

미짓은 망설였다. 미짓은 커다란 개를 싫어했다. 헨리처럼 행동을 예측할 수 없는 개는 특히 그랬다.

"무서워하지 마. 그냥 덩치 큰 강아지일 뿐이야."

벤이 말했다.

"제가 해볼게요."

셉은 말을 마치자마자 미짓 쪽으로 손을 뻗었다. 미짓이 미처 뒤로 물러서기도 전에 셉이 두 팔이 미짓의 몸을 잡아 헨리의 위쪽으로 들어올렸다. 붕 뜨는가 싶던 몸이 어느새 다시 마루 위에 놓였다.

벤이 미소를 지으며 미짓에게 윙크를 했다.

"잘 돌봐주는 형이 있으니 얼마나 좋으냐. 이제 생강 과자

먹을 시간이다."

벤은 뒤도 돌아보지 않고 셉의 어깨에 팔을 얹더니 그대로 부엌으로 향했다.

현관 근처에 홀로 남겨진 미짓은 머릿속을 정리하면서 어떻게 해야 할지 머뭇거렸다. 땀이 비오듯 쏟아졌다. 더위 때문만은 아니었다. 커다란 두 손이 닿았던 부분에서 땀이 주르륵 흘러내렸다. 그 손이 그동안 자신에게 무슨 짓을 해왔는지 어떤 짓을 가장 좋아하는지 계속 떠올랐다. 그때 미짓의 눈앞에서 부엌문이 닫혔다. 그 너머에서 셉이 농담하는 소리와 마지가 셉에게 생강 과자를 권하는 목소리가 새어 나왔다.

미짓이 알아서 뒤따라올 거라고 생각했는지도 모른다. 어쩌면 아예 신경 쓰지 않는지도 모른다. 미짓은 벤이 아무리 쾌활하게 굴어도, 마지가 아무리 다정하게 대해도, 자신은 그들에게 여전히 성가신 존재라는 것을 알았다.

마지 아줌마는 항상 날 '강아지'라고 부르지. 그런 말은 딱 질색이야. 그들은 날 달가워하지도 않아. 난 잘생기지도 않았고 매력도 없으니까. 난 편안하게 이곳을 들락거릴 수도 없고 함께 수다를 떨 수도 없어. 난 저 자리에 안 어울려.

난 제니의 남자친구도 아니야.

난…… 어쩔 수 없어.

평생 이 모양으로 살아갈 수밖에 없으니까.

미짓은 현관문을 뒤돌아보았다. 헨리가 문틈에 몸을 끼워 넣고 요란하게 코를 골며 자고 있었다. 그 사이로 강어귀와 연결되는 우드필드 가의 좁은 도로가 보였다.

*크게 건너뛰면 나갈 수 있겠는데.*

길 건너편에 자신의 집이 보였다. 앞뜰의 벚나무 가지가 미풍에 살짝 흔들렸다. 미짓은 강어귀 쪽을 다시 응시했다. 그러자 그를 조롱하기라도 하듯 머릿속에서 요트의 영상이 잠깐 떠올랐다가 이내 사라졌다. 그때 뒤에서 조용한 목소리가 들렸다.

"안녕."

뒤돌아보니 제니가 바이올린을 들고 서 있었다. 층계 아래참에 서서 모호한 표정으로 미짓을 쳐다보고 있었다.

*불쌍하게 생각하는 걸까. 아니면 이 상황에서 빨리 벗어나고 싶은 걸까.*

미짓은 손이 약간 떨리는 것을 느끼고 두 손을 주머니에 푹 찔러 넣었다.

*그래, 그럴 거야. 나를 지나 서둘러 부엌으로 가고 싶은 걸 테지.*

그런데 제니가 갑자기 미소를 지어 보였다.

"몸은 괜찮니?"

미짓은 어떻게 해야 할지 몰라 눈을 질끈 감았다가 다시 떴다. 살짝 올려다보니 제니가 수줍음이 담긴 엷은 미소를 띠운 채 여전히 자신을 바라보고 있었다. 미짓은 입매를 정리하며 힘들게 입술을 달싹거렸다.

"괘, 괘…… 괘……."

제니는 미짓의 입언저리를 잠시 쳐다보다가 이해했다는 듯 고개를 끄덕였다.

"괜찮다니 다행이야. 그날 발작 이후로 계속 걱정됐어."

미짓은 어떻게 하면 친밀감을 표현할 수 있을까 곰곰이 생각하다가 수줍은 손짓으로 바이올린을 가리켰다.

"연습은 잘 되냐고?"

제니의 말에 미짓이 고개를 끄덕였다. 제니가 스스로를 질책하는 듯한 어조로 답했다.

"말도 마. 요즘은 이게 꼭 바보올린 같아. 내가 바보처럼 연주하고 있거든."

제니는 아까 미소를 지어 보였을 때처럼 또 갑자기 양미간을 찌푸렸다.

"그런데 왜 여기 혼자 남아 있어?"

미짓은 눈짓으로 부엌 쪽을 가리켰다. 부엌에서 사람들과 어울리기보다 이대로 제니와 함께 있고 싶다고 말할 수 있으면 얼마나 좋을까, 생각하면서. 그때 제니가 말했다.

"자, 들어가자. 엄마가 생강 과자를 만들어놓았을 거야."

미짓이 고개를 돌려 열린 현관 문틈을 쳐다보았다. 그러자 제니가 그 의미를 오해하고선 덧붙였다.

"괜찮아, 그대로 놔둬도 돼. 날이 워낙 더워서 신선한 공기가 좀 필요하거든. 게다가 헨리가 밖으로 나갔다가 길을 잃었으면 하는 바람도 있고 말이야."

미짓은 제니를 따라 거실을 지나쳤다. 그동안 제니는 줄곧 얼굴을 찡그리고 있었다.

부엌 안의 광경은 예상했던 그대로였다. 셉이 문을 등지고, 등받이 없는 높은 의자에 앉아 있었다. 셉 양쪽으로는 각각 벤과 마지가 앉아 있었다. 셉이 방금 재미난 농담이라도 했는지 두 사람 다 터지는 웃음을 참으며 몸을 푹 수그리고 있었다. 벤이 고개를 돌리다가 제니를 발견하고는 눈가의 물기를 닦았다.

"사랑하는 딸, 셉의 이야기 좀 들어봐라. 웃다가 쓰러질 뻔했어. 이러다 일찍 은퇴하게 생겼어."

"이미 은퇴하신 줄 알았는데요."

마지가 셉의 말에 또 웃음을 터뜨렸다.

그러나 제니는 찡그린 얼굴을 펴시 않았다.

"다른 손님도 맞아주어야 한다고 생각하지 않아요? 문 앞에 혼자 내버려두지 말고요."

미짓은 모두의 시선이 자신에게로 향하자 부담스러워서 고개를 떨구었다. 따가운 시선 속에서 빨리 자유로워지길 바라며 괜히 발바닥을 마룻바닥에 비볐다. 그러자 갑자기 마지가 부산스럽게 일어섰다.

"강아지, 네가 있는 줄 몰랐네. 벤이 아무 말도 안 해줘서 말이야. 게다가 네 형이 들어오자마자 재미있는 이야기를 해서……."

"아니, 난 뭐. 위층에 올라가서 제니와 수다라도 떠는 줄 알았지. 바보처럼 거기에 마냥 서 있을 줄 누가 알았겠어. 이 녀석아, 말을 하지 그랬어."

이번엔 벤의 변명이었다.

미짓은 얼굴을 붉혔다. 수다를 떤다는 대목에서는 특히 어쩔 줄 몰라 했다.

*수다를 떤다고, 내가?*

제니가 바이올린을 식탁 위에 올려놓으며 조용히 입을 열었다.

"불러주기를 기다렸는지도 모르죠."

잠시 동안 침묵이 흘렀다. 미짓은 그들의 시선을 피하려고 자신의 발을 뚫어지게 쳐다봤다. 초조한 마음처럼 두 발이 쉴 새 없이 움직였다. 미짓은 셉이 자신을 뚫어지게 쳐다보고 있음을 감지했다. 마침내 마지가 손을 탁탁 털더니 비스킷 통을 열었다.

"네 말이 맞아. 그런데 이거 더 먹고 싶은 사람?"

"여기!"

벤이 말했다.

"손님 먼저예요. 어때, 셉?"

"고맙습니다."

셉은 생강 과자를 받아들고 조심스럽게 한입 깨물었다. 그러면서 너무나 맛있다는 듯 신음소리를 흘렸다. 그 모습을 마지가 뿌듯하게 쳐다보았다. 셉은 과자를 몇 입 더 깨물어 먹더니 이번에는 제니를 보며 물었다.

"연습은 잘돼?"

미짓은 제니를 쳐다보았다. 이번에도 딱딱한 표정으로 냉담하게 대답하기를 기대하면서. 하지만 이제껏 셉을 그런 식으로 대한 사람은 아무도 없었다. 그건 제니도 마찬가지였다. 셉의 말을 듣더니 제니가 표정을 살짝 풀면서 어깨를 으쓱했다.

"아주 엉망이야."

"내가 듣기엔 좋던데 뭘."

"아빤 아무것도 몰라요."

"훌륭하다니까."

벤은 재차 말하고 셉에게 눈길을 돌렸다.

"대회 선택곡이 자꾸 신경 쓰이는 모양이야. 그때부터 계속 이런 식이야. 대가 브람스도 무덤에서 흡족해할 정도인데 말이지."

마지가 접시 하나를 내밀었다. 미짓은 그것을 받아들고서 떨어뜨리지 않도록 꼭 쥐었다. 미짓은 셉이 남몰래 자신을 주시하고 있음을 알았다. 그리고 셉과 함께 있는 그 자리를 자신이 얼마나 더 견딜 수 있을지 불안했다. 이미 얼굴과 목에 땀이 흥건했다. 그럴수록 열린 문, 쭉 뻗은 도로, 강어귀에 대한 영상이 마음속에 차올랐다. 요트의 모습도.

*맙소사, 또다시 요트라니.*

미짓은 요트 생각을 떨쳐내려고 애썼다. 하지만 자꾸 머릿속을 비집고 들어오는 요트의 영상은 좀처럼 지워지질 않았다. 그것이 자꾸만 자신을 부르고 있었다.

제니는 미짓에게 생강 과자를 건네며 미소를 지었다. 제니가 미소를 지을 때면 미짓은 마음속이 따뜻해졌다. 완벽주의자에 진지하기까지 한 제니가 그렇게 미소를 지을 때마다 거리감이 좁혀지는 것 같아서였다. 미짓은 제니의 친밀한 태도를 반쯤은 어색하고 반쯤은 기분 좋게 받아들이며 제니의 눈을 쳐다봤다.

"흠, 정말 맛있는 생강 과자야. 어서 먹어봐."

갑자기 울려 퍼지는 셉의 목소리. 혼란스럽고 불편한 기색이 역력했다.

미짓은 셉의 말을 듣자마자 붙잡고 있던 접시를 놓치고 말았다. 접시가 손가락에서 미끄러지면서 바닥에 떨어져 산산

조각이 났다. 화들짝 놀란 미짓이 뒤로 물러서자 이번에는 장식장에 놓여 있던 꽃병이 흔들거리다가 바닥으로 떨어졌다. 그것 역시 완전히 부서지고 말았다.

"으…… 음……."

제니가 미짓의 팔을 잡아주었다.

"괜찮아. 아무 일도 아니야."

그러나 미짓은 제니의 손을 뿌리치고 새빨개진 얼굴로 현관을 향해 내달렸다. 헨리가 달려오는 미짓을 향해 으르렁거렸다. 하지만 미짓은 속도를 늦추지 않은 채 그대로 헨리 위를 뛰어넘었다. 그리고 조선소를 향해 질주했다.


그러나 그 요트는 어디에도 보이지 않았다.

미짓은 숨을 헐떡이며 조선소 철문에 기대어 서서 허공을 바라보았다.

그때 조선소의 소장이 밖으로 나오더니 미짓을 발견하고서 미소를 지었다.

"또 왔구나! 이제는 네게도 열쇠를 쥐어줘야겠는걸."

그동안 몇 번 마주친 적은 있었지만 소장이 말을 건 것은 이번이 처음이었다. 미짓이 의아한 눈빛으로 그를 올려다봤다.

소장이 큰 잔에 담긴 차를 꿀꺽꿀꺽 들이켰다.

"네가 뭘 찾는지 알아. 걱정 마, 요트는 아직 있으니까. 다만 자리를 옮겼을 뿐이야. 원한다면 들어가도 좋아."

미짓은 들뜬 마음으로 재빨리 문을 통과했다. 조선소에 첫 발을 내딛는 기분을 만끽하며 공기를 있는 힘껏 들이마셨다. 나무 냄새와 타르 냄새가 훅 하고 풍겨왔다. 그러자 셉과 마지와 벤과 제니에 대한 생각이 봄 눈 녹듯이 사라졌다. 여기저기 쇠사슬, 돛대에 쓰이는 나무와 기름기 묻은 나뭇조각의 모습이 보였다. 조선대 위에서 모터보트의 선체를 닦는 사람들도 있었다. 안쪽에서는 몇몇 사람들이 갈이판 위에서 작업을 하고 있었고, 어떤 사람은 망치질을 하고 있었다. 어떤 선체 뒤에서는 약간 음이 안 맞는 흥얼거림이 새어 나왔다.

소장이 멀찍이 떨어진 모퉁이를 가리켰다.

"저기 있어."

나무받침 위에 그 요트가 놓여 있었다. 예전처럼 뱃머리를 미짓 쪽으로 돌린 채였지만 분위기는 사뭇 달랐다.

산뜻한 연노란색 페인트가 온 선체에 칠해져 있었고, 조종실 주변의 갑판에는 니스가 칠해져 있었다. 금방이라도 항해에 나설 수 있을 것 같았다. 그러자 미짓은 다시금 자신의 오랜 꿈을 떠올렸다. 바람에 펄럭거리는 돛, 해안을 등지고 바다로 나아가는 요트와 그 위의 자신.

소장의 목소리가 미짓을 현실로 데려왔다.

"아버지께 저 요트를 사달라고 말해보지 그러냐? 관심이 무척 많은 것 같은데. 지금껏 저걸 그렇게 홀린 듯 쳐다본 사람은 아무도 없었어."

미짓은 고개를 흔들었다.

그러자 소장이 어깨를 으쓱했다.

"안 되면 할 수 없는 거고."

그때 등 뒤에서 밭은 숨소리와 함께 카랑카랑한 고음의 목소리가 울려 퍼졌다.

"안 된다? 안 된다고? 그런 말이 어디 있어!"

지금껏 한 번도 본 적 없는 노인이었다. 일을 하기에는 나이가 너무 많은 것 같았지만, 작업복을 입고 있었고 한 손에는 페인트 통을, 다른 손에는 붓까지 들고 있었다. 머리 위의 모자는 수년 동안 한 번도 벗지 않은 것처럼 보였다.

소장이 웃음을 터뜨렸다.

"이분의 이름은 조셉이다. 우리는 기적의 사나이, 미러클 맨 Miracle Man 조셉이라고 부르지. 왜 그런지는 곧 알게 될 거다."

미짓은 호기심을 억누르며 노인의 늙수그레한 얼굴을 올려다보았다.

"미리 말해두는데 지 양반 정신이 좀 오락가락해."

"지금 자네들한테 필요한 건 기적이야."

노인이 두 사람에게 눈을 부라리며 내뱉듯이 말했다.

"아니라니까요. 이제 그만하세요."

"기적. 그게 답이라니까. 불가능한 건 없단 말이야."

소장이 머리를 뒤로 젖혔다.

"불가능한 게 없다니, 그게 말이 됩니까? 어떻게 해도 안 되는 일이란 게 있는 법이라니깐."

노인은 돌연 몸을 돌리더니 요트 쪽으로 급하게 걸어갔다.

"또 시작이군. 안 된다, 안 된다! 그렇게 생각하니 여태 기적이 안 일어났지!"

노인은 선체에 페인트를 덧칠하기 시작했다.

"자네랑은 더 얘기할 시간 없어. 선장을 위해 요트를 준비해야 해."

소장이 슬쩍 비웃더니 미짓의 옆구리를 찌르며 낮은 목소리로 속삭였다.

"저 양반은 바다를 선장이라고 불러. 바보 같은 노인네."

그러면서 다시 한번 차를 들이켰다.

"툭하면 시비를 걸긴 해도 해가 되진 않을 거야. 그저 정신이 좀 나간 것뿐이니까."

노인이 갑자기 기침을 했다. 폐를 긁어대는 듯한 소리였다. 미짓은 소장을 올려다보았다.

"저 노인네, 몸이 안 좋아. 수개월 전에는 심장이 아예 멎을 뻔했지. 지금 병원에서 이곳으로 온 지도 하루밖에 안 됐고. 그러니 넌 여태껏 저 노인을 한 번도 본 적이 없을 거야."

미짓은 놀라운 속도로 페인트칠을 하고 있는 조셉 노인을 뒤돌아보았다.

"그런데 저 노인 말이야, 참 대단해. 저 양반의 솜씨는 아무도 흉내 낼 수 없거든. 자신이 이곳을 떠나 있는 동안 누구도 저것에 손을 못 대게 했어. 아무리 시간이 걸려도 자신이 돌아와서 직접 마무리를 하겠다고 했지."

소장은 고개를 절레절레 흔들더니 다시 건너편으로 걸어갔다. 발을 뗄 때마다 둔탁하고 육중한 소리가 바닥을 울렸다.

노인은 헛구역질을 하면서 좀 전처럼 격렬하게 기침을 해댔지만 소매로 입을 닦을 때 외에는 절대로 작업을 중단하지 않았다. 마치 눈에 그 요트만 보이는 듯했다. 미짓은 요트 선체 쪽으로 슬쩍 다가가 니스칠이 다 말랐는지 확인한 후에 두 번째 손가락으로 갑판을 죽 훑었다.

"그만해!"

노인은 고개도 돌리지 않은 채 버럭 소리를 질렀다. 미짓이 요트가 아니라 자신의 몸을 훑고 있다는 듯이.

"민지지 마! 네 녀서은 아직 그를 몰라, 그도 널 모르고."

미짓은 노인이 어떻게 뒤돌아보지도 않고 자신의 행동을 알아챘는지 의아해하며 뒤로 물러섰다. 그 순간에도 노인은 고개를 돌리지 않았고 페인트칠 하는 손놀림도 멈추지 않았다.

미짓은 노인의 말에서 이상한 점을 발견하고는 그것을 어떻게 표현할까 고심하다가 손가락으로 그 요트를 가리켰다.

"그, 그…… 그요……?"

놀랍게도 노인은 곧바로 알아들었다.

"왜, '그'라고 하면 안 되냐?"

노인이 다시 기침을 했다.

"요트는 사람과 같아. 사실 사람보다 더 낫지."

미짓은 선체를 가리키며 다시 입을 움직거렸다.

"이…… 이……?"

"그러니까 성별이 뭐냐고? 말하지 않았냐? 이건 남자야."

"어…… 어……?"

"어떻게 아냐고?"

노인은 마침내 붓을 페인트 통에 담갔다.

"본능적으로 아는 거다."

노인은 미짓의 말을 아주 쉽게 알아들었다. 미짓은 요트 뒷부분 주변을 이리저리 배회하다가 문득 선미판을 쳐다보았다. 이번에도 노인은 뒤돌아보지 않고도 미짓이 뭘 하는지 아는 듯했다.

"넌 아직 그의 이름을 알 수 없어. 그는 아무한테나 자기 이름을 말하지 않아. 내가 알려주는 것도 원치 않지. 그가 선장을 보게 될 때까지 말이야. 그가 제대로 물세례를 받기 전까지 아무한테도 그의 이름을 말할 수 없어."

노인은 다시 침묵했다. 미짓은 다급해지는 붓놀림을 바라보며 그가 더 이상 어떤 방해도 용납하지 않으리란 걸 눈치챘다. 하지만 물어볼 게 하나 더 남아 있었다. 노인이 말했던 한 단어가 도저히 마음속을 떠나지 않았으니까. 자신의 입으로 그 단어를 발음할 수 있을지 미심쩍었지만 일단 시도해보기로 했다.

"기, 기…… 기…….."

어찌나 애를 썼는지 몸이 다 흔들거렸다. 그리고 정말 기적처럼 그 단어가 입에서 흘러나오기 시작했다.

"기…… 기…… 저억."

미짓은 그 단어를 다시 한번 더 발음하지 않게 되길 빌며, 얼굴에 맺힌 땀을 손으로 슥 문질렀다.

노인은 미짓을 잠깐 동안 뚫어지게 쳐다보더니 갑자기 붓으로 조선소를 죽 가리켰다.

"이곳에서도 매일 수만 가지의 기적이 일어나고 있지. 나와 함께 걷다가 수시로 발걸음을 멈춰야 할 정도로 말이야. 네가 볼 수 있다면 좋을 덴데."

"저…… 저…… 요?"

"나는 항상 보거든. 몇 년 동안 그랬어."

노인은 다른 사람들과 함께 조선대 위에 서 있는 소장을 가리켰다.

"저 사람 보이냐? 저 사람은 누가 와서 빰을 때리며 알려줘도 믿지 않을 거다. 나머지 사람들도 마찬가지고."

미짓은 그렇게 수없이 일어난다는 기적이 어떤 형태를 띠고 있을지 궁금해하며 조선소를 둘러보았다.

그러자 노인이 성마른 목소리로 외쳤다.

"그렇게 보는 게 아니야! 겉으로 보는 게 아니라고."

노인은 자신의 머리를 톡톡 두드렸다.

"여기야. 여기가 바로 너만의 조선소지. 네 기적의 요트를 만드는 곳 말이다. 우선 그림을 그려보는 걸로 시작해. 직접 그림을 그려봐야 해. 구석구석 아주 뚜렷이. 그 무엇보다도 간절하게. 그리고 그것의 존재를 믿어야 해. 완전히 말이야. 의심하지 말고."

"하…… 하지……."

"아, 나도 알아."

노인은 노란색 페인트로 뒤범벅된 손가락을 위로 들어올렸다. 뼈마디가 억세고 굵었다.

"눈으로 확인할 수 있어야 한다고 생각하겠지. 결국은 그렇게 된다. 하지만 처음엔 내면에서 시작하는 거야. 우선 너만의 조선소에서 기적을 만드는 거지……."

노인은 자신의 머리를 다시 톡톡 두드렸다.

"완전하게 그려보고 완전하게 원하고 완전하게 믿어라."

노인의 얼굴이 일순 밝아졌다.

"그런 다음 네 기적의 요트를 진수대 위에 올려놓으면 그것이 네 삶 속으로 들어올 거야."

"쳇!"

갑자기 등 뒤에서 퉁명스러운 목소리가 들렸다. 소장이 털이 부숭부숭한 팔뚝에 온통 기름을 묻힌 채 서 있었다.

"또 무슨 쓸데없는 얘깁니까. 상상을 하면 실제로 이루어진다니요. 지난 20년 동안 판돈을 긁어모으는 상상을 했지만 십분의 일도 손에 쥐어본 적 없다 이 말입니다. 그러니 그런 엉터리 같은 얘기는 집어치우십쇼."

노인은 소장을 한심하다는 듯 쳐다보더니 몸을 휙 돌리면서 씹어 뱉듯이 말했다.

"그건 마음으로 완전하게 그리지 않았기 때문이야. 완전하게 믿지 않았던 거지."

"난 눈에 보이는 것만 믿어요. 안 보이면 믿지 않고요."

"이것 봐, 난 오스트레일리아를 한 번도 본 적 없지만 그곳이 존재한다는 걸 의심하지 않아."

갑자기 터져 나온 기침에 조셉 노인이 잠시 말을 멈췄다.

소장의 표정이 한결 누그러졌다.

"집으로 가시죠. 몸이 안 좋은 것 같은데. 요트는 다음에 완성하시고요."

하지만 노인은 기침을 하면서도 페인트칠을 멈추지 않았다. 그리고 잠시 후에는 두 사람이 곁에 있다는 사실조차 까맣게 잊어버렸다는 듯 요트에게 속삭이기 시작했다. 선체 가까이 입을 들이대고는 마치 대화를 하듯 중얼중얼 말을 늘어놓았다. 그러나 무슨 내용인지는 들리지 않았다.

미짓의 어깨에 묵직한 손 하나가 얹혔다. 그 순간 셉이 떠올라 가슴속이 서늘해졌다. 뒤돌아보니 소장이 밖으로 나가자고 손짓하고 있었다.

두 사람은 올드레이의 대로변을 따라 걸었다. 어둑한 조선소에 있다가 나온 탓인지 그 어느 때보다 더 햇살이 밝고 강렬하게 느껴졌다.

소장이 윙크를 했다.

"그 노인에 대해선 걱정하지 마. 조금 미쳤을 뿐이야."

미짓은 자갈길을 따라 벨워프까지 걸어갔다.

미쳤다고? 나처럼?

하늘 높이 떠 있는 태양은 주먹만 했다. 그것이 미짓의 머리 위로 강하고 뜨겁고 지글거리는 열기를 쏟아붓고 있었다.

미짓은 신더길을 따라 아래로 조금 더 내려가다가, 이제는 올드레이 한복판에 가려져 보이지 않는 조선소 쪽을 다시 돌아보았다. 그러면서 미친 사람들은 서로 통하는가 보다, 하고 생각했다.

그날 오후부터 미짓은 기적을 시험해보기로 했다. 일단 그림을 그리기로 마음먹었다.

처음에는 쉽지 않았다. 하지만 시간이 흐르자 대략적인 윤곽을 그릴 수 있게 됐고, 점점 세부적인 묘사도 가능해졌다. 그동안 계속해서 노인의 말이 떠올랐다. 그리고 어느 순간 그 목소리는 미짓 자신의 목소리가 돼 있었다.

*완전하게 그려보고 완전하게 원하고 완전하게 믿어라. 그런 다음 네 기적의 요트를 진수대 위에 올려놓으면 그것이 네 삶 속으로 들어올 거다.*

미짓은 첫 번째 그림을 완성한 후에 똑같은 방법으로 다시 두 번째 그림을 그렸다. 아버지가 가게 일로 바쁜 데다 셉이 제니와 함께 외출한 건 그야말로 행운이었다. 미짓은 그림 그리기에 열을 올렸다. 모양새는 여전히 우스꽝스럽고 실제 요트와도 전혀 비슷하지 않았지만 그래도 첫 번째 그림보다는 나았다. 미짓은 종이를 꺼내 다시 세 번째 그림을 그렸다.

저녁이 되자 아버지가 돌아왔고 몇 분 후에 셉이 돌아왔다. 요리 담당은 셉이었다. 부엌에서 아버지와 셉의 두런거리는 말소리와 웃음소리가 들렸다.

미짓은 저녁 먹으라는 소리가 들릴 때까지 종이를 붙잡고 있다가 천천히 아래층으로 내려갔다. 그리고 이제는 애쓰지 않고도 머릿속으로 그 그림을 그려볼 수 있다는 것에 놀랐다.

자신의 방에 두고 온, 종이 위에 그린 그림처럼 선명하게. 아버지도 셉도 제니의 집에서 있었던 일은 일절 꺼내지 않았다.

미짓은 저녁을 먹고 방으로 돌아온 후에도 그림에 매달렸다. 해가 지고 하늘이 어둑해진 후에야 그림 그리기를 멈췄다. 강어귀 위를 덮은 어두운 밤하늘과 캔베이 섬과 저 멀리 켄트주의 반짝이는 작은 핀 구멍 같은 불빛들이 창밖으로 어른거렸다. 밤이 되면 악마가 찾아온다. 형의 얼굴을 하고 형의 목소리를 지닌 채로. 그러나 오늘만큼은 밤이 내려앉는 게 두렵지 않았다. 미짓은 램프를 켜고 그림을 마저 그리면서 용기를 흐트러뜨리지 않기 위해 애썼다.

그림은 그릴수록 더 나아졌다. 자신감도 높아졌고, 손놀림은 더 정확해졌다. 그러자 빠르고 숨차게 지껄이는 마음속 소리가 더 크고 더 또렷하게 들려왔다.

미짓은 연필을 깎고서 다시 그림을 그렸다. 층계를 올라오는 두 사람의 발자국 소리가 들릴 때까지. 그리고 그 소리가 가까워오자 잽싸게 종이를 침대 밑에 감추고 램프를 껐다. 아버지가 방 안으로 들어와 미짓의 이마에 입맞춤을 한 다음 자신의 방으로 돌아갔다. 셉은 문 밖에서 인사를 했다.

이제 집은 다시 어둠에 잠겼다. 미짓은 쿵쾅대는 가슴을 부여잡고 숨 죽인 발소리와 문손잡이의 비명소리를 기다렸다.

하지만 아무 소리도 들리지 않았다. 어쩌면 오늘 밤 셉은 기분이 아주 좋았던 건지도 모른다. 아니면 어찌할 수 없을 정도로 피곤한 것인지도 모른다. 아니면 이것이야말로 미짓에게 일어난 작은 기적인지도 모른다. 미짓은 확신이 들 때까지 15분을 더 기다렸다가 다시 램프를 켰다. 그리고 침대 밑에서 종이를 꺼내 밤새도록 그림을 그렸다.

패터슨 박사가 안경을 벗었다.

"그동안 너를 상담했던 의사들의 소견도 읽어보고 수년 동안 네게 도움을 주었다는 선생님들과 특수아동 전문가들의 의견도 죽 읽어보았지. 이제 네 증상이 어떤 건지 조금씩 파악이 되는구나. 오늘은 너와 그 부분에 대해서 더 깊이 있는 대화를 나눠보려고 한다. 내가 파악한 게 맞을 수도 있고 틀릴 수도 있겠지. 그건 곧 알게 될 거야."

미짓은 안락의자에 앉아 코를 실룩거리며 자신을 주시하는 박사의 눈길과 창문으로 비스듬하게 들어오는 한낮의 햇빛을 피하려고 애를 썼다. 후텁지근한 공기와 창밖에서 들리는 런던 도로의 시끄러운 소음 때문에 두 사람만의 첫 자리는 그리유쾌하지 않았다.

미짓은 아버지가 대기실에서 뭘 하고 있을지 궁금해하며 힐 긋 문을 쳐다보았다. 아마 펜처치 거리 역에서 산 항해 잡지를 읽고 계시겠지. 미짓은 잠시 그 잡지의 표지를 떠올려봤다. 미 짓은 항해 잡지가 좋았다. 그 안엔 근사한 사진이 한가득이었 다. 글자를 읽지 못해도 아무 문제없었다. 한참 그런 생각을 하 던 미짓은 불현듯 저번에 봤던 꽃병이 없어졌다는 걸 발견하 고서 고개를 갸웃거렸다.

그때 박사가 입을 열었다.

"우선 말해주고 싶은 게 있다. 네가 긴장성 발작을 일으킨다 고 해서 다른 사람보다 열등하다고 생각해서는 안 돼. 오히려 너는 네게 일어나는 문제를 인정하고 그것을 가능한 한 정직 하고 용기 있게 직시해야 해."

박사가 다시 안경을 썼다.

"그러니까 우리, 이제 솔직하고 용기 있는 태도로 한번 대화 를 나눠보자. 특히 솔직한 게 중요해. 알겠니? 네 생각을 내게 정확히 말해줘야 해. 비밀은 완벽하게 지켜줄 거야. 나 역시 내 생각을 정확히 말해줄 테니까, 어때, 공평하지?"

미짓은 바로 이 순간이야말로 어떤 반응을 보여야 할 때임 을 직감했다.

*미소나 윙크는 안 돼. 저번에 기겁하는 거 봤잖아.*

미짓은 고개를 끄덕였다.

"훨씬 좋은데! 미소 짓는 거랑 같구나!"

박사는 미짓을 친근하게 대하려고 애썼지만 어색하기만 했다. 더욱이 박사의 미소는 너무 짧고 옅어서 미소를 지었다는 것조차 잊어버릴 정도였다. 박사는 감정의 잔여물을 없애려는 듯 다시 목소리를 가다듬었다.

"자, 아까 내가 너에 대해 파악했다는 부분에 대해 말해볼게. 틀린 추측일 수도 있다는 걸 명심하렴. 그냥 가능성을 살펴보는 거니까."

박사는 책상 위에 있는 서류를 내려다보았다.

"네 얼굴 경련은……."

박사는 잠깐 고개를 들었다가 다시 서류를 보았다.

"상당히 눈에 띄어. 이전 만남에서부터 계속 주시하고 있었단다."

미짓이 몸의 방향을 바꾸었다.

"머리와 손을 흔들고 몸을 비틀고 다리, 발, 어깨 등을 제멋대로 움직이는 행동이, 아, 지금은 괜찮으니까 일부러 멈추려고 노력하지 않아도 돼."

박사가 안경을 다시 벗었다.

"그 모든 행동이 아주 또렷하게 보인다는 게 문제지."

박사는 미짓의 눈을 똑바로 쳐다보았다.

"눈에 아주 잘 띈다는 뜻이다."

미짓은 어깨를 으쓱했다.

*그래요, 전 눈에 잘 띄어요. 뭐 새로울 게 있나요?*

박사는 책상에서 편지봉투용 칼을 집어 들더니 이리저리 만지작거렸다. 은색 칼날이 햇빛에 반짝거렸다.

"'눈에 띈다'는 말을 기억해라."

박사가 천천히 말했다.

미짓은 그가 무슨 말을 하려고 하는 건지 전혀 예측할 수 없었다. 그저 칼날이 자꾸 신경 쓰일 뿐이었다.

박사는 칼날을 책상에 가볍게 치더니 그것을 다시 손에 쥐고 자리에서 일어나 창가로 걸어갔다.

"눈에 띈다는 말에 대해 좀 더 이야기해 볼까?"

*아니요, 재미있을 것 같진 않네요.*

"두 가지 측면을 생각해봤으면 한다. 특히 네 문제는 비고의적 측면과 고의적 측면으로 나눠서 생각해볼 수 있지. 이 말이무슨 말인지 이해할 수 있게 설명해줄게."

미짓의 예상대로 박사는 안경을 다시 썼다. 그런데 안경을쓰자마자 다시 벗어놓더니, 날을 갈기라도 하는 것처럼 칼날을 손가락으로 문질렀다.

"비고의적 측면은, 네 몸에 대해 네가 바꿀 수 없는 부분과관련돼 있지. 네가 어떻게 할 수 없는 부분. 통제할 수 없어서 받아들일 수밖에 없는 부분 말이다."

*이제야 알겠군. 무슨 말을 하고 싶은 건지.*

"그런 예를 한번 생각해보겠니? 네가 바꿀 수 없기 때문에 받아들여야 하는 게 뭐가 있을까?"

미짓은 양미간을 찌푸리며 바닥을 내려다보았다.

"네 골격이 그렇지 않니? 그건 네가 바꿀 수 없는 거잖아. 하지만 받아들이기 힘들지?"

미짓은 의자 위에서 몸을 비틀었다. 분노가 점점 치솟았다.

"고…… 고……."

박사가 재빨리 말을 이었다.

"제발 화내지 말고. 널 화나게 만들려는 게 아니야. 다만 도움을 주려는 것뿐이야. 네가 상황을……."

"고…… 고……."

"자, 자."

박사가 미짓을 진정시키기 위해 손을 내밀었다. 하지만 그 손에 편지봉투용 칼이 들려 있었기 때문에 오히려 위협적인 상황만 연출하고 말았다. 박사는 곧바로 자신의 실수를 알아차리고 미소를 지으며 손을 거두어들였다.

"문제는 평균보다 키가 훨씬 작은 사람들은 다른 식으로 자신을 외부에 내보이고 싶어 한다는 거지. 작은 키를 어떻게든 만회하려고 말이야."

미짓은 그런 말을 하는 박사를 노려보면서 그 칼이 박사의 손을 그어버렸으면 좋겠다고 생각했다. 잠깐의 상상 속에서 박사가 내지르는 신음소리가 들렸고, 점점이 떨어지는 붉은 핏방울이 보였다. 하지만 박사의 목소리는 여전히 차분했다. 물론 핏방울도 보이지 않았다.

"네 표정과 몸짓을 보고 눈치챘다. 너는 네 몸을 너무 의식하고 있어. 굉장히 고민하고 있다는 증거지. 물론 나도 이해한다. 당연하지. 누구라도 그럴 테니까."

*이런 얘기 듣기 싫어. 듣기 싫다고.*

박사는 편지봉투용 칼을 계속 만지작거리며 책상 가장자리에 걸터앉았다.

"나한테 인상 쓸 필요 없어. 난 네 적이 아니니까. 정말이야. 난 너를 돕기 위해 여기 있는 거야. 네가 상황을 제대로 파악하도록 말이야."

하지만 미짓은 시선을 내리깔았다. 그러자 놀랍게도 빨간 핏방울이 카펫 위로 똑똑 흘러내리는 광경이 눈앞에 그려졌다. 꽃병의 물이 붉게 변하던 그때처럼. 미짓은 자신도 모르게 그 그림에 집중하기 시작했다. 도로를 지나다니는 차들의 시끄러운 굉음도 서서히 희미해졌다. 미짓은 그 그림에 점점 더 마음을 뺏겼다. 그리고 점점 더 간절히 바라게 됐다.

"자, 네 몸의 독특한 움직임과 경련은 어쩌면, 어쩌면이라고 했다, 다른 사람들 눈에 띄고 싶어 하는 네 마음이 만들어낸 건 지도 몰라. 무의식적으로 그런 방식을 택한 거지."

*당신은 적이에요. 아니라고 말하지만 적이 맞아요.*

카펫에 떨어진 피의 영상이 점점 강렬해지자 미짓은 하마터면 실제로 카펫에 피가 묻었다고 믿을 뻔했다.

"그러니까 이런 논리에 비추어보자면, 비고의적 측면은 네 타고난 골격이라고 할 수 있지. 그건 네 힘으로 어떻게 해볼 수 있는 게 아니니까. 그리고 고의적인 측면은 그에 대한 네 반응과 감정이다."

미짓은 이리저리 움직이는 칼날을 지켜보고 있었다. 그때쯤엔 이미 그 광경이 현실 속의 장면인지 마음속 그림의 일부인지조차 알 수 없게 됐다.

*완전하게 그려보고 완전하게 원하고 완전하게 믿어라. 그런 다음 네 기적의 요트를 진수대 위에 올려놓으면 그것이 네 삶 속으로 들어올 거야.*

귓가에 노인의 목소리가 들리는 듯했다. 박사의 차분하고 절제된 목소리와는 완전히 다른, 거칠고 숨차고 어딘가 절박한 그 목소리가.

"네 얼굴과 근육의 경련은 말이다. 어쩌면, 아, 나는 분명 어쩌면이라고 했다, 사람들의 관심을 끌고 싶은 네 욕망 때문에 일어난 것일 수 있단 말이지. 즉 네 자신을 사람들 눈에 더 띄게 하려고 수년 전부터 무의식적으로 발작을 반복한 것일 수 있다는 말이야."

*완전하게 그려보고 완전하게 원하고 완전하게 믿어라.*

"네가 문제 해결을 원치 않는다고 생각하는 건 아니야. 문제 해결이 쉽다는 뜻도 아니고. 시간이 너무 많이 흘렀기 때문에 이제 그것은 하나의 습관이 돼버렸고, 더 이상 네가 통제할 수도 없을 거야. 내가 하고 싶은 말은 발작의 실마리가 네 무의식에 있을지도 모른다는 거다."

박사가 다시 안경을 썼다.

"눈에 띄고자 하는 그 욕망은 요트에 대한 갈망과 연결될 수 있지. 너도 누군가와 경쟁할 수 있다는, 어쩌면 요트를 가장 잘 다룬다는 네 형을 이길 수도 있다는 생각이 표현된 것일 수도 있어. 무의식적으로 말이다."

편지봉투용 칼이 박사의 손에 송곳니처럼 매달려 있었다.

"그건 어쩌면 불공평해 보이는 세상에 반격을 가하고 싶은 바람일 수도 있지."

미짓은 두 눈을 감았다. 그 그림은 너무도 생생했다. 그래서 조금도 의심할 수 없었다.

"복수하고 싶은 바람이랄까."

*맞아요. 복수. 셉과 그리고……*

"이런, 제길!"

날카로운 신음이 방 안에 울려 퍼졌다. 편지봉투용 칼이 책상 위를 데굴데굴 구르다가 카펫 위로 떨어졌다. 미짓의 두 눈에 손을 위로 치켜든 박사의 모습이 보였다. 박사의 집게손가락에서 붉은 피가 방울방울 떨어져 내렸다.

"나도 참 멍청하지. 날카롭다는 걸 잊어버리고 항상 칼날을 만지작거린단 말이야."

박사가 중얼거렸다. 그러고는 미짓을 향해 어색한 웃음을 지어 보였다.

미짓은 의자에 몸을 묻은 채 눈을 가느다랗게 뜨고 박사를 바라보았다. 이제 마음속 그림은 사라졌다. 그것은 더 이상 필요하지 않았다. 실제로 현실이 됐으니까.

미짓은 전율했다.

박사는 손수건으로 다친 손가락을 친친 감더니 재빨리 평정을 되찾았다.

"한결 낫군. 어쩌다가 칼끝으로 손가락을 눌렀는지 모르겠네. 그나마 너무 깊게 누르지 않아서 다행이야."

미짓은 카펫에 떨어진 핏방울을 바라보았다. 손수건에서 흘러내린 피 한 방울. 그건 더 이상 그림이 아니었다. 미짓은 자신의 내면에서 움트고 있는 원인을 알 수 없는 두려움을 몰아내기 위해 크게 한 번 심호흡을 했다.

박사가 다시 대화를 주도해나가기 시작했다. 그러고는 좀 전에 들려준 자신의 가설을 기억하라고 하면서 사적인 감정은 없었다고 황급히 덧붙였다. 자신의 견해를 기분 나쁘게 받아들이지 말라고.

하지만 미짓은 이미 다른 그림에 사로잡혀 있었다.

다음에 해야 할 일들이 그려진 그림에.

미짓은 집으로 돌아가는 열차가 늦지 않기를 바라면서, 벨워프를 향해 신더길을 내달렸다. 오후의 끝자락이라 역을 이용하는 사람들이 평소보다 적었다. 그래서 그나마 다른 사람들의 몸과 시선을 헤치며 나아가는 수고를 덜 수 있었다. 미짓은 시계를 확인했다. 시간이 촉박했다.

태양이 '두 나무 섬' 쪽으로 서서히 기울고 있었다.

미짓은 가까스로 시간에 맞게 도착했다. 숨을 헐떡거리며 조선소에 막 도착했을 때, 작업을 마친 일꾼들이 하나둘씩 철문을 빠져나가고 있었다. 미짓은 문 쪽을 가만히 지켜보다가 그 안에 있던 사람들이 거의 다 빠져나갔다고 여겨질 때쯤 건물 안으로 들어갔다.

조셉 노인이 조선소를 나오고 있었다. 기묘할 정도로 마른 몸이었다. 노인은 여윈 몸을 앞으로 구부리고서 휘청휘청 걸음을 내딛었다. 머리 위에는 예의 그 낯익은 모자가 턱 하니 걸쳐져 있었는데, 노인이 격렬한 기침을 한바탕 쏟아내자 그만

땅바닥에 풀썩 떨어지고 말았다. 노인은 모자를 물끄러미 쳐다보다가 한 차례 더 가래 섞인 기침을 뱉어냈다. 그런 다음 모자를 집기 위해 힘겹게 몸을 구부렸다. 그 모습을 본 미짓이 잰걸음으로 그쪽을 향해 걸어갔다.

그러나 미짓이 노인의 곁에 도착했을 때 이미 모자는 그의 머리 위에 얹혀져 있었다. 노인이 똑바로 몸을 펴고서 물기 어린 눈동자를 들어 미짓을 바라보았다.

"왜 그러냐?"

미짓은 오는 내내 연습했던 말을 발음하기 위해 입을 달싹였다. 그러자 노인이 갑자기 미짓의 팔을 붙잡았다.

"네 요트는 지금 아무 데도 못 간다. 배 바닥 주변에 해초가 얽혀 있어."

노인의 손가락은 힘없는 밧줄처럼 길고 앙상했다. 하지만 손아귀의 힘은 생각보다 강했다.

"해초에 얽혔다니까. 너는 지금 엉뚱한 물 위를 항해하고 있어. 잘못된 기적을 쫓고 있다고. 많은 사람들이 그런 해초에 붙잡히고 말지."

미짓은 노인이 자신의 팔을 놓아주기를, 이해하기 어려운 말을 그만하기를 바라며 노인을 올려다보았다. 하지만 노인은 두 가지 바람 모두 들어주지 않았다.

"선장을 확인해야 해. 알아듣겠냐? 대개 사람들은 선장을 확인하지 않아. 잘못된 기적을 따라가다가 그냥 익사해버리고 말지. 그러니 결과가 나쁘다 해도 선장의 잘못은 아니야."

노인의 얼굴이 갑자기 밝아졌다. 하지만 그것은 광기에 가까운 빛이었다. 두개골 옆에 양초를 켜둔 것처럼 얼굴에서 으스스한 기운이 뿜어져 나왔다.

노인이 미짓의 팔을 더 세게 붙잡았다.

"기억해라. 어떤 이들은 누구보다도 손쉽게 기적을 일으킬 수 있어. 마음만 먹으면 언제든 말이다."

노인의 눈빛이 멀리 바다 건너편에서 부는 바람처럼 흐릿해졌다.

"하지만 좋은 기적이 있고 나쁜 기적이 있다는 걸 명심해야 해. 그러니 넌 반드시 선장이 기뻐할 만한 일을 원해야 해."

"무…… 뭐……?"

하지만 조셉 노인은 고개를 끄덕이기만 했다.

"알아들었지. 반드시 선장이 기뻐할 만한 일을 원하고 바라야 하는 거야."

노인은 이 말을 마지막으로 내뱉은 후 발을 질질 끌며 뒤도 돌아보지 않고 어디론가 가버렸다.

미짓은 노인이 자신의 질문에 대한 답을 준 건지 아닌지 확신하지 못한 채 노인의 뒷모습을 물끄러미 바라보았다. 집으로 돌아온 후에도, 저녁 어스름이 깔릴 무렵에도, 심지어 셉이 자신의 방에 들어왔다가 돌아간 후에도 여전히 그 부분은 확신할 수 없었다.

시간이 흐를수록 선장에 대한 궁금증은 커져만 갔다.

아침이 되자 미짓은 일부러 종이를 들고 부엌으로 내려갔다. 그리고 구석의 차가운 바닥에 앉아 그림을 그렸다. 무모한 시도이긴 했다. 하지만 더 이상 숨어서 그림을 그리지 않을 거라고 결심하고 나니 기분은 꽤 좋았다. 미짓은 믿음을 배워야한다고 스스로에게 다짐했다. 어떤 방법으로 배울지 알 수 없었지만 꼭 필요한 과정이었다. 셉의 얼굴에 떠오르는 반감을 마주하고 나면 오히려 자신에 대한 믿음이 생길 것만 같았다. 그런 생각을 하자마자 운명을 시험대 위에 올려놓은 것처럼, 부엌문이 삐걱거리며 슬그머니 열렸다.

미짓은 목적이 있었음에도 불구하고 셉의 기척이 느껴지자 자신도 모르게 손을 뻗어 종이들을 한데 그러모았다. 그러나 그 손은 곧바로 셉의 발 아래서 뭉개졌다. 미짓은 비명을 질렀다.

"대체 뭐하는 거지? 이런 시시한 그림 그리기 말고 좀더 생산적인 일을 생각할 순 없어?"

셉이 한쪽 발로 종이를 걷어찼다.

"으…… 음……."

"웅얼대지 마. 개처럼 머리를 흔들지도 말고. 이것 봐, 네 그림은 아직 멀쩡해. 난 손 하나 까딱하지 않았다고. 일단은 뭘 좀 마셔야 할 것 같거든. 갈기갈기 찢는 건 그 다음이야."

그러고 나서 셉은 미짓의 손을 밟고 있던 발을 들어올렸다.

"오렌지주스 좀 가져와."

미짓은 이글거리는 눈으로 셉을 노려보았다. 하지만 그렇게 할수록 대가만 혹독해진다는 걸 알고 있었다. 그것을 다시 한번 상기시키려는 듯 셉이 발끝으로 미짓을 툭툭 건드렸다. 미짓은 아버지가 오기를 바라며 잠시 그 자리에 서 있었다. 하지만 창문 밖으로 전기톱 소리만 들릴 뿐 아버지는 들어오지 않았다. 마침내 미짓은 힘들게 자리에서 일어나 발을 질질 끌며 냉장고 앞으로 다가갔다. 오렌지주스 팩을 꺼내자 싱크대에 몸을 기대고 있던 셉이 차가운 목소리로 말했다.

"흘리지 마."

미짓은 끊임없이 떨리는 손으로 유리컵에 주스를 따라 식탁 위에 올려놓았다. 그러고는 제 컵에도 주스를 따르려고 했다.

"그만. 나머지는 남겨둬."

셉의 냉정한 목소리. 미짓은 주스팩을 자기 앞으로 끌어당기면서 셉을 향해 몸을 일으켰다. 팩을 던져버릴지, 바닥으로 내동댕이칠지, 그대로 쥐고 도망칠지 머뭇거리면서도 그 순간 어떤 행동을 취해야 한다고 확신했다. 자신의 의지와 증오와 힘을 보여줄 반항적인 행동을.

자신의 믿음을 보여줄 어떤 행동을.

셉이 눈을 가늘게 떴다.

"그거 내려놔."

셉이 낮게 중얼거리면서 천천히 미짓 앞으로 다가왔다.

미짓은 주스팩을 쥐고서 허둥지둥 식탁 뒤로 돌아 문 쪽으로 달려갔다. 하지만 셉은 손쉽게 미짓을 붙잡았고 미짓의 작은 손을 비틀어 주스팩을 빼앗은 다음 벽으로 확 밀쳤다. 그런 후 익숙한 동작으로 미짓의 목을 감싸 쥐었다.

그때 뒷문 쪽에서 아버지의 발걸음 소리가 들려왔다.

셉은 미짓을 누르고 있던 팔을 슬며시 돌려 미짓의 어깨를 감싸 쥐었다. 마치 보호하려는 것처럼. 그리고 목을 감아쥐려고 했던 손가락으로 미짓의 머리카락을 잔뜩 헝클어뜨렸다. 어느새 새로운 상황에 맞는 목소리까지 준비해놓고서.

"아빠, 빨리요! 미짓이 발작을 일으키려나 봐요!"

아버지가 황급히 뛰어 들어왔다.

"어디 있어? 어디?"

"침착하세요, 아빠."

셉이 숨을 몰아쉬며 미짓에게서 한 발짝 물러섰다.

"제가 어떻게든 막아보려고 했는데."

"무슨 일이 있었던 거야?"

셉이 조심스럽게 눈길을 돌렸다.

"모르겠어요. 그냥 머리를 어루만져주려고 했을 뿐인데, 발작을 일으킬 줄은 몰랐어요."

미짓은 구석 자리로 비칠비칠 걸어가면서 두 사람을 쳐다봤다. 셉의 천진한 표정보다는, 그 순간 셉을 바라보는 아버지의 감탄한 듯한 얼굴이 더 모욕적이었다.

"모든 게 발작의 요인이 되는구나."

아버지는 이렇게 말하고 미짓을 내려다보았다.

"괜찮니?"

미짓은 혐오감을 느끼며 시선을 돌렸다.

"바닥의 종이들은 다 뭐냐?"

미짓은 그림 가운데 하나를 아버지 앞으로 내밀었다.

"그…… 그…….."

"그림? 처음 있는 일이구나. 색도 칠하고. 잘했어. 나중에 천천히 보마."

아버지가 싱크대로 걸어가서 얼굴에 찬물을 끼얹었다.

"이 지긋지긋한 폭염이 어서 끝나면 좋으련만."

그때 뒷문 손잡이에서 딸깍 소리가 나더니 문이 열렸다.

"제니가 오기로 돼 있었니?"

"네."

아버지가 뜰로 나가면서 "셉은 부엌에 있다"고 무뚝뚝한 목소리로 외쳤다.

제니가 눈썹을 치켜올리며 들어섰다.

"너희 아버지, 무슨 일 있으시니?"

셉이 어깨를 으쓱했다.

"아무것도 아니야. 폭염 때문에 기분이 안 좋으신 것뿐이야. 걱정하지 마. 오렌지주스 좀 마실래?"

"고마워."

셉은 그 광경을 보고 있는 미짓을 향해 윙크를 날렸다. 자신과 제니가 특별한 사이라는 걸 과시하듯이. 제니는 그 모습을 보고서야 구석에 미짓이 서 있다는 것을 알아차린 듯했다.

미짓은 제니를 쳐다보고 싶은 마음을 억누르며 시선을 내리깔았다. 제니가 차라리 자신을 무시해주길 바랐다. 말을 걸어준다고 해도 제대로 대답할 수 없으니 그냥 지나쳐 갔으면 좋겠다고 생각했다. 하지만 제니는 이번에도 미짓 곁으로 다가왔다.

"이거 네 그림이니?"

"으…… 음……."

제니가 몸을 숙이자 길게 늘어뜨린 머리카락이 미짓의 몸을 간질였다.

"미안."

제니가 몸을 뒤로 뺐다.

"머리카락이 항상 성가셔."

제니는 한 손으로 머리카락을 말아 쥐고서 상체를 미짓 가까이로 더 숙였다. 미짓은 제니가 양미간에 힘을 주며 그림에 집중하는 모습을 물끄러미 바라보았다. 그러면서 심미안이 발달한 제니의 눈에는 형편없어 보일 거라고 생각했다. 그러나 제니는 미소를 지으며 고개를 들었다.

"아주 좋은데. 그런데 왜 똑같은 요트만 계속 그리는 거야?"

제니가 그림 한 장을 들어올렸다.

"이거 셉의 요트야? 아니면 네드의 요트인가?"

셉이 다가와 제니에게 오렌지주스를 건넸다.

"아니. 내 요트는 노란색이 아니야. 네드 것도 그렇고. 너도 알잖아."

제니는 주스를 한 모금 마시며 고개를 갸우뚱거렸다.

"하지만 같은 종류인데, 안 그래?"

"같은 급이지, 바보. 그럴 땐 같은 급이라고 하는 거야."

미짓은 제니가 '바보'라는 말을 듣자마자 입술을 앙다무는 걸 지켜보았다. 매력적이고 친절한 셉이 저런 실수를 저지르다니. 미짓은 형이 다시 한번 실수를 저지르기를 바랐다.

제니가 잠시 후 다시 물었다.

"그래, 그렇다면 같은 급인 거야?"

"글쎄, 그렇게 그리려고 한 것 같은데."

제니가 그림을 다시 뜯어보기 시작했다.

"잘 그린 것 같아. 아주 분명한 그림이야. 묘사도 세부적으로 했고. 그런데……."

갑자기 제니가 미짓을 쳐다보았다.

"왜 계속 노란색 요트만 그리는 거야? 요트장엔 노란색 요트가 없잖아, 안 그래?"

셉은 제니의 손에서 그림을 빼내 살펴보기 시작했다.

"조선소에 있는 요트네. 그걸 보려고 매번 집을 나갔잖아."

미짓은 셉의 손에서 그림을 잡아챘다.

"으…… 음……."

"걱정 마. 망가뜨리지 않을 테니까. 잘 그렸는걸. 아까도 말했지만 말이야."

"맞아. 잘 그렸어. 너한텐 너도 모르는 재능이 있나 봐."

그 말에 셉이 팔꿈치로 제니를 슬쩍 찔렀다.

"있잖아, 우리 함께 항해하기로 한 거 기억 안 나?"

제니가 창밖을 살펴봤다.

"바람이 별로 없어. 노를 저어야겠는데?"

셉이 싱긋 웃었다.

"이 난쟁이를 갤리선(중세 로마 시대의 배로, 주로 노예나 죄수에게 배를 젓게 했다-옮긴이) 노예로 데려가 노를 젓게 해야지."

오오, 셉, 아주 잘했어. 두 번째 실수를 저질렀잖아. 작은 기적이 또 일어났어.

셉의 말에 제니의 얼굴이 굳어졌다. 미짓은 맹렬한 기쁨을 느꼈다. 뒤늦게 셉이 미소를 지어 보였지만 별 소용이 없어 보였다.

"네가 동생을 그렇게 부를 줄 몰랐는데. 좀 심한 거 아니야?"

"그냥 농담한 거야. 애도 농담이라는 거 알아."

셉이 은근한 표정으로 윙크를 했다.

"평소에 자주 주고받는 우스운 농담일 뿐이야."

"세…… 세……."

미짓의 입에서 쉿소리가 흘러나왔고, 침 거품이 부글거렸다. 제니가 말없이 그 모습을 지켜보았다. 미짓은 제니가 자신의 고통을 직감했다는 걸 알았다.

그때 셉이 제니의 어깨에 팔을 두르며 말했다.

"자, 나가자."

그러나 제니는 몸을 숙여 셉의 팔을 피하고선 계속 그림을 만지작거렸다.

"있잖아, 언젠가는 너만의 요트를 갖게 되길 기도할게. 진심으로."

미짓은 두 사람이 밖으로 나가자 벽에 등을 기대고 앉아 뜰에서 들리는 톱질 소리에 잠시 귀를 기울였다. 그리고 그림들을 그러모아 쇼핑백에 담고서 몰래 집을 빠져나갔다. 발걸음이 어느새 강어귀로 향하고 있었다.

마침내 그림은 완성됐다. 그러니 그를 꼭 만나야 한다.


그림이 완성되었듯 요트 역시 몸단장을 마쳤다.

직공들이 완성된 요트를 태양빛이 내리쬐는 곳으로 옮겨놓았다. 쏟아지는 빛 아래서 요트의 노란색 선체와 니스칠을 마친 갑판이 보석처럼 반짝거렸다. 미짓은 요트를 뚫어지게 쳐다보았다. 장좌에 돛대가 세워져 있었고, 키도 설치돼 있었으며, 센터보드, 부력 주머니, 토스트랩 모두 제자리에 있었다. 돛, 시트 역시 조종실에 구비돼 있었다.

그리고 '판매용'이라는 팻말이 앞 갑판에 붙어 있었다.

미짓은 팻말을 무시하려고 애쓰면서 자신이 그렸던 그림을, 기적을 믿기 위해 그렇게 열심히 그렸던 그림을 떠올렸다. 쇼핑백에 담아온 꿈이 정말 현실이 될 수 있을까. 그 기적이 일어날 수 있을까. 일어날 수 있을까……. 그래, 일어날 수 있다. 나를 위한 기적. 미짓은 쇼핑백을 쥐고서 만나야 할 사람을 찾기 위해 조선소를 둘러보았다. 기적을 믿는 사람. 기적의 사나이.

잠시 후 등 뒤에서 소장의 목소리가 들렸다. 진지하고 친근한 낮은 음색의 목소리.

"노인은 갔다."

열차가 우르륵거리며 지나갔다. 기차가 지나가기를 기다렸다가 소장이 다시 입을 열었다.

"이제 다시는 오지 않을 거다."


미짓은 소장이 알려준 대로 해산물상 거리를 향해 터덜터덜 걸어갔다. 그 길은 언제나 활기찼다. 참새우, 조개, 뱀장어 젤리를 파는 노점상들이 열릴 때면 특히 그랬다. 하지만 지금은 모든 게 엉망진창으로 느껴졌다.

모든 게 달라졌다. 일이 잘못되어가고 있었다.

미짓이 미래를 의심하자마자, 기다렸다는 듯 마음속에서 믿음이 빠져나갔다. 레이크리크에서 시작해 레이거트와 먼 바다로 흘러나가는 썰물처럼.

선장에 대한 확신도 마찬가지였다.

미짓은 잔물결이 이는 해변 끝을 물끄러미 바라보았다. 얕은 수면 위로 오래된 난파선의 늑재가 진흙투성이 이빨처럼 튀어나와 있었다. 예전에 그 난파선을 소재로 이야기를 만들어보기도 했다. 하지만 이제 미짓은 자신의 삶을 소재로 이야기를 만든다.

자신의 유일한 요트에 대해서.

레이거트의 반짝이는 수면 위로 알록달록한 돛들이 살랑살랑 움직였다. 미짓은 그것들이 꼭 자신을 비웃는 것만 같았다. 미짓은 레이 역을 향해 터벅터벅 걸었다.

*기적이라고? 그 노인이 틀린 건지도 몰라. 그래, 기적은 일어나지 않을 거야. 어쩌면 지금껏 그 어떤 기적도 일어나지 않았을지 모르지.*

미짓은 얼굴을 일그러뜨렸다.

*이제 그 어떤 기적도 없을 거야. 아주 작은 것조차도.*

미짓은 역 앞에 서서 둑을 따라 굽이진 길의 왼편을 바라보았다. 그곳 부두 옆에 굴 잡이 배가 둥둥 떠 있었다.

조셉처럼 이상한 노인이라면 그렇게 낡고 별난 집에 사는 것도 당연해 보였다. 산책하는 도중 수십 번을 봤는데도 왜 그동안 그 기이한 배와 그 기이한 노인을 연결시키지 못했는지 의아스러울 정도였다. 미짓은 낡은 폐선의 선체를 살펴보았다. 낡아버린 삭구와 아래 활대와 갑판에 놓인 작살을, 다시는 건너지 못할 강어귀를 가리키는 기다란 제1사장을 물끄러미 쳐다보고 있으려니 그 배도 서서히 죽어가고 있다는 생각이 들었다.

조셉 노인처럼.

미짓은 배 위로 올라갔다. 소장이 노인에게 주라고 건네준 쪽지를 접고 또 접으면서 승강구로 천천히 걸어갔다. 열린 문 틈으로 내려다보니 아래쪽은 온통 캄캄했다. 어찌나 캄캄한지 처음에는 선실 안쪽에 뭐가 있는지 전혀 알아볼 수 없었다. 미짓은 몸을 앞으로 숙여 귀를 기울였다.

아무런 목소리도, 움직이는 소리도 들리지 않았다. 미짓은 어둠과 적막에 익숙해질 때까지 잠자코 서 있었다. 그러자 어디선가 바람이 빠지는 듯한 숨소리가 들렸다.

천천히 이어지는 숨소리. 밭은 숨을 고통스럽게 내뱉는, 귀에 거슬리는 그 소리. 미짓은 망설인 끝에 억지로 기운을 내서 아래로 기어 내려갔다.

승강구가 열려 있었지만 선실엔 꺼림칙하고 기괴한 기운만 감돌고 있었다. 석유램프의 불빛만으로 그 괴괴한 분위기를 몰아내기엔 역부족이었다. 입구에 여러 개의 밧줄 꾸러미와 돛 꾸러미들이 시커먼 더미를 이루고 있었다. 하마터면 발이 걸릴 뻔했다. 그 안은 고래의 배 속처럼 고요했다. 하지만 평온하지는 않았다.

노인은 침상에 누워 천장을 응시하고 있었다. 침상 옆 바닥에 반쯤 먹다 만 빵과 빈 머그컵 하나가 나뒹굴고 있었다. 노인은 미동도 하지 않았다.

미짓은 쪽지를 만지작거리다가 조심스럽게 앞으로 걸어갔다. 발에 채인 머그컵이 뱃머리 쪽으로 달그락거리며 굴러가다가 이내 어둠 속으로 사라졌다. 곧이어 떨리는 목소리가 들려왔다.

"선장에게…… 나쁜 기적을…… 바라지 마……."

미짓은 동상처럼 멈춰버린 그의 얼굴을 쳐다보았다. 노인의 입가로 침이 줄줄 흘러내렸다. 미짓은 손수건을 꺼내 침방울을 닦아냈다.

"항상 선장을 행복하게 해줘야 해. 그렇지 않으면 선장이 싫어하니까."

노인의 지친 목소리가 들렸다.

미짓은 지금 벌어지고 있는 상황과 그 말들을 무시하려고 애쓰면서 노인의 얼굴을 내려다보았다. 목소리가 점점 희미해지고 있었다. 미짓은 머지않아 그 목소리조차 완전히 사라지게 될 거라는 걸 직감했다.

"설령 네가 나쁜 기적을 원한다 해도…… 완전하게 그리고…… 완전하게 믿으면…… 그걸 얻을 수는 있어. 다만 대가가 따라오지."

노인이 천천히 심호흡을 했다.

"악이 뒤따라온다."

노인의 짓무른 눈이 처음이자 마지막으로 미짓을 응시

했다.

"얘야, 악은 죽음 전에 나타난단다. 망령처럼."

미짓은 뒤로 물러섰다. 그 말의 의미를 이해할 수 없었지만 그 말에 서린 섬뜩한 기운에 덜컥 겁이 났다.

노인의 두 눈동자는 미짓을 향해 고정돼 있었다. 미짓은 뱃속에서 스멀스멀한 기운이 올라오는 것을 느꼈다. 노인의 두 눈은 커다란 검은 거울 같았고, 자신의 깊숙한 곳을 비추는 것만 같았다. 그렇게 얼마간의 시간이 흐르자, 노인이 천천히 시선을 돌렸다. 그러고는 다시 천장을 올려다보았다.

미짓은 휘갈겨 쓴, 굵직한 필체의 쪽지를 앞으로 내밀었다.

'노인에게 전해줘. 도움이 필요하면 바로 날 부르고, 할 말이 있으면 네 편에 보내라고 썼다.'

소장은 짧고 뭉툭한 연필을 쥔 채 그렇게 말했었다.

노인은 쪽지를 읽어보지도 않았다. 위로 치켜 뜬 두 눈은 이마 아래에서 기나긴 휴식을 취하고 있는 것처럼 보였다.

미짓은 노인을 응시했다. 자신의 눈앞에서 수수께끼 같은 죽음이 진행되고 있다는 사실을 차마 받아들이지 못한 채. 갑자기 노인의 몸이 바들거렸다.

"선장의 뜻을 헤아려……."

노인이 웅얼거렸다.

미짓은 침상에 누워 있는 노인에게 더 가까이 다가갔다. 그러자 노인의 두 눈이 서서히 감겼다.

*이봐요, 이봐요. 이제 우리는 다시 만날 수 없나요. 다시는……*

미짓은 자신도 모르게 노인의 눈꺼풀을 손가락으로 매만졌다. 그러자 노인이 또다시 웅얼거렸다.

"이제는 아무도 볼 수 없어. 모두…… 눈이 멀었거든."

미짓은 갑자기 '죽음'이라는 두 글자를 온몸으로 체감했다. 극심한 공포감이 밀려들었다. 미짓은 그림이 든 쇼핑백을 떨어뜨리고 정신없이 선실을 빠져나갔다. 그러고는 엉엉 울면서 조선소를 향해 내달렸다.


굳이 말할 필요도 없었다. 소장은 미짓의 얼굴을 힐끔 쳐다보더니 불현듯 그 배를 향해 달려가기 시작했다. 미짓은 신더 길 쪽으로 내달렸다.

그러나 아무리 달려도 피할 수가 없었다. 생각의 바퀴가 미친 듯이 돌아갔다. 마침내 미짓은 조셀린스 해안에 도착했다. 그러나 끊어질 듯한 숨을 고르는 그 순간에도 고통은 여전했다. 일광욕객과 지나가는 사람들이 모두 미짓을 쳐다보았다. 어떤 노인은 괜찮느냐고 물어보기까지 했다.

미짓은 그곳을 빠져나가 초크웰 해안을 따라 비틀비틀 걸었다. 앞쪽으로 펼쳐진 길을 따라가다 보면 사우센드 부두에 닿을 수 있다는 것을 어렴풋이 떠올리면서. 볼링용 잔디밭과 보호시설을 지나쳤다. 자동차가 미짓을 향해 경적을 울렸다. 급기야 차 안에 탄 사람들이 창문을 내리고 조롱을 퍼부었다. 어깨가 구부정한, 머리를 빡빡 깎은 두 남자가 미짓을 밀치며 지나갔다. 휠체어가 미짓의 몸에 부딪혔다. 그러나 휠체어에 탄 남자는 미안하다는 말 한마디 하지 않았다. 미짓보다 몸집이 큰 아이들이 달려와 미짓의 주변을 뛰어다니며 노래를 불렀다. 미짓은 양손으로 두 귀를 틀어막았지만 노랫소리와 여러 갈래의 생각이 미짓을 계속 뒤쫓아왔다.

미러클 맨이 죽었어.

미짓은 아이들을 밀치고 초크웰 거리로 뛰어갔다. 사람들을 피할 수만 있다면, 이대로 숨이 끊어질 때까지 계속 달릴 수만 있다면. 하지만 그 두 가지 모두 이룰 수 없는 희망이었다.

두 시간 정도 흘렀을까, 미짓은 자신이 집 앞에 와 있다는 사실을 알아차렸다. 그동안 어디를 배회하다 왔는지 기억조차 나지 않았다. 미짓은 절뚝거리며 문 앞으로 걸어가서 자물쇠에 열쇠를 끼워 넣었다.

미러클 맨이 죽었다.

손잡이가 돌아갔다. 집 안으로 한 발짝 들어가자 자신을 기다리고 있는 셉이 보였다.

미러클 맨이 죽었다. 이제 나도 곧 죽게 되겠지.

그러나 그날 밤 미짓은 살아남았다.

아침에 일어나 보니 아래층에서 다른 사람의 목소리가 들렸다. 낯익은 목소리였다. 하지만 목소리의 주인공이 누구인지는 잘 떠오르지 않았다. 갑자기 문이 홱 열렸다. 셉이었다.

"누가 널 찾아왔어. 겉옷 걸치고 아래로 내려와."

셉이 작위적인 웃음을 흘리며 말했다.

미짓이 노려보자 셉은 보란 듯이 더 과장된 웃음을 지어 보였다. 아래층에서 아버지의 목소리가 들렸다.

"오고 있니?"

"가고 있어요!"

셉이 큰 소리로 대답했다.

미짓은 침대에서 나와 겉옷을 걸치고 아래층으로 내려갔다. 현관 앞에 아버지와 그 아리송한 목소리의 주인공이 서 있었다.

조선소의 소장이었다.

아버지는 편안한 표정을 지으려고 애썼지만 말할 때마다 양미간이 조금씩 찌푸려졌다.

"켐프 씨 오셨어. 올드레이에서 조선소 운영하시는 분, 알지? 그래, 잘 알겠지."

그러고는 다시 켐프 씨를 향해 말했다.

"이 녀석이 들락거려서 방해가 되진 않았을지…… 죄송합니다."

"방해는 무슨요. 얼마나 괜찮은 아인데요."

"아, 네……."

아버지는 어색한 표정으로 미짓을 쳐다보았다.

"항해클럽에서 우리 집 주소를 직접 찾으셨다는구나. 네게 전해줄 말이 있어서."

갑자기 요트 그림이 떠올랐다.

켐프 씨가 큼큼거리며 목을 가다듬었다.

"넌 조선소의 친구니까. 나뿐만 아니라 다른 사람의 친구이기도 하지."

"요트를 만드는 노인 말이군요."

아버지가 말했다.

"정신이 오락가락했죠. 상태가 좀 심각했어요."

미짓은 두 사람의 얼굴을 차례로 쳐다봤지만, 두 눈에는 오직 마음속 그림만 보일 뿐이었다.

"그렇게 눈에 띌 정도로 이상한 분을 왜 저는 그동안 한 번도 못 봤을까요."

그러자 켐프 씨가 웃음을 터뜨렸다.

"주변에 있었다면 분명히 봤을 겁니다. 하지만 워낙 아무 데도 안 가는 양반이었으니까요. 그냥 배와 조선소만 왔다 갔다 했거든요. 술도 안 마시고 사회생활 같은 것도 안 했죠."

그러는 사이에도 그림은 점점 선명해졌다. 너무도 생생해서 물감 냄새를 맡을 수 있을 것만 같았다.

"어쨌든 어제 돌아가셨다면서요. 유언 같은 건 없었나요?"

"아, 맞아요."

아버지의 말에 켐프 씨가 쪽지를 높이 들더니, 밧줄과 쇠사슬을 다루는 데 익숙한 손가락으로 그것을 펼쳤다.

"어제 저한테 유언을 남겼습니다. 날짜를 기입하고 자기가 하는 말을 써달라고 하더군요. 그리고 다른 증인이 보고 있는 가운데 가까스로 서명을 마쳤습니다."

켐프 씨는 종잇조각을 잠시 쳐다보더니 엄숙한 목소리로 천천히 내용을 읽어 내려갔다.

"이것은 내가 정신이 있을 때 남기는 내 마지막 유언이다."

켐프 씨는 이 말을 한 후 콧숨을 몰아쉬었다.

"내 배 '강어귀처녀'는 올드레이 조선소의 어니 켐프에게 남긴다. 내 돈을 포함한 모든 소지품도 켐프에게 남긴다."

켐프 씨가 고개를 들더니 말했다.

"침상 밑에 있는 가방에 돈이 들어 있더군요. 은행 계좌가 없었거든요."

"많았나요?"

아버지가 물었다.

"아니요. 하지만 마지막 유언을 남기기에는 충분한 금액이었어요."

셉은 천천히 다가오더니 미짓의 어깨에 슬쩍 한 손을 올려놓았다.

"뭐가 더 있나요?"

조용한 목소리.

켐프 씨가 다시 쪽지를 보며 입을 열었다.

"내 돈을 포함한 모든 소지품도 켐프에게 남긴다. 조건이 있다면 켐프가 노란색 요트를……."

미짓은 하마터면 소리를 지를 뻔했다. 더 들을 필요도 없었다. 셉의 손이 어깨를 누르고 있는데도 눈치채지 못할 정도였다. 주변 사람들이 그 내용을 듣고 술렁거렸지만 미짓은 그냥 두 눈을 감고만 있었다. 마음속을 가득 채우고 있던 그림이 점점 희미해졌다.


미짓이 앞 갑판에 어깨를 기대자 운반용 수레 위에 있던 요트가 살짝 기울었다. 미짓은 선체의 무게감을 처음으로 느끼며 전율했다. 앞 갑판을 손으로 어루만지자, 손가락에 요트의 시원한 나뭇결이 만져졌다. 이제 막 조선소를 빠져나온 그 배는 아직 뜨거운 태양의 영향권 밖에 있었다. 미짓은 뱃머리의 날렵한 가장자리를 손가락으로 죽 훑으면서 그것이 물살을 가르고 나아가는 모양을 상상했다.

"덮개 벗겨볼래?"

제니가 물었다.

미짓은 고개를 돌려 자신을 쳐다보고 있는 아버지, 셉, 벤, 마지, 제니의 얼굴을 차례로 훑어보았다. 각각의 얼굴에 전부 다른 표정들이 서려 있었다. 오직 제니의 얼굴에만 기쁨의 흔적이 역력했다.

아버지가 앞으로 나오며 말했다.

"그건 요트장에서 할 거야. 지금은 그런 데 시간을 낭비해선 안 돼. 물건 옮겨야지."

켐프 씨가 뚜벅뚜벅 걸어왔다.

"제가 모든 삭구를 조종실에 갖다 넣을게요."

"대단히 고맙습니다."

"덮개를 끈으로 어떻게 묶는지 저 녀석한테 직접 보여주시라고 일부로 덮어놓았어요."

"그러셨군요. 이따가 같이 해봐야겠네요."

켐프 씨는 아버지의 조급한 태도에도 아랑곳하지 않고 미짓을 향해 침착하게 말했다.

"같이 해보렴. 요트장에 네 자리를 마련해놓았더구나. 운이 좋았어. 자리 경쟁이 심하던데."

"맞아요. 그런데 마침 자리 하나가 생겼지 뭐예요."

셉이 말했다.

켐프 씨가 미짓을 내려다보았다.

"흐음, 기적이 하나씩 일어나고 있잖아? 그 노인의 말이 아주 빈말은 아니었나 보네."

"자! 갑시다!"

아버지가 말했다.

갑자기 모든 사람이 부산스럽게 움직였다.

미짓은 주위를 이리저리 둘러보았다. 요트를 끌어당기고 요트장의 자리를 찾고 덮개를 벗기고 돛을 올리고 요트를 띄우는 일 모두 자신의 손으로 하고 싶었다. 그 특별한 순간을 혼자 누릴 수 있도록 다른 사람들이 그냥 가버렸으면 좋겠다고 생각했다.

하지만 사람들은 너무나 바빠서 미짓에게 관심을 기울일 수조차 없었다. 아버지는 요트 운반용 수레를 붙잡고 뱃머리가 거리 쪽을 향하도록 돌렸다. 셉은 그 반대편에서 요트를 밀며 운반을 도왔다. 벤은 돛대를 어깨 위에 짊어진 후에 사람들이 지나가기를 기다렸다가 방향을 돌렸다. 마지는 구명조끼를, 제니는 삼각기를 집어 들었다. 그들은 아무 할 일도 없이 서 있는 미짓을 남겨놓은 채 모두 걸음을 옮겼다.

*내가 아무것도 도울 수 없다고 생각하는구나. 앞으로도 절대 혼자서 요트를 탈 수 없다고 생각하는구나.*

미짓은 주먹을 꼭 쥔 채 사람들의 뒷모습을 노려보았다. 그때 켐프 씨가 미짓의 어깨를 툭 쳤다.

"도와주는 사람이 저렇게 많다는 건 좋은 거야. 그러니까, 이런 경우에는 말이지."

미짓은 켐프 씨의 얼굴을 올려다봤다.

*이런 경우라니요? 내가 발작을 일으킬 때? 강풍 앞에서 내가 허우적거릴 때? 그래서 요트가 전복될 때?*

미짓은 무거운 발걸음으로 사람들을 뒤쫓아 갔다. 무리는 이미 벨워프 근처에 도착해 있었다. 제니조차도 미짓이 곁에 없다는 사실을 알아차리지 못했다. 사람들은 신더길의 초입에 도착하자마자 서둘러 요트장 쪽으로 향했다. 제니가 뒤를 돌아본 것은 바로 그때였다. 제니는 미짓이 많이 뒤처졌다는 걸 깨닫고 일부러 천천히 걷기 시작했다.

"기분이 어때?"

제니가 물었다.

미짓은 자신이 보조를 맞출 수 있도록 제니가 속도를 늦췄다는 걸 알아차렸다.

"놀랍지 않아? 그림 속의 요트를 갖게 됐잖아."

미짓은 제니를 쳐다보며 최대한 정상적인 미소를 지어 보이려고 애썼다.

"어때? 혼자서 요트를 조종할 수 있을 것 같니?"

적어도 제니는 다른 사람들과 달리 솔직하게 물어볼 줄 알았다. 의심하지 않는 척 일부러 부산 떠는 사람들, 속마음이 얼굴에 고스란히 드러나는 것도 모르고.

미짓은 제니의 질문을 받자마자 스스로도 자신을 완벽하게 믿지 못한다는 것을 깨달았다. 미짓은 시선을 내리깔았다.

그러자 제니가 말했다.

"틀림없이 할 수 있을 거야. 난 알아, 넌 할 수 있다는 걸. 난 널 믿어."

미짓은 할 수만 있다면 제니에게 고맙다고 말하고 싶었다.

다시 제니가 수줍게 말했다.

"내…… 바이올린 선생님은 항상 이런 말을 해주시지. 일단 자신을 믿으라고. 그리고 바이올린이 내 또 다른 팔다리가 되

게 하라고. 바이올린이 내 일부가 되게 해야 한다고. 그게 내
모든 것이 될 때까지 말이야. 바보 같은 소리로 들리니?"

"아, 아…… 아……."

*아니, 전혀. 조셉 노인이 했던 말과 비슷한 걸.*

제니는 조심스러운지 목소리를 한층 낮추었다.

"있잖아, 요트도 일종의 악기로 볼 수 있을 것 같아. 일단
그게 어떻게 움직이는지 알게 되면, 그러니까 그것을 어떻
게…… 조종하는지 알게 되면……."

제니가 잠깐 동안 망설였다.

"새로운 팔다리가 될 수 있잖아. 그러면 결국 너의 모든 게
될 수도 있어."

그 후로 제니는 침묵했다. 당분간 입을 열지 않을 것만 같은
눈치였다. 미짓은 요트장에서 기다리는 다른 사람들을 쳐다
봤다. 모두들 장례식장에 온 조문객의 표정을 하고 있었다.

미짓은 제니의 말을 곱씹으며 어쩌면 오늘이 정말 장례일이
될 지도 모르겠다고 생각했다. 이제 죽어 없어질 자신의 옛 몸
에 대한 장례일.

*어쩌면 이제 나는 새로운 몸을 갖게 될지도 몰라.*

*더 나은 몸을.*

이제 요트는 진수대 위에 놓여 있었다. 아버지와 벤은 물가
에 앉아 담배를 태우고 있었고 셉은 자신의 요트 상태를 확인

하기 위해 자리를 떴다. 마지가 구명조끼를 들고 나타났다.

"내 강아지, 여기 있었구나. 수영을 못하니까 이걸 입는 게 낫겠어. 만약 요트가 전복됐을 때 셉이 널 구하지 못하면 어떡하니."

"엄마!"

제니가 소리쳤다.

"어머, 얘, 난 분명히 '만약'이라고 했어."

미짓은 구명조끼를 받아들고 요트장 가장자리로 걸어갔다. 해상 기상예보에 따르면 풍력이 3급에서 4급 사이, 최고 5급까지 될 것 같다고 했었다. 미짓은 두 눈을 질끈 감았다.

*내가 탄 요트는 전복되지 않아. 내가 요트를 지탱할 수 있다는 걸 보여줘야 해. 조셉 노인을 위해, 제니를 위해.*

*그리고 나를 위해.*

판자 위에서 저벅저벅 발자국 소리가 났다. 아버지와 벤이 농담을 주고받으며 진수대로 올라갔다. 곧이어 셉이 가세했다. 세 사람은 덮개를 풀기 시작했다. 미짓이 앞으로 걸어 나갔다.

"이제 삭구를 장착해야지. 그 일은 더 빨리 끝낼 수 있을 거야. 어떻게 하는지 잘 지켜봐라."

아버지가 말했다.

*저도 할 줄 알아요. 아버지도 그 사실을 알잖아요.*

미짓의 몸에서 미세하게 경련이 일기 시작했다.

하지만 아무도 알아차리지 못했다. 아버지와 벤은 덮개를 뒤 갑판에 닿을 때까지 말아놓고, 아래 활대의 돛을 펴기 위해 조종실 쪽으로 몸을 숙였다. 마지와 제니는 돛에 막대를 끼워 넣었다. 셉은 삼각기를 부착하고 돛대를 세웠다.

그것을 지켜보는 미짓의 가슴속에 웬지 모를 분노가 치밀었다.

"멋진 요트네요, 그녀의 이름은 뭐죠?"

제니가 장난스럽게 물었다.

미짓은 조셉 노인이 했던 말을 떠올리며 자신도 모르게 이렇게 외쳤다.

"그, 그…… 그야!"

다른 사람들이 미짓을 쳐다보았다.

"그…… 그…… 그야!"

미짓은 자신을 바라보는 모두의 시선을 느끼며 숨을 헐떡였다.

"그라고? 모든 선박은 여성형 대명사로 불러야 하는 거(영어의 문법 규칙이다-옮긴이) 알잖아."

셉이 말했다.

"이름은 이미 지어진 것 같아. 아까 선미판에 새겨진 글자를 봤거든."

제니가 말하자 벤이 선미판 쪽으로 걸어갔다.

"그렇겠지. 그 노인이 마지못해 이 물건을 내놓으면서 허둥 지둥 지었겠지."

"여보!"

마지가 나무라듯 소리쳤다.

"거 참, 알았다고."

벤이 머쓱한지 뒷머리를 긁었다.

다른 사람들이 몰려들자 벤이 덮개의 마지막 고리를 풀었다. 미짓은 그 광경을 지켜보면서 조셉 노인이 했던 말을 다시 떠올렸다.

*넌 아직 그의 이름을 알 수 없어. 그는 아무한테나 자기 이름을 말하지 않아. 내가 그러는 것도 원치 않지. 그가 선장을 보게 될 때까지 말이야. 그가 제대로 물세례를 받기 전까지 아무한테도 그의 이름을 말할 수 없어.*

미짓은 요트를 보면서 생각했다.

*맞아요, 이제 당신은 세례를 받으러 여기에 왔어요.*

*내게도 세례를 베풀어주기 위해서.*

*그리고 내 새로운 몸이 되기 위해서.*

*나 자신이 되기 위해서.*

*그렇게 되면 더 이상 나도 내가 그렇게 부끄럽진 않겠죠.*

"요트 이름으로는 이상하다."

마지의 말이었다.

미짓은 사람들을 향해 걸어갔다. 미짓이 다가오는 동안 모두들 입을 다물었다. 주위가 갑자기 조용해졌다. 미짓의 캔버스화가 요트장 판자 위를 가볍게 밟는 소리만이 울려 퍼졌다. 사람들은 미짓을 위해 옆으로 비켜섰다. 미짓은 무릎을 꿇고 앉아 선미판에 휘갈겨진 글자를 응시했다. 아마도 단어를 읽지 못할 거라고 예상하며.

하지만 그것을 보는 순간 너무도 자연스럽게 단어의 정확한 뜻과 음이 떠올랐다.

그리고 놀랍게도 미짓은 한 번도 더듬지 않고 큰 소리로 그것을 읽어냈다.

"미러클 맨."

*미러클 맨! 기적의 사나이! 살아 있었군요. 마침내 내게 다시 돌아왔군요.*

미짓은 그동안 자신을 괴롭혔던 문제들이 갑자기 아무것도 아닌 것처럼 느껴졌다. 다른 사람들이 요트의 기이한 이름에 대해 떠들어대건 말건, 아버지와 셉 둘이서만 돛과 키와 키 손잡이를 만지작거리고 부력 주머니와 토스트랩을 확인하건 말건, 이제 그런 것은 전혀 신경 쓰이지 않았다. 미짓은 다짐했다. 앞으로는 스스로 할 수 있다고 생각하는 일은 모두 직접 하겠다고.

이번에는 저들이 요트를 준비시키고 있지만 다음에는 내가 하겠어. 문제 될 건 없어.

벤이 마지에게 "저 녀석 혼자서는 요트를 다루지도 못할걸" 하고 속삭이는 소리나 셉이 아버지에게 "걱정 마세요. 요트가 전복되면 제가 저 녀석을 꺼내올게요"라고 말하는 소리조차 문제가 되지 않았다.

"이 요트가 셉의 것보다 더 아름다워"라는 제니의 말만으로도 충분한 위안이 됐다.

셉은 항해를 준비하기 위해 스콜피언 쪽으로 달려갔다. 아버지와 벤은 진수대 아래로 미끄러지는 요트 쪽으로 돌아섰다. 선체가 자유롭게 물에 뜨자 아버지는 진수대 위에 있는 마지에게 요트 운반 수레를 건넸다. 아버지가 돛을 올렸다. 돛은 이 순간을 너무도 간절히 원했다는 듯 펄럭였다.

미짓은 재빠르게 구명조끼를 입고서 서투른 손짓으로 끈을 맸다.

"내가 해줄게."

제니가 손을 뻗었다. 끈이 작은 구멍 사이를 지그재그로 통과하는 사이, 제니의 손이 미짓의 몸을 가볍게 눌렀고, 미짓은 그 따뜻한 압력에 살짝 몸을 떨었다. 끈이 구멍 맨 위쪽을 통과하자 제니가 끈을 힘껏 잡아당겨서 단단히 묶었다.

"잊지 마. 내가 널 믿는다는 걸."

제니가 상냥하게 말했다.

미짓은 요트 위로 올라갔다. 중앙에 자리를 잡고 앉아 요트의 흔들림이 잠잠해지기를 기다렸다. 이리저리 방향을 바꾸는 바람을 따라, 미짓의 머리 위에 매달려 있던 돛이 하활을 앞뒤로 잡아끌었다. 미짓은 킥킹 스트랩, 메인시트, 키 손잡이, 자신을 물속으로 끌고 들어가고 싶어 하는 듯한 센터보드를 만지작거렸다.

예상대로 아버지가 설교를 늘어놓았다.

"잘 들어라, 너무 멀리 가면 안 돼. 셉이 쫓아갈 때까지 요트장 근처에만 있어야 한다."

벤이 코를 킁킁거리며 공기 냄새를 맡았다.

"바람이 심상치 않은데."

아버지가 고개를 끄덕였다.

"조심해라. 벤 아저씨 말이 맞아. 멀리 나갈수록 바람이 심해질 거야. 그러니까 오늘은 해안 근처에만 머물러야 한다. 알았지?"

바람이 한층 강해지자 돛이 흔들리고 선체가 떨렸다. 미짓은 자신도 모르게 몸을 떨었다.

*미러클 맨, 뒤집히면 안 돼요, 제발.*

바람에 따라 선체가 조금씩 흔들리면서 진수대 쪽으로 향해 있던 뱃머리가 진수대에서 완전히 떨어졌다. 미짓은 노깃을 내린 다음 센터보드를 내리고서 좌현에 앉았다.

"그녀가 항해할 준비를 마쳤구나."

아버지가 말했다.

"그…… 그…….."

"그래, 그가 항해할 준비를 끝냈어. 잊어버려서 미안하다."

"행운을 빌어."

제니였다.

"항해 잘하렴."

벤이 인사를 건넸다.

"요트가 꽤 근사해 보이네."

마지의 말이었다.

네 사람은 두 손으로 선체를 붙잡은 채 서서히 바다를 향하도록 미러클 맨을 돌렸다.

아버지는 여전히 불안해하는 눈치였다.

"잊지 말거라, 폭풍이 올 것 같은 날씨에 주의할 건……."

이미 충분히 들었던 말이다. 미짓은 그 말이 끝나기도 전에 키를 자신 쪽으로 돌리고 시트를 당겼다. 요트의 선체가 흔들렸고 돛이 펄럭이며 팽팽해졌다.

잔물결이 이는 바다 위에서 미러클 맨은 해안을 등지고 점점 앞으로 나아갔다.

벤, 마지, 제니가 응원을 보냈지만 아버지는 잠자코 있었다. 미짓이 뒤돌아보니 셉이 스콜피언을 진수대 아래로 밀고 있는 모습이 보였다.

바로 그 순간 첫 번째 돌풍이 불었다.

우현 가장자리가 물속에 잠기면서 돛이 수면을 스치고 지나갔다. 미짓은 바람이 불어오는 쪽으로 기어가 토스트랩에 발을 끼우고 온 힘을 다해 몸을 밖으로 내밀었다.

*미러클 맨, 전복되지 말아요. 제발.*

물은 예상했던 것보다 더 빠른 속도로 미짓의 발밑으로 흘러들어왔고 선체는 여전히 뒤집어질듯 위아래로 요동쳤다.

*사람들에게 잘하는 모습을 보여줘야 해. 요트의 흔들림을 멈추게 해야 해.*

미짓은 요트 밖으로 몸을 더 내밀었다. 돛에서 바람을 빼는 식의 수동적인 전략은 쓰지 말자고 다짐하면서. 하지만 좌현이 계속 올라갔다.

*요트를 네 몸의 일부로 받아들여.*

*네 모든 것이 되게 해.*

*그리고 믿어.*

물결이 앞 갑판에 거세게 부딪치면서 미짓의 온몸에 바닷물이 튀었다. 미짓은 이를 갈며 몸을 요트 바깥쪽으로 더 내밀었다. 마침내 바람이 불어오는 쪽의 선체 측면이 점점 낮아졌다.

미짓은 승리감에 들떠 환호성을 내질렀다.

등에서 물이 주르륵 흘러내렸다. 미짓은 돌풍이 잠잠해진 것을 확인한 후 요트 안으로 미끄러지듯 돌아왔다. 돛이 선체 앞부분의 가장자리를 따라 나부끼자 바람을 더 잘 받을 수 있도록 돛을 조절했다. 미러클 맨은 물결을 가르며 연해를 헤치고 수월하게 나아갔다.

스콜피언이 다가오고 있었다. 셉은 몸무게를 이용해서 손쉽게 요트의 균형을 맞추어냈다. 셉이 손을 흔들며 연안으로 돌아오라는 신호를 보냈다.

*안 가. 안 갈 거야.*

셉은 더 조급하게 신호를 보냈다. 미짓은 진수대 옆에서 자신을 지켜보는 사람들을 잠깐 떠올리고는 어쩔 수 없이 뱃머리를 돌렸다.

다른 요트들이 진동이 낮은 물결 위를 재빠르게 지나가며 물길을 만들었다. 셉이 따라오라는 몸짓을 했다.

흥분은 사라졌다. 미짓은 셉을 무시하고 싶었지만 그렇게 하면 그날 밤이 더 괴로워지리란 걸 잘 알고 있었다. 괴로움의 정도는 지금 자신이 어떻게 하느냐에 따라 달라질 것이다.

미짓은 돛의 방향을 바꾸어 스콜피언을 따라갔다. 앞에 가던 셉이 뒤돌아봤다.

"결국 네 요트를 갖게 됐군. 그런데 말이야, 발작을 일으킬 때 내가 도와줄 거란 기대는 하지 마."

미짓은 그 말을 듣는 순간 또다시 근육이 경직됨을 느꼈다. 그와 동시에 그것이 바로 셉이 원한 것임을 깨달았다. 미짓은 근육에 힘을 줬지만 떨림은 사라지지 않았고, 오히려 온몸으로 퍼질 기미를 보이고 있었다. 큰 물결이 앞 갑판을 덮치면서 요트 한쪽을 거세게 휩쓸고 갔다.

"너 같은 녀석은 항해를 하면 안 돼. 미치광이한테 요트를 주는 건 위험하거든."

근육이 더 세게 반응했다. 미짓은 점차 통제력을 상실했다.

"여기서 발작을 일으키면 곧바로 요트가 뒤집어지겠지. 그러면 넌 물에 빠진 생쥐 꼴이 될 거야. 게다가 수영도 못하잖아. 의식을 잃고서 뒤집힌 선체에 갇힌다면 구명조끼도 소용없지."

셉의 악랄한 모습이 마음속으로 더 깊이 파고들어왔다. 몸의 떨림이 더 심해졌다. 미짓은 자신의 몸을 내려다보며 이를 악물고 경련을 억눌렀다. 갑자기 셉이 날카롭게 외쳤다.

"제길, 눈을 떼지 마! 지금 뭐하는 거야!"

고개를 들어보니 미러클 맨의 앞머리가 스콜피언의 앞쪽을 향해 돌진하고 있었다. 곧 부딪힐 기세였다.

미짓은 재빨리 키를 내려서 방향을 바람이 불어오는 쪽으로 바꾸었다. 미러클 맨이 좌현으로 꺾였다.

미짓은 잠시 후에 방금 무슨 일이 일어났는지, 그것이 뭘 의미하는지 알아차렸다.

미러클 맨이 스콜피언을 따라잡은 것이다!

"멍청한 놈!"

미짓은 그 말에 신경 쓰지 않았다. 바람이 불어오는 쪽으로 방향을 바꾸는 대신, 스콜피언의 돛 쪽으로 부는 바람을 훔치지 않기 위해 그것에서 멀어지면서, 시트를 뒤로 당기고 평행 코스로 방향을 조정했다.

이제 속도의 차이는 확연해졌다. 미짓은 계속해서 셉을 앞질러 갔다. 거리가 꽤 벌어졌다. 미러클 맨이 다시 기울어지자 미짓은 선체를 바로 세우려고 온 힘을 다해 몸을 밖으로 내밀었다. 그리고 그것에 정신을 집중하는 사이 몸의 떨림이 갑자기 사라졌다는 사실을 깨달았다. 평생 처음으로 발작을 극복했다는 사실을.

미러클 맨은 육지와 셉에게서 멀어지면서 앞으로 앞으로 나아갔다. 앞바다의 큰 파도가 미러클 맨의 앞길을 방해했다. 물이 조종실을 덮쳤다. 미짓은 손가락 끝으로 셀프 베일러를 열어 계속 물길을 헤치고 나아갔다. 레이거트에 죽 늘어선 어선들과 메인 수로 너머의 유조선들이 보였다.

미러클 맨은 그곳을 향해 돌진했다. 우리에서 탈출한 짐승처럼.

하지만 기적에는 대가가 따르는 법이다.

그날 밤 검은 형상이 또다시 미짓을 찾아왔다. 미짓은 이미 짐작하고 있었다. 폭언보다도 더 고통스러운 것이 준비되어 있음을.

그러나 그것은 미짓이 오늘을 온전히 누린 것에 대한 대가였다. 미짓은 오늘 자신이 이룬 승리에 얼마만큼의 대가가 뒤따를지 궁금했다.

"내가 항해할 때는 옆으로 오지 말라고 했지."

으르렁거리는 목소리가 들리더니 검은 두 손이 미짓의 귀를 잡고 비틀기 시작했다. 미짓은 재갈이라도 물면서 아픔을 참고 싶은 심정이었다.

"내일은 절대로 나타나지 마라."

귀가 얼얼했다. 고통이 너무 심해서 미짓은 그런 어리석은 짓은 이제 그만하겠다고 다짐했다. 하지만 미짓은 셉이 그 이상의 것을 원한다는 걸 알고 있었다.

괴로운 시간이 지나간 후 미짓은 멍하니 천장을 응시했다. 너무 기진맥진해서 잠도 오지 않았다. 미짓은 미러클 맨에게 속삭였다. 익숙한 무언의 목소리로.

*미러클 맨, 우린 이제 바다에 나갈 수 없어요. 이제 경기를 못한다고요.*

미러클 맨은 진수대에서 빠져나와 요트장에서 멀찍이 떨어졌다. 그런 다음 출발선으로 모여드는 요트 무리를 뒤따라갔다. 약 1킬로미터 앞에서 네드가 조종하는 '레이더'가 바람을 우현에서 받으며 출발선 끝을 알리는 장대 쪽으로 나아가고 있었다.

셉은 이미 출발선에 서 있었다.

미짓은 형이 탄 스콜피언이 그 장대를 한 바퀴 돌아 방파제 쪽의 해안으로 들어오는 것을 쳐다봤다. 그 어두운 선체가 햇빛을 받아 번쩍거렸다. 미러클 맨이 주의를 기울이라는 듯 한쪽으로 기울어졌다. 미짓은 공기의 냄새를 맡으며 길을 확인했다.

어제 이후로 바람의 방향이 바뀌었다. 서풍이었다. 바람이 심한 날이었다.

탕! 경기 시작 10분 전을 알리는 총소리가 들리자 미짓은 스톱워치를 눌렀다. 요트 뒤쪽에서 불어오는 바람에 미러클 맨이 흔들거렸다. 미짓은 요트 안에서 조금씩 움직이면서 균형을 맞추었다. 다른 요트에 탄 대부분의 사람들이 미짓을 호기심 어린 눈길로 쳐다보았다. 그러나 어제 미러클 맨의 빠른 속도를 목격했던 몇몇은 성가시다는 듯한 눈길을 보냈다.

셉이 다시 출발선 끝 쪽으로 향했다. 네드는 스콜피언 뒤에서 바람이 불어오는 쪽으로 뱃머리를 돌린 다음, 스콜피언의 옆쪽으로 돌아가 셉과 함께 인사를 주고받았다. 다른 요트들이 출발선에 하나둘씩 도착했다가 방향을 틀어 연안으로 가거나 셉과 네드의 뒤를 따라갔다. 미짓은 출발선 끝 쪽으로 나아갔다. 스콜피언과 레이더와 동시에 출발선에 도착하지 않기를 바라면서.

다행히 두 사람은 출발선 가운데로 요트를 몰아가기 시작했다. 그곳에도 몇 대의 요트가 출발을 준비하고 있었다. 요트의 위치를 바꾸는 키잡이도 있었고 조종실 밖에 앉아 돛에서 바람을 빼는 키잡이도 있었다. 미짓은 경기 본부에 붙은 알림판을 올려다보면서 자신이 지나가야 하는 부표의 수를 살펴보았다. 경로는 예상했던 그대로였다.

일단, 올드레이까지 가야 했다. 출발선에 모여 있던 요트 무리는 그곳으로 가면서 서서히 분산되기 시작한다. 그런 다음 레이거트와 초크웰 해안을 거쳐 출발선으로 돌아오는 게 지정된 한 바퀴였다. 이렇게 총 세 바퀴를 돌아야 했다.

미짓은 선체를 토닥거렸다.

*미러클 맨, 우리 첫 경기 잘 치러요.*

선체의 오른편으로, 해초에 얽혀 지저분해진 바깥 장대가 잠깐 모습을 드러냈다가 점점 뒤로 멀어졌다. 미짓은 다른 요트들을 뒤에 남겨두고 조셀린스 해안으로 향했다. 그러면서 계속 출발 전략을 생각해내려 애썼다.

답은 분명했다. 출발 총소리가 울릴 때 출발선 중앙으로 치고 나가 우현에 바람을 받으면서 바다로 나아가는 것이다. 더 앞에서 출발하면 밀물을 더 많이 활용할 수 있겠지만 부표와 요트 무리에서 너무 떨어질 위험이 있었다. 해안에서 출발하면 유리한 위치를 선점할 수 있겠지만 육지가 바람을 막고 있을 뿐 아니라 밀물도 약할 터였다.

출발선 중앙. 그곳이 확실한 지점이었다. 이미 다른 요트 무리가 그곳으로 모여들고 있었다.

*미러클 맨, 저곳이 우리가 가야 할 곳이죠?*

그러나 그 물음에 대한 대답인 듯, 출발선 중앙으로 모여드는 요트 무리와, 그와 반대로 해안에서 출발하는 미러클 맨의 모습이 텔레비전 화면처럼 선명하게 떠올랐다.

미짓이 요트 한쪽을 세게 쳤다.

*그런 말도 안 되는 그림이 어디 있어요. 어떤 바보가 저 먼 해안에서 출발하냐고요.*

하지만 그 그림은 미짓의 눈앞에서 계속 어른거렸다. 미짓은 찌푸린 얼굴로 돛을 올려다보았다.

*미러클 맨, 생각 좀 해볼게요. 당신은 일단 항해에 집중해요.*

그런데 그림은 여전히 미짓의 눈앞에 걸려 있는 듯 생생했다. 외부의 세계로 삐져나온 내면의 세계는 금빛 해안이나 바다의 냄새나 미풍의 따스함보다 더 강력하고 더 선명했다.

탕! 경기 시작 5분 전을 알리는 총소리가 울렸다.

미짓은 요트의 방향을 돌려서 해안으로부터 멀어졌다. 그에 따라 사우센드 부두가 시야에 들어오기 시작했고, 그러자 놀랍게도 선명했던 그림이 마음속에서 사라졌다. 미짓은 켄트 연안에 있는 정유 공장을 향해서, 바람이 불어오는 쪽으로 뱃머리를 더 돌렸다가 다시 방향을 바꿔 출발선으로 향했다.

출발선에는 온갖 색깔의 돛들이 가득했다. 그 돛들이, 마음속에 떠올랐던 그림 속의 돛들과 기묘하게 뒤섞이는 것 같았다. 미짓은 요트 무리 가운데서 스콜피언을 발견했다. 셉은 부드러운 바람, 출발하기에 가장 좋은 최적의 장소를 찾아 여느 키잡이들처럼 고군분투하고 있었다. 그때 미짓의 마음속에 또다시 그림이 떠올랐다. 이번에는 출발선 중앙에서 출발한 스콜피언이 앞으로 치고 나가는 장면과 그 뒤를 쫓아가는 요트 무리의 모습이었다.

미러클 맨은 해안에서 출발하고 있었다.

미짓은 요트를 다시 쿵쿵 찼다.

*미러클 맨, 그건 시간 낭비예요. 난 해안에서 출발하고 싶지 않아요. 거긴 적절한 출발 지점이 아니라고요.*

미짓은 요트를 방파제로 몰고 갔다. 물거품 위에 떠 있는 서핑용 보드처럼 발밑의 선체가 굽이쳤다. 신더길을 지나던 사람들이 발걸음을 멈추고 그 모습을 구경했다. 미짓은 요트를 수평으로 유지하기 위해 요트 밖으로 힘껏 몸을 내밀었다.

눈앞에 방파제가 나타났다. 물살이 거대한 혀처럼 그것을 핥아대고 있었다. 미짓은 바람을 우현에 받으면서 방향을 돌려 출발선 중앙으로 향했다.

그런데 좀 전과는 상황이 달라졌다.

조금씩 움직이고 있던 요트 무리들이, 지금은 미동도 없이 자기 자리를 고수하고 있었다. 마치 출발선 안으로 들어가지 못하게 막기라도 하는 것처럼.

미짓은 서서히 앞으로 나아가면서 지나갈 수 있는 틈을 찾아보았다.

그러나 빈 공간은 보이지 않았다. 손에서 경련이 일고 입안이 바짝 말랐다. 그 순간 요트 무리가 마치 출발선을 잠식한 하나의 거대한 선체처럼 보였다가 다시 번쩍이는 색들로 구성된 끝없는 모자이크처럼 보이기 시작했다. 미러클 맨은 물결치듯 그쪽으로 다가갔다.

드디어 우현에 빈 공간이 생겼다. 미짓은 그 사이를 지나 돛들이 모여 있는 곳으로 향했다.

그러자 그 즉시 요트들이 빽빽이 줄지어 선 치아처럼, 모여들기 시작했다. 스콜피언이 미러클 맨의 뱃머리를 지나쳐 무리 속으로 사라졌다. 다른 요트들도 여기저기서 바람을 훔치며 그 뒤를 따랐다. 미짓은 스톱워치를 내려다보았다.

*1분 남았어.*

앞에 셀 수 없을 만큼 많은 요트들이 서 있었다. 출발선까지 뚫고 갈 수 없을 것 같았다. 그러자 좀 전에 떠올랐던 그림이 다시 미짓의 마음속을 파고들었다. 이번엔 순종할 수밖에 없었다.

미짓은 힘주어 키를 내리고 다시 해안으로 돌아갈 방법을 찾았다.

그때 무리 외곽에 떠 있던 요트들이 출발선으로 몰려들었다. 미짓의 앞에 또다시 거대한 벽이 생겼다.

"우현으로!"

"우현으로!"

요트 두 대가 바람을 우현에서 받으면서 미러클 맨 쪽으로 다가오다가 "우현으로!" 하고 외쳤다. 미짓은 미러클 맨이 두 요트 사이로 들어가도록 방향을 조종했다.

"우현으로!"

세 번째 요트가 충돌 지점에서 나타났다. 그 배의 키잡이가 미러클 맨의 돛대를 노려보았다.

미짓은 방향을 바꾸어 그 요트를 간신히 피했지만 얼마 후 또다시 다른 요트가 나타났다.

"우현으로!"

"우현으로!"

"우현으로!"

미짓은 각각의 요트들을 어떻게 피해야 할지 알지 못한 채 이리저리 방향을 바꾸면서 가까스로 그들을 지나쳐 갔다. 그리고 어느 순간 홀로 남겨진 자신을 깨달았다. 비로소 미짓은 안도하면서 해안 쪽으로 나아갔다.

탕! 경기 시작을 알리는 총소리가 크게 울려 퍼졌다.

도르래가 돌아가는 소리와 돛이 펄럭이는 소리가 뒤이어 들렸다. 어깨 너머로 흘긋 보니 요트 무리가 출발선으로 모여들고 있었다. 미짓은 다시 키를 힘주어 내렸다.

그러고는 바람을 우현 쪽에서 받으면서 비로소 방향을 돌려 요트 무리 뒤를 따라 빠르게 질주했다. 미짓은 콧방귀를 뀌며 속삭였다.

*미러클 맨, 당신이 원하는 대로 됐군요. 그런데 어쩌죠, 별*
*도움이 안 된 것 같은데.*

미짓은 요트 무리에서도 30미터 가량 뒤처져 있었다. 더구
나 조수와 바람이 다른 요트 무리를 두 나무 섬과 올드레이의
첫 번째 부표로 자연스럽게 밀어주고 있었다. 셉의 요트가 맨
앞에 있었고 네드의 요트가 그 뒤를 바짝 쫓고 있었고, 다시 그
뒤를 한 무리의 요트 떼가 무적함대처럼 뒤따라갔다.

*미러클 맨, 당신 말을 듣는 게 아니었는데.*

뱃머리가 해구(대양 밑바닥에 좁고 길게 도랑 모양으로 파인 곳-
옮긴이)에 부딪치는 바람에 미짓 쪽으로 물보라가 튀었다.

*장난치지 말고 실수를 만회할 방법이나 찾아봐요. 이번엔*
*제대로 된 그림을 보여주던가.*

하지만 미짓의 눈에는 앞에 있는 요트 무리의 그림밖에 보
이질 않았다. 그 요트 무리를 지나갈 수 있는 방법은 한 가지뿐
이었다. 그런데 그 방법은 도저히 불가능했다.

그때 노인의 말이 미짓의 머릿속을 윙하고 울렸다.

*불가능한 건 없다. 불가능한 건 없다.*

미짓은 망설이는 눈길로 요트 무리를 바라보면서 자신에게
필요한 첫 번째 상황을 그려보려 애썼다. 지금 필요한 건 풍향
의 변화였다. 요트 무리를 두 나무 섬에서 멀리 떼어낼 만큼 큰

변화.

*아주 뚜렷이 그려야 해. 그리고 믿어야 해.*

그때 바람을 받고 있던 돛이 구겨졌다. 풍향이 조금씩 변하고 있었다. 미짓은 더 강렬하게 열망했다. 바람을 받고 있던 돛의 반대쪽에 바람이 채워지도록. 그러나 얼마 못 가 돛은 그냥 흐물흐물해지고 말았다.

*믿어야 해.*

미짓은 몸을 떨었다. 그러자 요트 무리에서 미묘한 변화가 일어나기 시작했다. 몇몇 요트들이 원래 코스에서 벗어나 캔베이 포인트로 방향을 돌리기 시작한 것이다. 미짓이 마음속으로 그렸던 광경이었다. 하지만 그저 우연의 일치라고 생각했다.

그와 동시에 미러클 맨에게도 변화가 생겼다. 해안에서 출발한 이후 처음으로, 바람의 진정한 힘을 받기 시작한 것이다. 바람이 부는 쪽으로 요트가 기울면서 선체에 물이 들어오기 시작했다. 미짓은 요트 밖으로 있는 힘껏 몸을 내밀었다. 허벅지 근육이 팽팽하게 당겨지면서 저리기 시작했다. 미짓은 자신의 왜소함을 몇 번씩이나 저주했다.

그러나 마침내 미러클 맨은 똑바로 섰고 낙오된 요트들과의 거리는 점점 더 가까워졌다. 미짓은 마음속 그림을 다시 들여다보면서 자신에게 필요한 두 번째 상황을 상상했다.

*미러클 맨, 이런 그림은 도저히 안 되겠죠?*

그러자 노인의 목소리가 다시 크게 들렸다.

*안 된다? 안 된다고? 그런 말이 어디 있어!*

뱃머리에서 더 많은 물보라가 튀어 올랐다. 미짓은 얼굴을 닦아내면서 단호하게 읊조렸다.

*처음에 그렸던 그림이 효과가 있었다면 지금도 효과가 있을 거야.*

이미 키 손잡이가 손 안에서 거세게 흔들거리고 있었다. 뱃머리가 예전 코스를 향하고 있었다. 미짓이 상상한 대로 풍향이 바뀌면서 바람이 뱃머리를 돌려놨기 때문이다. 미러클 맨은 첫 번째 부표와 나란히 떠 있는 캔베이 포인트를 지났고 두 나무 섬 입구도 지났다. 미짓은 자신이 그린 다른 그림도 현실로 이루어졌는지 차마 확인하지 못했다. 잠시 돛 아래쪽을 쳐다봤을 뿐이다.

원래 위치에서 벗어난 다른 요트들도 이제는 바람이 부는 쪽으로 방향을 돌려 앞으로 나아가고 있었다. 하지만 아직 풍향의 영향권 안으로는 들어오지 못했다. 이제는 미러클 맨이 선두였다. 맞바람과 싸우면서 요트의 방향을 바꾸지 않고도 부표에 도달할 수 있는 키잡이는 미짓밖에 없었다.

*우리가 연안에서 출발했기 때문이지.*

미짓은 요트 바닥을 내려다보았다.

*어떻게 알아요?*

변화무쌍한 감정처럼, 미러클 맨은 물을 가르듯 달리기도 하고 미끄러지듯 나아가기도 하면서 두 나무 섬을 지났다. 미짓은 갑자기 무서워졌다.

*미러클 맨, 왜 나죠? 내가 왜 이런 일을 할 수 있는 거죠? 다른 사람들은 왜 못하는 거죠?*

물거품이 앞 갑판 쪽에 부딪쳤다가 부걱부걱 소리를 내며 다시 바다로 스며들었다.

*기적을 만들어내는 데 아주 뛰어난 사람들이 있지. 그들은 원한다면 곧바로 기적을 일으킬 수 있어.*

미짓이 노란색 부표를 향해 질주하자 오른쪽 해안이 미끄러지듯 뒤로 사라졌다. 미짓은 뒤를 쳐다봤다. 마침내 바람의 영향을 받기 시작한 다른 요트들의 모습이 눈에 들어왔다. 셉이 뱃머리를 바람이 불어오는 쪽으로 돌리는 모습도 보였다. 하지만 어떤 요트도 방향을 한 번 바꾸는 것만으로는 부표에 도달할 수 없었다. 부표에 도달하기 위해 진작 뱃머리를 돌린 키잡이도 있었다. 하지만 미러클 맨보다 한참 뒤처져 있었다.

미러클 맨은 갈기를 휘날리는 말처럼 물보라를 튀기며 앞으로 나아갔다. 미짓은 소리를 지르며 몸을 조종실 바깥으로 죽 내밀었다. 시원한 바람과 강한 햇살이 온몸을 휘감았다.

미짓의 마음속으로 또 다른 그림이 들어왔다. 미러클 맨이 돌진하고 돌진하여 승리하는 그림. 이제는 진짜 현실 같고 완전히 믿을 수밖에 없는 그림. 그 그림이 미짓에게 자신을 받아들이고 실현시키고 통제하라고 부탁하는 듯했다.

미짓은 다시는 뒤돌아보지 않았다.

마침내 승리를 거머쥐게 될 때까지. 절대로.


패터슨 박사가 미소를 지었다.

"얼굴과 손의 경련이 눈에 띄게 줄었구나. 그리고 네 태도도 말이야…… 공격성이 많이 줄어든 것 같아."

미짓은 박사를 올려다보았지만 여전히 그날 아침 경기에 대한 생각에서 벗어날 수 없었다. 미짓은 처음으로 힘이 솟는 듯한 기분을 맛보고 있었다. 그것은 그때까지 경험해보지 못한 전혀 새로운 감각이었다.

"훨씬 편안해 보이는구나. 좋은 현상이야. 기분이 좋다면 치료에도 도움이 될 테니까."

미짓은 미러클 맨이 출발선을 돌진해 마침내 승리를 거머쥐게 된 과정을 다시 한번 떠올려봤다. 그 광경을 본 다른 사람들의 표정도.

"자, 준비됐니?"

물론 미짓은 그 일 때문에 다시 셉과 마주해야 한다는 걸 알았다. 하지만 밤이 되려면 아직 멀었다.

"시작해보자. 준비하는 데 잠깐 시간이 걸릴 거야."

미짓은 자책과 쾌감이 뒤섞인 기분을 안고서 석고 붕대를 친친 휘감은 박사의 손가락을 바라봤다. 오늘은 또 얼마나 팽팽하게 맞서게 될까.

그러나 박사는 여느 때보다 훨씬 더 친근하게 굴었다.

"자, 아프지 않을 거야."

미짓은 두피에 닿는 축축한 느낌을 감지했다.

"움직이지 말고. 네 머리에 전극을 부착하는 것뿐이야."

미짓은 첫 번째 전극이 관자놀이를 압박하면서 고정되는 것을 느꼈다.

미짓은 몸을 뒤로 기대면서 눈앞에 있는 하얀색 화면을 바라봤다. 화면 가운데에 기이한 정사각형 패턴이 있었다. 미짓은 주위를 둘러보다가 방 뒤쪽 구석의 작은 부스를 발견했다. 그 안에는 계기판처럼 보이는 물건이 들어 있었다.

"자자, 가만히 있어보렴. 이게 어떤 용도로 쓰이는지는 잠시 후에 설명해줄게."

박사가 말했다.

미짓은 눈을 반쯤 감았다. 적어도 그 방은 시원했고 윙윙대며 날아다니는 청파리 같은 것도 없었다. 미짓은 후텁지근한 옆 진료실에 앉아 있는 아버지를 떠올렸다.

"바이오피드백이 네게 네 자신에 대한 정보를 알려줄 거야.

너는 그 정보를 통해 자신을 통제하는 법을 배울 수 있어. 물론 이것이 네 문제를 완화시키는 데 어떤 효과가 있을지는 알 수 없어. 하지만 일단 우리는 자기 통제법을 시도해볼 거야."

미짓은 또 다른 패드가 머리에 부착되는 것을 느꼈다.

"이제 이 전극이 네 뇌파로 변할 거야. 그게 네 머릿속에서 무슨 일이 일어나고 있는지 알려주는 거지."

박사는 몸을 똑바로 펴고서 부착한 전극을 잠시 살펴봤다. 그런 다음 다시 몸을 기울여서 젖은 솜으로 머리의 다른 부분을 조심스럽게 문질렀다.

"자, 우리가 네 뇌파에 파장을 맞추려는 이유가 뭘까? 내가 간단히 설명해주마. 네 몸에는 여러 가지 종류의 뇌파가 흐르고 있어. 그리고 각각의 이름도 있지. 알파파, 베타파, 세타파, 델타파."

박사는 다음 전극을 부착했다.

"우리가 관심 있는 건 알파파야. 그건 네 발작에…… 도움이 될 수도 있고 안 될 수도 있어. 하지만 스스로를 진정시키는 데는 도움이 될 거야."

박사는 몸을 다시 똑바로 폈다.

"바이오피드백을 통해서 너는 알파파를 자유자재로 생산하는 법을 배우게 될 거야. 연속적으로 말이지. 좋아! 그럼 시작해 보자."

박사는 부스 뒤로 가서 스위치 하나를 눌렀다. 미짓은 앞에 있는 화면에 불이 켜지는 것을 지켜보았다.

"자, 뭐가 보이지?"

미짓은 단어를 발음하려고 애쓰면서 의자에서 몸을 이리저리 비틀었다.

"부, 부…… 부……."

"좋아! 붉은색. 붉은색 사각형이 보이지. 그렇다면 화면은?"

"흐…… 흐, 흐……."

"천천히 해봐."

"희, 희…… 희……."

"그래. 흰색이지. 흰색 화면 위에 붉은색 사각형. 이제 붉은색 사각형을 보면서 어떤 변화가 일어나는지 내게 말해보렴."

"어…… 어, 어……."

"천천히. 붉은색 사각형이 어떻게 변하고 있지?"

"어, 어…… 두……."

"잘했어. 점점 어두워지고 있지. 자 이제는?"

"어…… 어두……."

"좋아. 더 어두워지고 있어. 이제는?"

미짓은 새로운 단어를 발음해 내기 위해 입 모양을 일그러뜨렸다.

"바, 바…… 발……."

"잘했어! 다시 밝아지고 있지. 자, 좀 더 보고 있으면 말이야, 지금 보이니? 처음보다 더 밝아졌지, 이게 최대치로 밝아진 거야."

박사는 스위치를 눌러 기계를 끄고 부스를 나왔다.

"자, 잘 들어봐라. 이제부터 붉은빛을 하나의 신호로 생각하자꾸나. 난 방금 이 빛을 통제했어. 네게 빛의 변화를 보여주려고. 이제 실험이 시작되면, 나 대신 네가 이 빛을 통제하게 될 거야."

미짓은 의구심이 담긴 눈길로 박사를 쳐다보았다.

"네가 알파파를 지속적으로 만들어내면 붉은빛은 점점 밝아질 거야. 그렇지 못하면 반대로 점점 어두워지지. 아주 간단해. 잘 알겠지?"

미짓은 의자 손잡이를 움켜쥐었다.

"아니, 긴장을 풀어. 그게 가장 중요한 거야. 게임처럼 생각해야 된단다."

박사는 부스 쪽으로 다시 걸어갔다. 그런 다음 스위치를 눌러 다시 불을 켰다.

"이제 해봐라. 설명은 안 해줄 거야. 사실 특별한 기술이랄 것도 없거든. 어떻게 보면 이건 직감으로 하는 거야. 하다 보면 점점 요령이 생기지. 너무 어려워하는 것 같으면 내가 나중에 약간의 조언을 해줄 수도 있어. 하지만 오늘은 스스로 해보고 어떤 일이 일어나는지 확인해봐."

박사가 큰 소리로 말했다.

미짓은 숨을 크게 들이마셨다.

*긴장을 푸는 거야. 패터슨 박사도 그렇게 말했잖아. 게임처럼 생각해.*

"준비됐니?"

미짓이 고개를 끄덕였다.

"자, 이제 난 스위치를 끌 거야. 하지만 빛은 계속 남아 있을 테니 네 뇌로 한번 밝게 해봐. 빛이 점점 어두워져도 실망하진 말고. 처음부터 잘할 수는 없지."

미짓이 얼굴을 찌푸렸다.

*말도 안 돼. 방법을 모르는데 어떻게 빛을 밝게 하란 거지?*

미짓은 빛을 응시했다. 그런데 계속 그것을 응시하고 있으려니 마음이 조금씩 누그러졌다. 예전에 진료실에서 봤던 장미 꽃잎이 떠올랐다. 미짓은 다시 눈을 감았다.

*모르겠어. 하나도 모르겠어.*

"좋아! 잘하고 있어!"

박사의 말이 귓가를 울렸다. 그 말에 미짓이 놀라서 눈을 떴다. 눈앞에 한결 밝아진 붉은빛이 어른거렸다.

"서, 선······?"

"난 아무것도 안했어. 네가 통제하고 있는 거야."

미짓은 자신이 방금 무슨 일을 저질렀는지 의아해하며 화면을 응시했다.

"어디 네가 빛을 더 밝게 할 수 있는지 한번 볼까?"

미짓은 그날 아침, 경기 중에 마음속으로 그렸던 그림을 떠올렸고, 빛이 지금보다 더 밝아진다면 얼마나 아름다울까, 하고 생각했다.

잠시 후 화면이 완전히 밝아졌다.

박사는 큼큼거리며 목을 가다듬었다.

"놀라워. 평생 해왔던 일처럼 잘하는구나. 이번에는 빛을 어둡게 할 수 있는지도 한번 볼까."

그건 쉬운 일이었다. 미짓은 빛을 응시하면서 밤의 어둠을 생각했다.

"정말 놀라워. 이렇게 능숙한 사람은 본 적 없다. 정말로……"

박사는 잠시 입을 다물었다. 미짓은 속으로 환호성을 질렀다. 실험에 능숙하다는 사실이 경기를 훌륭히 치러낸 것만큼이나 흐뭇하게 느껴졌다.

"이제 한 단계 더 나아가보자. 내가 큰 소리로 재빨리 네게 지시할 거야. 그 지시대로 한번 빛을 통제해보렴. 준비됐니?"

미짓이 고개를 끄덕이자마자 박사가 소리쳤다.

"더 밝게!"

쉬웠다.

"더 어둡게!"

이번에도 쉬웠다.

"더 밝게! 더 어둡게! 계속 어둡게! 다시 밝게!"

미짓은 쉽게 해냈다. 전혀 어렵지 않았다.

"자, 이제 내가 네 주의를 흩트려놓을 거야. 네가 빛을 통제하고 있을 때 내가 일부러 자꾸 말을 걸 거야. 그때도 네가 빛을 완전히 밝게 유지할 수 있는지 한번 보자고."

전혀 문제없었다.

붉은빛이 용기를 부여해주는 것처럼 환하게 타올랐다.

"레이로 향해 나가는 것은 근사할 거야, 그렇지? 근사할 것 같지 않니?"

박사가 끼어들었다.

*무시하자. 주의를 흐트러뜨리려고 하는 거야.*

빛은 수그러들지 않았다.

"지금 아버지가 너를 본다면 뭐라고 하실까? 너를 자랑스러워하실까? 아니면 이게 다 시간 낭비라고 생각하실까?"

*제발, 그런 말은 하지 말아요.*

"네 형은 뭐라고 할까? 아마 놀라겠지."

*아니에요, 놀라지 않을 거예요. 비웃겠죠.*

미짓은 근육이 씰룩거리는 것을 느끼며 빛이 깜박거리는 것을 쳐다보았다. 잠시 후 미짓은 마음을 진정시키는 데 성공했다. 빛은 계속 밝게 빛났다. 오랫동안 부스에서는 아무 소리도 나지 않았다.

"그럼…… 어머니는 뭐라고 하셨을까? 만약 살아 계셨다면……."

갑자기 경련이 온몸을 훑고 지나갔다. 미짓은 고통 때문에 몸을 구부렸다. 붉게 빛나던 빛이 갑자기 어두워졌다. 미짓은 박사가 제 쪽으로 몸을 기울이는 걸 어렴풋이 보았다.

"괜찮아, 괜찮아. 그냥 시험해본 거야. 잔인하다고 생각하는 거 다 안다. 하지만 난 원인을 찾아야 하거든."

"세…… 세……."

"오늘 했던 그런 말은 다시는 안 하마. 약속해."

"세, 세……."

"전극을 치울 동안 잠시 앉아서 마음을 진정시켜보렴. 난 네 아버지와 잠깐 얘기를 나눠야겠다. 그동안 진료실에서 기다려라."

미짓은 얼굴을 찡그리며 자신의 생각 속으로 파고들었다.

잠시 후 미짓은 진료실에 혼자 남겨졌다. 그때 반쯤 열린 문을 통해 박사의 목소리가 들려왔다.

"아주 특이한 경우입니다. 우리가 알아차리지 못했거나 어쩌면…… 그 애 스스로도 알아차리지 못한 능력일 수 있어요.

간혹 평범한 영역에서 한계를 보이는 사람들이 반대로 다른 영역에서 아주 뛰어난 능력을 보이기도 하죠."

그러나 아버지의 대답이 들리기도 전에 문은 닫혀버렸다.


아버지와 미짓은 초크웰 역을 빠져나와 언덕을 올랐다. 미짓은 진흙 둑을 훑어보며 엄마 얼굴을 떠올리려고 애썼다. 처음에는 그날 밤에 닥칠 일이 자꾸만 걱정돼서 정신을 집중할 수 없었다. 하지만 희미하던 환영은 점점 뚜렷해졌고, 그와 함께 두려움도 점점 사라졌다. 그리고 드디어 엄마의 얼굴이 또렷이 떠올랐다. 자신이 엄마의 모든 것을 알고 있는 것만 같았다. 엄마가 옆에 있는 것 같았고, 처음으로 엄마에게 더듬지 않고 말을 걸 수 있을 것만 같았다. 항상 가슴속에 품고 있던 질문을 할 수 있을 것만 같았다. 그러면 엄마도 대답해줄 것 같았다. 하지만 곧 섬뜩한 기분에 사로잡혀서 그 모든 것을 잃어버리고 말았다.

*뭔가 잘못됐어.*

누군가가 해안 둑을 가로질러 걸어오고 있었다. 자신을 향해 똑바로.

얼굴을 볼 수 없었지만 기묘하게도 익숙했다. 상대방은 왼쪽도 오른쪽도 쳐다보지 않고 곧장 걸어왔다. 미짓은 그가 해안 가까이 왔을 때야 비로소 그 얼굴을 알아봤다.

*말도 안 돼. 셉은 제니와 나갔잖아. 저녁때까지는 돌아오지 않을 거야. 맞아, 셉이 여기 있을 리 없어.*

미짓은 아버지를 올려다보면서 그 팔을 꽉 붙잡았다. 아버지가 발걸음을 멈추고 미짓을 내려다보았다.

"왜 그러니? 괜찮아?"

미짓은 진흙 둑을 뒤돌아보며 손가락으로 가리켰다.

하지만 어느새 그 형상은 사라지고 없었다.

"그래, 멋진 풍경이구나. 잠깐 쉬었다 갈까?"

미짓은 주위를 훑어보면서 셉이 숨을 만한 곳을 찾아보았다. 하지만 아무도 보이지 않았다.

"그럼, 그냥 가자꾸나. 아빤 슬슬 배가 고픈데."

미짓은 아버지를 따라 언덕을 계속 올랐다. 그러면서도 강어귀에서 눈을 뗄 수가 없었다. 그 형상이 어디로 사라진 건지, 아니, 애초에 거기에 존재하기나 했는지 의아해하면서.


밤이 되자 그 형상은 현실로 나타났다.

"얼간이가 운이 좋았어. 하필 그때 바람의 방향이 변하다니 말이야."

*설마 여기서 죽이진 않겠지.*

*이곳은 아니겠지. 아직은 아니겠지.*

"왜 내 말을 거역했지? 경기에 나가지 말라고 했을 텐데. 내 말이 이해가 안 되셨나?"

*여기서는 아니겠지. 아직은 아니겠지.*

"자, 왜 그랬는지 말해보시지. 죄책감도 없는 주제에 할 말
도 없는 거야?"

*난 할 말이 많아. 많단 말야.*

그러나 미짓이 입을 벌려 내뱉은 소리라고는 도저히 알아들
을 수 없는 웅얼거림뿐이었다.

쯧쯧, 하고 혀 차는 소리가 들렸다.

"뭘 또 우물우물하면서 거품을 물고 있지? 침 흘리지 말라
고 수백 번은 얘기했잖아."

셉이 베개로 미짓의 얼굴을 눌렀다. 숨이 막혔다. 시야가 온
통 뿌옇게 변했다. 죽을 것 같다고 생각한 순간 갑자기 베개가
얼굴에서 떨어져 나갔다.

"꼬맹이 손봐주는 건 이 정도로 하지. 뭐, 거의 죽을 뻔했지
만 말이야."

셉이 얼굴을 들이대며 다시 손으로 미짓의 숨통을 가볍게
짓눌렀다.

"아직은 때가 안 됐어. 하루나 이틀은 더 기다려야지. 우선
자기가 한 일에 대한 대가를 치뤄야 하니까."

셉이 얼마나 얼굴을 가까이 들이댔는지 미짓의 귀에 셉의
입술이 닿았다.

"내가 뭐 하나 알려줄까? 설령 네가 엄마를 죽이지 않았다 해도 말이야, 엄마는 널 증오했을 거야. 알겠어?"

미짓은 발작이 시작되고 있음을, 게다가 자신이 그것을 통제하지 못할 거라는 걸 알아차렸다. 미러클 맨을 떠올리려고 해봤지만, 머리엔 온통 죽음에 대한 생각뿐이었다. 셉의 존재가 모든 생각을 차단하고 있었다. 몸이 떨리기 시작했다. 미짓은 자신에게 도움이 될 만한 그림을 그려보려 애썼지만 소용없었다. 흉한 벌레 한 마리가 거대하고 강력한 짐승의 입을 향해 꿈틀꿈틀 기어가는 광경이 떠올랐다. 너무도 거대한 짐승이라 물리칠 수도 없고, 그 손아귀에서 도망칠 수도 없을 것 같은.

머릿속이 어지러웠다. 몸의 근육을 따라서 끔찍한 경련이 일어나기 시작했다. 미짓은 공포에 사로잡힌 채 신음하다가 침대에서 떨어졌다. 자신의 손이 제멋대로 움직였다. 한쪽 손이 자신의 입속을 헤집기 시작했고 입이 제멋대로 그 손을 깨물기 시작했다. 계속 손을 빼내려고 노력했지만, 그 손은 계속해서 다시 입으로 돌아왔다. 미짓의 손이 미짓의 의지를 비웃고 있었다. 눈이 빙글빙글 돌았다. 빛의 작은 입자들이 주위에 흩뿌려졌다. 미짓은 달빛 아래에서 유령의 얼굴처럼 빛나는 레이거트의 수면을 잠깐 떠올렸다. 그러나 잠시 후, 거대한 짐승이 검은 입을 벌리며 다가와 미짓을 완전히 집어삼켰다.

다음날 아침 미짓은 처음으로 살인이라는 단어를 떠올렸다. 어머니나 자신에 대한 게 아니었다. 그건 그때껏 한 번도 생각해보지 못한 그런 종류였다.

　미러클 맨, 셉이 죽거나 내가 죽거나 둘 중 하나예요.

　그리고 이젠 시간도 얼마 남지 않았어요.

　침실 창문 아래로 아버지의 모습이 내려다보였다. 뜨거운 열기에 셔츠도 벗어던진 채 연신 뜰에 물을 뿌리고 있었다. 미짓은 아래층으로 내려가서 부엌문에 귀를 갖다 댔다. 아무 소리도 들리지 않았다. 미짓은 살며시 문을 열어보았다.

　"뭘 그렇게 뚫어지게 보지?"

　셉이 싱크대 옆에 서서 감자 껍질을 깎고 있었다.

미짓은 셉의 얼굴에 시선을 고정시킨 채, 셉과 자신 사이에 있는 식탁을 의지해 뒷문 쪽으로 걸어갔다. 셉이 혐오스럽다는 표정으로 미짓을 지켜보다가 다시 싱크대로 몸을 돌렸다.

"그래, 어제 런던에서는 즐거우셨나? 네가 얼마나 보고 싶던지 내 오후를 완전히 망쳐버렸지 뭐야."

*이제 계획을 세워야 해.*

*계속 계획을 세우고 계속 그림을 그려야 해.*

"감자는 말야, 껍질만 벗기면 흙과 지저분한 것을 한 번에 모두 없앨 수 있어서 좋아. 그런데 넌더러 나는 인간은 감자처럼 안 되거든."

*계획을 세우고 그림도 계속 그려야 해.*

*그리고 계속 믿어야 해.*

셉은 능숙하고 침착하게 감자 껍질을 다 벗기고 다른 감자를 집어 들었다. 미짓은 셉을 응시하면서 저 느긋한 자신감을 깨뜨리기 위해 뭘 할 수 있을까 고민했다.

그때 셉이 의미심장하게 말했다.

"널 어디서 죽일지 아직 결정하지 않았어. 어떻게 죽일지도. 뭐, 칼 같은 걸 사용할 수도 있겠지."

셉이 감자 칼을 들어 올리며 킬킬거렸다.

"그런데 이걸 쓸 거라고 생각하진 마."

그 순간 갑자기 그림 하나가 떠올랐다. 패터슨 박사와 편지봉투용 칼과 붉은 선혈. 미짓은 두 눈을 질끈 감았다. 모든 의심을 쫓아내기 시작했다.

"내 목적에 비해 날이 너무 무뎌."

*그래? 내 목적을 위해서는 충분한 걸.*

"젠장!"

미짓은 천천히 눈을 떴다. 셉이 한쪽 손을 흔들고 있었다. 베인 상처에서 핏방울이 뚝뚝 떨어지고 있었다. 싱크대 물이 금세 붉게 물들었다.

감자 칼이 싱크대 안에서 나뒹굴고 있었다.

"제길!"

셉이 다시 소리치면서 화가 난 듯 빙빙 돌았다.

"네가 옆에 있으니 되는 일이 하나도 없어."

셉은 베인 손을 싱크대에 대고 다른 손으로 수도꼭지를 돌리기 시작했다.

미짓은 그 모습을 잠자코 지켜봤다. 다음 상황도 알고 있었다. 벌써 마음속으로 한 번 그려봤으니까.

수도꼭지에서는 물 한 방울 나오지 않았다.

수도꼭지를 끝까지 돌렸는데도 물이 나오지 않자 셉은 당황한 눈치였다. 미짓의 얼굴에 슬쩍 미소가 떠올랐다. 미짓이 부엌 구석으로 물러섰을 때, 창문으로 아버지의 얼굴이 불쑥 나타났다.

"바깥 수도꼭지가 말을 듣지 않네. 물을 뿌릴 수가 없어."

"이것도 그래요."

"누가 길에 있는 수도 본관을 만졌나 보다. 벤이 이번 주에 수도관을 부설한다고 했는데 그것 때문일 수도 있겠군."

미짓은 마음속 그림을 침착하게 들여다봤다. 갑자기 힘이 솟는 듯했다. 셉이 물이 안 나오는 수도꼭지 끝에 손가락을 살살 문지르며 흙을 떨구어냈다.

그냥 지나치기에는 너무나 아까운 기회였다. 미짓은 마음의 그림을 들여다보면서 장면을 다시 바꿨다.

"으윽!"

갑자기 끝까지 돌려놓은 수도꼭지에서 물이 콱 하고 쏟아져 나왔다. 거세게 쏟아지는 물이 손가락에 닿았다가 다시 셉의 얼굴로 튀었다. 셉이 욕을 하며 뒤로 껑충 물러났다가 재빨리 수도꼭지를 잠갔다. 바깥뜰에서 물이 넘치는 소리가 들렸다.

셉이 다시 수도꼭지 밑에 손을 갖다 대자 선혈 때문에 물이 붉게 변했다. 창문 밖으로 아버지의 얼굴이 다시 나타났다.

"이제 나오냐?"

"말 좀 해주시지 그랬어요. 물에 흠뻑 젖었잖아요."

"난 아무 짓도 안 했어. 본관에 가기도 전에 물 나오는 소리가 들리던걸. 막혀 있었나 봐."

아버지가 다시 뜰을 향해 터벅터벅 걸어갔다.

미짓은 형이 손을 헹구는 모습을 지켜보다가 두 눈을 감고 첫 번째 그림을 다시 떠올렸다.

"제길!"

또다시 셉의 신음이 들렸다. 이번에는 아까보다 더 큰 소리였다. 미짓이 놀라서 눈을 떠보니 셉의 손에서 제법 많은 양의 피가 뚝뚝 떨어지고 있었다.

아버지가 창가로 달려왔다.

"왜 그러니?"

"감자 칼에 베였어요."

"깊게?"

"아주 깊게요. 그런데……."

셉이 고개를 갸우뚱했다.

"그런데 뭐?"

셉의 양미간이 잔뜩 찌푸려졌다.

"왜 이렇게 깊게 베였나 칼날을 만져보고 있는데…… 다시 베였지 뭐예요. 똑같은 부위에 말이에요."

"이런, 어리석기는. 반창고 붙이고 뜰에 나와서 아빠 좀 도와줘. 힘 센 네 도움 좀 받아야겠다."

아버지가 돌아가자 셉이 서랍을 뒤지며 반창고를 찾았다.

미짓은 벽에 몸을 기댄 채 잠자코 그 모든 광경을 지켜보았다. 그러는 사이 자신을 지배했던 쾌감이 빠져나가고 그 자리에 두려움이 스멀스멀 차올랐다. 마음속에 동물 한 마리가 들어 있는 것 같았다. 그것은 자기 나름대로의 의지와 욕망과 힘을 갖고 있었다. 셉이 미짓에게 다가왔다.

"오늘은 나오지 마. 절대로."

셉이 손을 휘두르며 미짓의 뺨을 철썩 때렸다.

미짓은 셉이 뒷문을 닫고 나갈 때까지 기다렸다가 창가로 가서 밖을 내다보았다. 지금 자신의 눈앞에 보이는 뜰이 현실의 것인지 자신의 마음속 그림인지 두려워하면서.

셉이 집 모퉁이를 돌아 길가로 걸어가고 있었다. 키가 큰 셉의 뒷모습이 유령의 형상처럼 흐릿하고 어스름해 보여서 미짓은 자꾸만 눈을 비볐다.


강어귀는 판유리를 씌워놓은 듯했다. 어제 경기는 미짓이 불러낸 변덕스러운 바람이 지배했지만, 오늘의 바람은 밀물 위에 떠 있는 요트들을 출발선으로 밀어내기에도 충분치 않아 보였다.

미짓은 오늘 마음속으로 그린 그림이 지금껏 시도했던 것 중 가장 큰 도전이라는 걸 알았다. 얼마나 불가능해 보이던지, 믿고 있다는 게 이상해 보일 지경이었다. 하지만 미짓은 굶주린 늑대가 먹이를 꼭 붙들듯 그 그림을 꼭 붙들었고 어서 현실로 불러내고 싶어 조바심이 났다.

미짓은 경기 코스를 알려주는 알림판을 쳐다봤다. 어제 이후로 풍향이 바뀌었기 때문에 바람을 거슬러 부두로 나아가는 구간이 첫 번째 레그로 선정돼 있었다. 이것 때문에 다른 키잡이들은 이번 경기 역시 예측할 수 없다고 생각할 터였다. 미짓은 속으로 미소 지었다. 일단 참가자들은 부두를 거쳐 캔베이 포인트로 갔다가 벨워프로 간 다음 다시 한번 그 코스를 돌아야 했다.

미짓은 마음속 그림을 가만히 들여다보았다. 이렇게 바람이 없는 상태에서라면, 바람을 크게 받으리라고 예상하는 사람은 드물 것이다. 어쩌면 많은 참가자들이, 출발선을 지날 때 충분한 미풍을 받을 수 있을까를 걱정하고 있을 것이다. 미짓은 마음속 그림을 더 또렷하게 응시했다.

태양이 점점 높이 떠오르고 있었다. 미짓은 돛의 그림자가 드리워진 지점을 찾으려고 몸을 앞으로 내밀었다. 그 바람에 요트의 균형이 깨졌고, 미짓은 할 수 없이 다시 요트 중앙으로 자리를 옮겼다.

바깥 기둥이 슬금슬금 가까워지고 있었다. 출발선을 따라 넓게 분포돼 있던 요트들이 소리 없이 움직였다. 어떤 키잡이는 거슬러 오는 조류를 피해 천천히 해안 쪽으로 이동했고, 일부 키잡이는 더 많은 바람을 기다리면서 출발선 주위에서 꾸물거렸다. 미짓은 셉이 자신을 향해 돌진해오는 것을 발견했다.

"내 경고를 못 들은 건 아니겠지."

다른 요트들이 지나가자마자 셉이 낮게 경고했다.

탕! 경기 5분 전을 알리는 총소리가 해변의 고요함을 깨뜨렸다. 미짓은 뱃머리가 출발선을 넘어서지 않도록 메인시트를 느슨하게 조정했다. 밀물 때문에 앞으로 나아가는 게 여의치 않자, 해안 쪽을 관찰하면서 자신의 위치를 확인했다. 가능한 한 뒤로 밀리지 않도록 요트를 조정하면서.

*미러클 맨, 우린 준비됐어요. 그림도 완벽하고요.*

스콜피언이 다시 접근해오고 있었다. 이번에는 레이더도 함께였다. 미짓은 한바탕 조롱이 쏟아질 것을 예상하고서 온몸에 잔뜩 힘을 주었다. 하지만 셉은 명랑하게 이렇게 외칠 뿐이었다.

"오늘 바람은 별로야! 천천히 가야할 것 같아!"

친근한 목소리가 미짓의 마음을 흔들었다. 하지만 주변에서 다른 요트들이 일으키는 잔물결 소리가 들리자 그제야 상황을 똑바로 인지했다.

*다른 사람들이 있다 이거지.*

스콜피언과 레이더가 미러클 맨 양쪽에서, 바람이 불어오는 쪽으로 뱃머리를 돌렸다.

"음, 진짜로 천천히 가야할 것 같아."

셉이 말했다.

"그러게."

다른 편에서 네드가 중얼거렸다.

미짓은 주변이 더 소란스러워지자 근처에 어떤 요트들이 있는지 살펴봤다. '버터플라이', '탱고', '키다리'. 자주 봤던 요트들이었다. 셋 다 속도가 빨랐지만, 그중 키다리가 최고였다.

*당신도 아주 빨라요, 미러클 맨. 그리고 우리에게는 우리를 도와줄 그림이 있잖아요.*

"이거 아주 헷갈리는 걸. 밀물의 영향이 덜 미치는 해안으로 자리를 옮길까, 아니면 여기에서 바람이 더 불기를 기다려볼까? 꼬맹이, 넌 죽어도 여기 있겠지? 그렇다면 나도 이 자리를 지켜야겠어."

셉이 말했다.

"나도."

네드가 동의했다.

"뭐 여기 있다고 해서 더 많은 바람을 기대할 수 있는 건 아니지만 말이야. 어제의 요행수를 떠올려볼 때……."

"음, 그거 좋은 표현인데."

네드가 재빨리 받아쳤다.

"그래, 어제의 요행수를 떠올려봤을 때 네 녀석은 꽤 운이 좋은 것 같거든. 그러니 네 옆에 딱 붙어 있을 거란 말이지."

"미짓이 마스코트인지도 모르지. 사이즈도 딱 그렇고."

네드가 말했다.

미짓은 다시 출발선 쪽을 바라보았다. 전체적으로 요트 무리는 잘 분산돼 있었다. 몇 척은 해안 쪽에, 몇 척은 중앙선에, 나머지는 미짓이 있는 곳에 자리를 잡고 있었다. 셉과 네드가 조금씩 물러났다. 탱고와 키다리는 좌현으로 향했고 버터플라이는 출발선 끝을 표시해놓은 장대와 네드 사이를 노리며 우현으로 향했다.

그림이 그 어느 때보다 크고 현실감 있게 미짓의 마음을 채웠다. 돛, 환한 선체, 밧줄을 감는 셉, 침을 뱉는 네드 등 생생한 현실 세계가 눈앞에 펼쳐졌지만, 미짓에게는 그보다 자신의 내부 세계가 훨씬 더 강력하게 느껴졌다.

*이제 때가 됐어.*

미짓은 선체를 조금 기울이면서 바람이 불어오는 쪽으로 조금씩 나아갔다.

"뭐 하는 거야?"

셉이 소리쳤다.

"바람도 별로 안 부는데 요트를 기울일 필요 없잖아."

네드의 목소리.

미짓은 두 사람을 무시하면서 유유자적 앞으로 나아갔다. 미짓의 무게 때문에 요트의 균형이 깨지면서 하활이 미짓 쪽으로 움직였다.

네드가 낄낄대며 웃었다.

"저 녀석 뭐야. 지금 이 바람으로는 거울 위 먼지 하나조차 움직일 수 없다고. 강풍이 부는 것처럼 나가는 꼴 좀 보라지."

주변에 있던 다른 요트에서도 웃음소리가 새어 나왔다. 셉이 사람들에게 소리쳤다.

"우리가 미풍 좀 모아줘야겠는 걸. 경기가 시작되기도 전에 저 녀석 요트가 전복되면 안 되잖아."

셉이 휘파람을 불자 주변의 다른 키잡이들이 하나둘씩 모여들어 가세했고, 귀에 거슬리는 휘파람 소리는 어느새 영국 국가로 바뀌어 있었다. 한바탕 웃음소리에 잠깐 끊길 때까지 그 소리는 계속되었다.

미짓은 긴장했다. 마음속 그림을 떠올려보려 했지만 잘 되지 않았다. 미짓은 수치스럽고 공포스러운 그 상황을 조용히 참아냈다. 그리고 그 순간이 지나간 후, 마음속에서 그림이 사라졌음을 깨달았다. 조바심은 나지 않았다. 미짓은 알고 있었다. 더 이상 마음속에 그림이 없는 이유를, 이제 그 그림을 어디에서 찾아야 하는지를.

출발선 너머의 물이 점점 검게 짙어지고 있었다. 그것은 마치 거대하고 시커먼 악마의 손처럼 보였다. 미짓이 지켜보는 사이 물은 더욱 검게 변했다. 그것이 요트를 흔들어대고 싶어 미치겠다는 듯 무리 쪽으로 뻗어가고 있었다. 그 검은 손가락들이 하나로 합쳐지면서 시커먼 손은 더욱 거대해졌다. 미짓이 마음속으로 그렸던 강풍의 신호가 현실적으로 모습을 드러낸 순간이었다.

미짓을 보고 있느라 그 신호를 알아차리지 못한 다른 키잡이들은, 강풍에 대비하는 미짓을 비웃었고 일부는 여전히 휘파람을 불어대고 있었다. 미짓은 해안 쪽에 있는 요트 무리를 쳐다봤다. 긴장하고 있는 사람은 아무도 없었다. 누구도 바람을 기대하지 않았기 때문에, 바람이 몰려오고 있다는 신호를 파악해낸 사람은 없었다.

검은 기운이 짙푸른 물을 가득 몰고서 그들을 향해 달려갔다.

"이렇게 휘파람을 불어도 별 소용없네."

네드가 말했다.

경기 시작을 알리는 총소리가 울렸지만 바람이 거의 없었기 때문에 출발선을 넘은 요트는 한 대도 없었다. 미짓은 토스트랩에 발을 끼워 넣고, 요트 바깥으로 몸을 더 내밀었다. 미러클맨이 미짓 쪽으로 기울기 시작했다. 이내 웃음소리가 멈췄다.

"도대체 너 뭐하는 거냐?"

셉이 물었다.

미짓은 주변의 물이 검게 변하는 걸 계속 지켜봤다.

"지금 바람 따위는 없다고."

그러나 바로 그 순간 돌풍이 몰아쳤다.

분명 미짓이 불러들인 돌풍이었다. 미짓 역시 그것을 알고 있었지만, 그것이 얼마나 강력할지는 예상하지 못했다. 선체가 솟으면서 미짓의 몸이 조종실 바닥으로 내동댕이쳐졌다. 동시에 바람이 불어오는 반대쪽의 요트 측면이 물속으로 푹 꺼졌다. 미짓은 밟고 오를 게 있는지 확인하기 위해 한쪽 발로 선체 바닥을 더듬었다.

발이 곧바로 축축한 물에 닿았다. 미짓은 뱃전으로 미끄러지기 전에 요트 좌석을 붙잡았다. 돛은 물에 젖었고, 좌우로 거세게 흔들렸다. 요트의 선체도 요동쳤다. 조종실에 물이 튀었다.

미짓의 무릎이 뱃전에 쿵하고 부딪혔다. 미짓은 이를 악물고 몸을 일으켜 세워 바람이 불어오는 쪽으로 몸을 기울였다.

하지만 선체는 계속해서 심하게 흔들렸다. 사납게 요동치는 수면에 돛이 부딪혔다. 미짓은 키 손잡이를 있는 힘껏 붙잡고 뱃머리를 바람을 등진 쪽으로 돌려보려고 했다. 하지만 요트는 꿈쩍도 하지 않았다. 시간이 지날수록 오히려 더 물속으로 기울어지기만 했다.

센터보드가 수면에 닿자 미짓은 요트가 전복될 경우를 대비해 선체 가장자리로 기어가기 시작했다.

*미러클 맨, 이건 내가 그렸던 그림이 아니에요.*

미짓의 생각이 바람보다 더 심하게 요동쳤다.

*내 그림에 무슨 짓을 한 거죠?*

그때 갑자기 돌풍의 세력이 미러클 맨을 비껴갔다. 수면 위를 스치던 돛이 위로 들렸고, 선체가 다시 수면에 수평으로 닿았다. 미짓은 조종실로 기어가 토스트랩에 발을 끼우고 돛을 당겼다.

미러클 맨은 굉음을 내며 앞으로 나아갔다.

속도가 어찌나 빠른지 두려워할 새도 없었다. 지금 미짓은 자신을 떨어뜨리는 게 유일한 목적인 야수를 타고 있는 셈이었다. 미짓은 키 손잡이와 메인시트를 꽉 붙잡았다. 미러클 맨은 깊은 파도를 향해 돌진했다. 얼굴로 튀어오르는 물 때문에 미짓의 눈이 반쯤 감겼다. 물이 조종실 안으로 흘러들어왔지만 셀프 베일러를 열겠다고 몸을 숙이지 않았다. 그것 때문에 요트가 다시 기울까 걱정됐기 때문이다. 미짓은 재빨리 주위를 둘러보았다.

온통 난장판이었다.

절반 이상의 요트가 뒤집어졌고, 한 척은 돛대가 부러지는 바람에 돛이 물 위에 축 늘어졌다. 유람용 모터보트를 정박시킬 때 쓰는 쇠사슬에 엉켜버린 요트도 있었다. 해안에서 구조선이 재빠르게 출발했다.

하지만 최고라고 손꼽히는 요트들은 아직 멀쩡했다. 냉고와 키다리는 요트 한 척 길이만큼의 거리를 유지하면서 미짓을 뒤쫓고 있었다. 레이더는 몇 미터 뒤에 있었지만 바람을 등진 유리한 위치에 있었기 때문에 속도가 제법 빨랐다. 레이더 뒤쪽에 있는 버터플라이는 레이더의 돛에서 나오는 먼지바람을 맞으며 힘겹게 나아가고 있었다.

미짓은 셉을 찾아보다가 그가 바다를 향해 죽죽 나아가는 광경을 보고 화들짝 놀랐다. 셉이 몸을 바짝 숙인 채 스콜피언의 속도를 높이고 있었다.

미짓은 거센 물보라에 얼굴을 얻어맞고서야 비로소 미러클맨에게 관심을 돌렸다. 마음에 있는 모든 생각을 버리고 선체를 똑바로 조종하는 것에만 집중했다. 요트들이 충돌하는 소리가 들렸지만 애써 뒤돌아보지 않았다. 하활 뒤쪽을 쳐다보자 해안가에서 그쪽으로 다가오는 소형 요트 몇 대가 보였다. 하지만 그들은 그저 미러클 맨 뒤를 지나쳐 다른 쪽으로 사라졌다. 미짓은 미러클 맨이 방파제를 향해 거침없이 나아갈 동안 돛의 앞쪽 가장자리에서 시선을 떼지 않았다.

해안 쪽에 있던 요트들이 돛을 펄럭이며 힘차게 다가왔다. 버터플라이와 레이더가 "우현으로!"라고 외치자 다른 요트들이 방향을 바꾸었다. 미짓은 미러클 맨을 해안 쪽으로 몰아가면서 바람을 등질 수 있는 최적의 순간을 포착하기 위해 연신 어깨 너머를 돌아보았다.

버터플라이가 소용돌이치는 물거품 위에서 방향을 바꾸자마자 레이더가 그 뒤를 따랐다. 뒤이어 탱고와 키다리가 두 요트와 함께 바람이 부는 쪽으로 방향을 바꾸었다. 이제 그 네 척의 요트는 더 먼 바다를 향해 나아가기 시작했다.

미짓은 다시 배의 방향을 바꿀 수 있을 만큼 바람의 영향력이 작용하길 기대하며, 확신을 가지고 기다렸다. 방파제에 거의 가까워졌다. 신더길을 지나는 사람들 중 몇몇이 가던 길을 멈추고 요트들을 구경했다. 그러나 미짓의 악전고투에 관심을 기울이는 사람은 거의 없었다. 그때 미짓의 눈에, 이동 정박지로부터 미끄러져 내려온 굵은 밧줄이 해초에 휘감겨 있는 모습이 포착됐다. 미짓은 키를 힘껏 당겼다.

그러자 감당하기 벅찰 정도로 선체가 휙 돌며 꺾였다. 미짓은 기울어진 쪽의 반대편으로 재빨리 몸을 내밀었고, 선체가 다시 위로 치솟았다. 그것을 계기로 미러클 맨은 빠르게 해안에서 멀어졌다. 미짓이 불안해하며 주위를 둘러보니 다른 요트들은 바람이 없는 곳에서 허둥대고 있었다.

*미러클 맨, 우린 해낼 거예요. 이대로만 질주한다면 일등으로 부표에 도착할 거예요.*

좌현에서 멀지 않은 곳에 노란색 부표가 떠 있었다. 위아래로 흔들거리며, 너무도 유혹적인 몸짓으로.

*미러클 맨, 두 번만 더 방향을 바꾸면 돼요.*

*아주 짧게 두 번 더.*

갑자기 미짓의 머릿속에 셉이 떠올랐다. 미짓은 한순간이

나마 가장 위협적인 대상을 잊고 있었던 자신을 저주했다. 시선을 돌려 레이거트 쪽을 바라보니 스콜피언이 여전히 바다를 향해 나아가고 있었다.

*지금 형이 스콜피언의 방향을 크게 한 번 바꾸면 부표에 도착할 텐데. 미러클 맨, 우리 어떻게 해요? 어떻게 해야 되죠?*

*……계속 가야 한다. 이대로 계속 가야 한다.*

미짓은 항해에 집중하려고 애썼다. 하지만 자신도 모르게 자꾸만 형 쪽을 쳐다보게 됐다. 방향을 바꿀 순간을 기다리며 무서운 속도로 물살을 가르고 있는 그 검은 형상을.

그 형상이 갑자기 모습을 바꿨다. 칼날이 휘감기는 것처럼 스콜피언이 자연스럽게 방향을 바꿨고 이제는 연안을 향해 돌진하고 있었다.

*미러클 맨, 셉이 부표로 가고 있어요. 바람을 우현에 받고서요. 우리가 먼저 도착하지 않는다면 그대로 전진하겠죠.*

미짓은 키를 힘껏 내리고는 다시 해안 쪽으로 향했다.

*미러클 맨, 빨리 가요. 빨리 가요.*

그러자 갑자기 해안이 미짓을 향해 돌진해오는 것처럼 보였다. 그만큼 미러클 맨의 속력이 무섭게 빨라졌다. 미짓은 어깨 너머로 부표를 확인했다.

*미러클 맨, 준비해요.*

미짓이 키를 내리고서 방향을 바꾼 다음 앞을 확인하니, 부표와 그곳을 향해 돌진해가는 스콜피언의 모습이 보였다. 좀 전까지 검게만 보였던 그 형상은 이제 총천연색으로 빛났다. 푸른색 선체와 불룩한 흰 돛이 보였으며 심지어 스콜피언이 부표를 향해 돌진할 때 튀어 오르는 물보라까지 보였다. 그리고 무섭게 집중한 셉의 얼굴도.

*미러클 맨, 형이 나보다 앞서면 안 돼요. 단 한 순간도.*

갑작스러운 바람 때문에 미짓은 순간 몸의 중심을 잃었다. 그때 또다시 새로운 그림이 마음속으로 스르륵 들어왔다.

지금은 그게 무엇인지 살펴볼 겨를도 없었다. 부표가 45미터 정도 앞에 있었고 여차하면 미러클 맨과 스콜피언이 충돌할 지경이었다. 그러나 미짓은 재빨리 그 그림을 보았고 그것이 자신의 마음을 차지하도록 그냥 내버려두었다.

"우현으로!"

예상했던 대로 셉의 외침이 들렸다.

그러나 미짓은 아슬아슬한 상황에도, 새로운 그림에도 더 이상 신경 쓰지 않았다. 미짓은 더듬지 않고 분명하게 외쳤다. 스스로도 깜짝 놀랄 정도로.

"헛소리!"

"이 땅딸보……."

그러나 셉에게는 말을 마칠 시간조차 주어지지 않았다. 미짓이 마음속으로 그렸던 것처럼, 그 순간 돌풍이 두 사람을 덮쳤으니까. 요트 두 척이 다 기울어졌다. 하지만 미짓은 바람이 빠지도록 이미 시트를 느슨하게 해둔 터였다. 그때 스콜피언에서 요란한 소리가 났다.

부표가 미짓의 눈앞에서 어렴풋이 보였다가 사라졌다. 미짓은 곧바로 요트의 방향을 바꾼 다음 부표를 향해 돌진했다. 셉을 돌아볼 필요도 없었다.

그러나 미짓은 자기도 모르게 뒤를 흘끔 쳐다봤다.

스콜피언의 선체가 옆으로 완전히 뒤집어져 있었다. 그러자 미짓은 자신에게 일어나고 있는 그 모든 일들이 갑자기 무서워졌다. 미러클 맨이 자신의 발밑에서 진동하고 있었다.

*맙소사, 당신이 누구인지 말해요. 당신의 힘이 어디서 나오는지 말해요. 당신이 어디에서 왔는지도.*

미짓은 다시 한번 뒤를 돌아봤다. 마침 셉이 중심을 되찾고 센터보드에서 몸을 기울이면서 조종실로 올라오고 있었다. 그러자 스콜피언의 돛대가 수면에서 끌어올려졌고 마침내 물에서 완전히 벗어났다.

*당신 이름은 미러클 맨이죠. 그럼 그 미러클 맨은 도대체 누구죠? 진짜 기적을 일으키는 자 말이에요.*

다른 요트들이 공간을 다투며 부표 근처를 배회하고 있었다. 그러나 그중에서 부표를 제일 먼저 돈 사람은 셉이었다.

*당신인가요? 아니면 조셉 노인인가요?*

돌풍이 다시 불었고 미짓의 요트가 물마루를 타며 앞으로 나아가기 시작했다.

*아니면 나예요?*

미짓은 여러 가지 생각을 마음속에서 밀어내며 억지로 다음 부표에 초점을 맞추었다. 그러나 자신이 완성해야 할 그림들은 더 있었다. 그것들이 또다시 마음속으로 밀고 들어왔다. 미짓은 그것을 그렸고, 그것을 떠올리며 항해했고, 그것이 실현되는 것을 지켜보았다. 그리고 마침내 승리를 거머쥐었을 때 그날 밤 자신을 기다리고 있을 상황에 대해서는 거의 잊어버렸다.

밤이 되자 모든 일이 또다시 되풀이되었다.

미짓은 너무 두려운 나머지 낮에 입었던 옷과 신발을 벗지도 못한 채 그저 침대에 누워 있었다.

*고문 수준일 거야. 그리고…….*

그때 문이 열리더니 저벅저벅 셉이 다가왔다. 그리고 그 큰 손으로 미짓의 목을 눌렀다. 미짓이 저항의 의미로 발을 찼지만 허공만 휘저었을 뿐이었다.

"넌 네게서 가장 아름다운 사람을 빼앗아 갔어. 왜 네가 그 사람 대신 누워 있었던 거지? 왜 그 사람 대신 살아남았지? 소름끼치고 흉측하고 지저분한 너 따위가! 도대체 왜 그랬어?

왜 그 사람의 목숨을 앗아갔지?"

셉이 울부짖었다.

미짓이 다시 발을 버둥거렸지만 허공만 맴돌 뿐이었다.

"눈에는 눈, 이에는 이라고 했어. 그대로 갚아주라고. 그게 공평하다는 걸 너도 인정해야 해."

미짓은 셉이 목을 죄어오자 더 무섭게 몸부림쳤다.

"그게 바로 징벌이라는 거야. 고통에는 고통으로, 목숨에는 목숨으로."

셉의 두 손이 더 거세게 죄어들어왔다.

"미짓, 오늘 밤 우리는 산책을 좀 할 거야. 아니지, 산책은 내가 하는 거지. 넌 편하게 이 자루 안에서 쉬고 있으라고."

오늘 밤이다. 셉이 오늘밤 나를.

"레이크리크를 좋아하지? 문제는 그곳이 습지인 데다가 아주 외졌다는 거야. 넌 물에 빠지지 않도록 꽤나 조심해야 할 거야. 수영을 못하잖아. 게다가 발작도 일으키고 말이야."

미짓이 침대에서 버둥거렸지만 셉의 손아귀 힘을 벗어날 수는 없었다. 오히려 더 단단히 조여들 뿐이었다.

"아버지를 깨우고 싶진 않아. 그러니 미안하게도 떠나기 전에 널 녹초로 만들어놔야겠어."

셉이 몸을 숙였다.

"우선은 고통의 시간이 좀 필요하겠지. 내 말을 또 거역했으니 말이야."

미짓은 있는 힘껏 팔을 뻗었다. 침대 테이블 위에 놓여 있던 램프의 단단한 금속 부분이 손가락에 스쳤다. 미짓은 가까스로 그것을 움켜쥐고서 셉의 머리를 향해 내리쳤다.

그러나 생각처럼 큰 타격을 입힐 수는 없었다. 셉이 소리를 지르며 일어나더니 램프를 손으로 쳐서 날려버렸다. 그 바람에 램프가 벽에 부딪히며 깨졌다.

"이 조그만 벌레 같은 게⋯⋯."

셉이 분노하며 다가왔다.

그때 문을 노크하는 소리가 들렸다.

"얘야, 무슨 일이라도 생긴 거냐?"

셉이 몸을 벌떡 일으키더니 바로 문 쪽으로 달려갔다.

"아빠! 빨리요! 또 발작을 일으키려 해요."

아버지가 문을 왈칵 열고 들어와 불을 켰다. 바닥에 내동댕이쳐진 램프가 아버지 발에 채였다.

"도대체 무슨 일이냐?"

상황은 급변했다. 이미 셉은 동생을 걱정하는 착한 형의 표정을 지으며 아버지를 올려다보고 있었다.

"때마침 오셔서 얼마나 다행인지 몰라요. 저도 이상한 소리를 듣고 무슨 일이 있나 와본 거예요. 침대에서 몸부림치고 있더라고요. 그래서 도와주려고 가까이 다가갔는데⋯⋯ 조금이라도 도움이 될까 해서……."

미짓은 방구석에 서서 두 사람을 노려보았다.

"그런데 이 램프는 뭐지?"

아버지가 물었다.

셉이 두 손을 위로 치켜들며 어깨를 으쓱했다.

"얘 잘못이 아녜요. 얘도 어쩔 수 없었어요."

"나한테 숨기는 거라도 있니?"

"아빠, 그냥 넘어가세요. 제발요. 얘는 자기가 무슨 일을 한
건지도 몰라요."

"미짓을 두둔하고 있다는 거 알아. 그래, 좋아. 하지만 무슨
일이 있었는지 알아야겠어."

셉이 미안하다는 표정으로 미짓을 돌아보더니, 아버지에게
밖으로 나가자는 손짓을 했다. 셉은 궁지에서 벗어나기 위해
능수능란하게 상황을 조정하고 있었다.

그러나 미짓은 통제력을 잃고 있었다. 몸이 점점 더 강하게
떨리기 시작했다. 분노로 가득 찬 마음을 다스릴 수 없듯이 자
신의 몸 역시 조절할 수 없음을, 그리고 자신이 잠시 후 맹렬하
게 몸부림치며 의식을 잃을 것이라는 걸 너무도 잘 알고 있었
다. 자신에게 도움이 될 만한 그림을 절박한 심정으로 찾아봤
지만 온갖 생각이 너무나 빠르게 지나갔고 분노로 가득 차 있
는 상태라서 도저히 집중할 수 없었다.

문밖에서 셉의 차분하고 설득력 있는 목소리가 들렸다. 미짓은 비난의 손가락이 누구에게 향할지 잘 알고 있었다. 몸과 마음의 압박감이 점점 커졌다.

두 사람이 다시 들어왔다. 아버지가 헛기침을 하더니 미짓을 내려다보았다.

"잘 들어라, 네가 이런 짓을 하도록 내버려둘 수는 없다. 형이 그렇게 노력하는……."

그러나 미짓은 뒷말을 듣지 못했다. 정신을 차려보니 두 사람 사이를 휙 지나쳐 층계를 내달리고 있었다. 미짓은 현관문을 박차고 달려 나갔다.

방향도 알지 못한 채 맹목적으로 달렸다. 자신도 타인도 그 무엇도 신경 쓰지 않고서. 뜰과 벽과 거리의 이미지가 줄지어 걸려 있는 그림들처럼 정신없이 지나갔다.

미짓은 옆구리에 심한 통증을 느꼈지만 있는 힘을 다해 억지로 조금 더 달렸다.

*난 이 몸을 증오해.*

*작고 뒤틀린 이 끔찍한 몸을 증오해.*

마침내 미짓은 자신이 어디를 달리고 있는지 알아차렸다. 서머빌 가 꼭대기를 비틀비틀 오르고 있는 중이었다. 미짓은 헐떡거리며 강어귀를 향해 다시 언덕 아래로 뛰어 내려갔다.

*난 이 몸을 증오해. 너무 증오해.*

자동차 헤드라이트가 언덕 아래를 이리저리 비추다가 오르막 도로를 따라 위로 올라왔다. 그리고 언덕 꼭대기 지점에서 잠깐 미짓을 비춘 다음 그 지점을 통과하면서 다시 길의 아랫부분을 비췄다.

*표범의 눈. 악마의 눈.*

미짓은 그 빛을 향해 뛰어들었다.

*내 친구가 되어줘.*

미짓은 연석을 뛰어넘었다.

갑자기 자동차 헤드라이트가 눈앞에서 번쩍였고, 요란한 경적소리가 귀청을 때렸다. 미짓은 그 순간 자신도 모르게 미러클 맨을 소리쳐 불렀다.

브레이크를 급히 밟는 소리가 밤하늘에 울려 퍼졌다.


운전자가 소리를 버럭버럭 지르며 차를 몰고 간 후, 미짓은 다시 터벅터벅 걸었다.

이제는 갈 데가 한 곳밖에 없었다. 하지만 그곳 역시 위험했다. 아버지와 셉은 자신을 찾아다니고 있을 것이고, 셉은 동생이 어디에 있는지 짐작하고도 남을 것이다. 혼자서 동생을 찾아올지도 모른다. 발작을 자주 일으키는 불안정하고 조그만 녀석이 무모하게 집에서 도망쳤다가 불운한 사고를 당했고, 그것을 그의 형이 발견했다는 소식을 들어도 놀라는 사람은 없으리라.

*죽었다.*

*혹은 발견되지 않았다.*

그 두 가지 모두 가능한 상황이었다. 미짓은 셉이 오늘 밤 자신을 어떻게 죽이려고 했는지 알지 못했다. 내일이 되면 그 계획이 어떻게 달라질지도 알지 못했다.

내일. 그러나 미짓은 우선 오늘 밤부터 넘겨야 했다.

길가는 조용했다. 미짓은 서머빌 도로 아래에서 오른쪽으로 돌아 언더클리프 도로 꼭대기로 걸어 올라갔다가 다시 철로 위에 놓인 다리를 향해 내려갔다.

강어귀의 냄새가 밀려오자 비로소 조금 안심이 되었다. 하지만 사람 그림자가 나타날까 마음을 놓을 수가 없어서 연신 주위를 둘러보며 걸었다. 주변은 고요했고, 움직이는 것은 아무것도 없었다. 어쩌면 생각한 것보다 더 오랜 시간을 헤매고 다녔는지 모른다. 어쩌면 이미 내일이 된 것인지도 모른다. 미짓은 다리를 건너 신더길을 따라 걸었다. 왼쪽으로 흐르는 물이 달빛 아래서 부드럽게 빛났다. 아름답고도 고요했다. 미짓은 요트장 입구에 서서, 쉬고 있는 선체들을 획 둘러본 다음 문을 밀고 들어가 미러클 맨에게 달려갔다.

*당신과 얘기를 좀 해야겠어요.*

미짓은 돛대에 몸을 숙이며 선체를 어루만졌다.

*너무 무서워요.*

근처에서 목재가 날카롭게 삐걱거렸다. 미짓은 훌쩍 뒤로 물러나 주변을 둘러봤다. 인기척은 없었다. 강어귀의 수면만이 반짝거릴 뿐이었다. 미짓은 다시 머리를 돛대에 살포시 기대었다.

*미러클 맨, 난 죽기 싫어요. 형이 죽었으면 좋겠어요.*

삐걱거리는 소리가 또 들렸고 미짓은 다시 뒤로 물러섰다. 하지만 아까처럼 아무도 보이지 않았다. 마룻줄이 미풍에 흔들려 돛대를 때렸다. 딱. 딱. 딱. 미짓은 그 소리를 들으며 잠시 동안 꼼짝 않고 서 있었다. 그러다가 다시 돛대로 몸을 숙였다.

*난 죽는 게 무서워요. 누군가를 해치는 것도 무서워요. 기적마저도 무서워요.*

*아니, 아니에요, 기적이 제일 무서워요.*

미짓은 재빨리 배 뒤쪽으로 가서 끈도 풀지 않고 덮개를 벗기려고 했다. 그런데 자신이 해놓았던 것보다 매듭이 훨씬 더 단단하게 매어져 있는 걸 보고 잠깐 손을 멈칫했다. 미짓은 다시 한번 주위를 두리번거렸다. 그런 다음 끈을 어느 정도 풀어놓은 후에 덮개를 우측에서 위로 젖혔다.

죽은 고양이 한 마리가 놓여 있었다.

고양이의 팔다리는 난도질돼 있었고 엄청난 힘으로 짓누른 듯 목이 부러져 있었다. 미짓은 위가 울렁거리는 것을 느끼며 요트장 가장자리를 따라 바닷물 쪽으로 휘적휘적 걸어갔다. 그런 다음 출렁거리는 수면 위로 그날 저녁식사를 몽땅 게워 냈다.

또다시 목재가 삐걱거리는 소리가 들렸다. 미짓은 다시 주변을 한 바퀴 빙 둘러보았다. 셉일 거라고 확신했다.

그러나 여전히 아무도 보이지 않았다.

미짓은 고양이 시체를 들어 스콜피언의 앞 갑판에 던져두고 잽싸게 미러클 맨 쪽으로 돌아갔다. 그런 후 조종실 안으로 미끄러지듯 들어가 덮개를 끝까지 덮었다. 그러고는 가쁜 숨을 몰아쉬면서 요트 좌석과 센터보드 갑 위를 기어오른 다음 돛대를 지지대 삼아 갑판 아래로 들어갔다.

어둠은 편안했고, 부력 주머니는 쿠션 같았다. 미짓은 아버지를 생각하며 눈을 감았다.

셉 생각도 했다.

그리고 앞일에 대한 생각도.

미짓은 시간이 지날수록 아슴아슴 잠에 빠져들었다. 죽음에 대한 생각도 머릿속에서 사라졌다. 그러나 한밤중에 어떤 기척이 미짓을 깨웠다. 그것이 소리였는지, 아니면 새벽이슬에 동반된 가벼운 한기였는지, 아니면 단순한 두려움이었는지 미짓은 알지 못했다. 그저 자신이 어디에 있는지조차 깨닫지 못한 채 두렵다고 되뇌면서 허공만 응시했다. 그러나 잠시 후 익숙한 긴장감이 미짓을 에워쌌다.

저벅저벅.

미짓은 온몸이 굳는 걸 느끼며 귀를 기울였다.

발소리가 가까워졌다가 멈췄다. 얼마 후 선체 주변을 빙 도는 발소리가 들렸다.

*미러클 맨, 형은 날 찾아내고 말 거예요. 형은…….*

발소리가 돛대 근처에서 다시 멈췄다. 미짓은 숨소리를 죽였다. 그 침묵의 순간이 영원한 시간처럼 느껴졌다. 잠시 후 그렇게 두려워했던 소리가 들렸다. 덮개 끈을 걸어매는 비녀장이 뱃전에 가볍게 부딪치는 소리.

덮개 끈이 느슨해지고 있었다.

미짓은 온갖 생각을 잠재우려 애쓰면서 무엇을 해야 할지 필사적으로 고민했다. 하지만 자신이 덫에 걸린 쥐 신세라는 걸 깨닫기까지는 오랜 시간이 걸리지 않았다.

열린 틈으로 불쑥 손 하나가 들어왔다.

익숙한 손가락들이 눈앞에 나타나자 미짓은 몸을 뒤로 젖히며 굽이진 뱃머리 안쪽에 달라붙었다. 제발, 제발. 다행스럽게도 손가락들은 얼굴 바로 앞에서 멈추었다. 그것들이 문어 다리처럼 선체 안쪽의 허공을 더듬으며 이리저리 움직였다.

미짓은 희망을 놓지 않으려고 애쓰며 그 손을 피해 머리를 이리저리 돌렸다. 그 손이 자신에게 닿지 않기를, 덮개가 완전히 벗겨지지 않기를 계속해서 기도했다. 그리고 잠시 후 그 손이 천천히 뒤로 물러나자 비로소 안도의 숨을 내쉬었다.

그러나 얼마 후 그 손은 다시 나타났다. 그것은 아까보다 더 날렵하게 센터보드 주변을 휘저었다. 먹이를 찾는 뱀의 혀처럼 날아다녔다. 미짓은 죽은 고양이를 떠올렸다.

*혹시 셉이 그것을 확인하려고 뱃머리 쪽을 만져본 걸까. 그 고양이가 스콜피언 앞에 있다는 걸 발견하지 못했기를.*

그때 다시 손이 뒤로 물러났고, 곧 발소리가 멀어져 갔다.

미짓은 동이 트자 요트에서 내려와 레이거트의 물이 흘러드는 잿빛의 고요한 진흙땅을 가로질렀다. 동쪽 하늘이 뿌옇게 밝아오고 있었다. 미짓은 하늘을 물끄러미 올려다보다가 다시 미러클 맨을 응시했다. 잠시 후 미짓은 덮개를 꽉 여며놓고 요트장 입구를 향해 터덜터덜 걸어갔다.

고양이는 사라지고 없었다.

미짓은 잰걸음으로 조용한 신더길을 지나 마침내 한 번도 자신의 집이라고 부른 적 없는 곳에 도착했다. 화분 밑에 숨겨둔 여분의 열쇠를 꺼내 집 안으로 들어가 곧바로 아버지 방으로 향했다. 아버지가 미짓을 보고 의자에서 벌떡 일어났다. 술병이 바닥에 떨어졌다. 아버지가 성큼성큼 걸어와 미짓의 양 어깨를 꽉 붙들었다.

모두 아무 말이 없었다. 식탁 위는 무덤처럼 고요했다. 아버지는 반은 일어서고 반은 앉은 어정쩡한 자세로 냅킨 용기를 손으로 더듬으며 시선을 불안정하게 돌렸다. 그러다가 잠시 후 다시 냅킨 용기를 더듬더듬 찾았다.

셉은 침묵했다.

미짓을 주시하면서.

눈이 마주친 적은 없었지만 미짓은 그 시선이 자신에게 고정돼 있음을 알았다. 자신의 모든 동작을 줄곧 따라다니고 있다는 것을. 컵을 입에 갖다 댈 때도, 물을 마시고 제자리에 놓을 때도 그 시선이 끈질기게 자신을 쫓고 있었다.

미짓은 돌연 얼굴을 들었다. 셉이 순식간에 고개를 돌렸다.

다시 고개를 숙이자 그 시선이 다시 자신을 향했다.

마침내 아버지가 입을 열었다.

"오늘은 미러클 맨 타지 마라. 공휴일 경기가 있다는 건 알아. 하지만 오늘은 집에 있어라."

미짓은 더 이상 아버지의 감정을 상하게 하지 않으면서 어떻게 자신의 의견을 피력할 수 있을지 고심했다. 미짓이 아버지를 올려다보았다.

"……."

아버지의 슬픈 얼굴이 보였다.

"안다. 넌 네가 항해할 수 있다는 걸 이미 보여줬어. 이길 수 있다는 것도. 거기엔 의심의 여지가 없어. 그렇지, 셉?"

셉은 먹는 데 여념이 없다는 듯 접시에 시선을 고정시켰다. 그러나 곧 조용하고 차분한 목소리로 대답했다.

"맞아요."

꾸며낸 쾌활함은 온데간데없었다. 그 대신 시종일관 차분한 분위기가 느껴졌다. 아버지는 그 변화가 뭘 의미하는지 알지 못하리라. 맹목적으로 매달렸던 목표가 좌절되자 그 어느 때보다 더 그것에 골똘히 집중하는 태도.

"그러니까……."

아버지가 자리에서 일어나 창가로 걸어갔다.

"아빠랑 형은 지난밤에 네 걱정에 넌더리가 날 지경이었어.

셉, 그렇지?"

아버지가 등을 보이자 셉은 이제 대놓고 미짓을 응시했다.

"그랬죠."

"넌 더리가 날 만큼 걱정했어. 사방으로 안 찾아다닌 곳이 없다. 셉은 두 번이나 밖에 나갔다 왔고. 그렇지?"

"그랬죠."

셉은 결국엔 자기 손으로 들어올 먹이를 쳐다보는 듯한 눈으로 미짓을 바라봤다. 아버지가 잠시만이라도 미짓을 남겨놓고 나가기를 바라며. 하지만 먼저 자리에서 일어선 것은 셉이었다.

"생각해보니 저 나가봐야 돼요."

아버지가 몸을 돌렸다.

"벌써? 아직 시간이……."

"네드한테 가봐야 해요. 경기 전에 조정도 좀 해야 하고요."

"아."

아버지는 두 아들을 무력한 표정으로 번갈아 바라봤다.

"그래도 오늘은 그냥……."

"아빠, 이따 봐요."

아버지가 눈을 깜박거리며 먼 곳을 응시했다가 다시 셉을 쳐다보았다.

"그래!"

애써 쾌활함을 가장한 목소리.

"좋아. 이따 보자. 이따……."

아버지가 말을 더듬었다.

"이따 보는 거야."

셉이 뒷문을 열고 복도로 걸어갔다.

아버지가 셉의 등 뒤에 대고 소리쳤다.

"너 괜찮지? 내 말은…… 네 목소리가 좀……."

"괜찮아요. 그냥 좀 피곤한 것뿐이에요."

"그래! 그랬구나. 어쩐지 피곤하게 들렸어. 지난밤 일 때문에 피곤한 모양이다."

아버지가 기계적으로 고개를 끄덕거리며 말했다. 하지만 표정은 몹시 혼란스러워 보였다.

"네. 지난밤 일 때문에 피곤해요."

셉이 말했다.

"그럼 이따 보자."

"네."

뒷문이 딸깍 닫혔다. 미짓은 피곤하고 걱정에 찌든 아버지의 얼굴을 더는 볼 수가 없어서 고개를 떨구었다. 동시에 자신도 경기에 나가야 한다고, 셉이 어디에 있는지 두 눈으로 확인해야 한다고, 지금은 미러클 맨과 함께 있어야 한다고 설명하고 싶었다.

지금 자신이 알고 있는, 안전을 지키는 유일한 방법은 미러클 맨과 함께 있는 것뿐이었기 때문이다.

아버지가 다가와 미짓 옆에 앉는가 싶더니 다시 일어나서 거실로 나갔다. 그 뒤로 문이 닫혔다. 미짓은 두 눈을 질끈 감았다.

미짓은 그 너머에서 아버지가 무엇을 하는지 알았다.

미짓은 자리에서 일어나 문 쪽으로 걸어갔다. 그러고는 문 뒤에 얼굴을 갖다 댔다. 그 자세로 아버지를 기다렸다. 잠시 후에 울음소리가 그치자 미짓은 문을 열고 소파를 향해 걸어갔다. 아버지가 미짓을 보더니 힘없이 팔을 들어올렸다. 미짓은 그 팔 안에 슬며시 안기며 다시 눈을 감았다.

미짓은 아버지가 떨고 있는 것을 온몸으로 느꼈다. 그러나 울 수 없었다. 이상하게도 눈물이 저 멀리 사라진 것만 같았다.

미짓은 아버지의 흐느낌이 완전히 사라질 때까지 기다렸다가 천천히 아버지의 얼굴을 올려다봤다. 목소리는 좀 전보다 차분했지만 여전히 어두웠고 무거웠다. 미짓은 잠깐 동안 그 얼굴을 응시하다가 아버지의 바지 주머니에 손을 넣었다.

"잘못 짚었어."

아버지의 목소리는 여전히 가라앉아 있었다. 하지만 미짓은 자신이 예전부터 자주해왔던 행동이 아버지를 도울 수 있을 것이라 생각했다.

미짓은 다른 쪽 주머니를 향해 팔을 뻗었다. 아버지의 단단하고 견고한 무릎이 팔에 스쳤다. 미짓은 그 주머니에서 마침내 찾던 것을 발견했다. 그리고 갑에서 담배 하나를 꺼낸 후 장난스러운 몸짓으로 자신의 입에 물었다가 다시 아버지 입에 물려주었다. 그런 다음 다시 주머니를 뒤졌다.

"또 잘못 짚었어. 셔츠 주머니야."

미짓은 성냥갑을 꺼내서 짐짓 진지한 표정으로 혀를 차며 성냥을 골랐다.

"알았다, 알았어. 다 쓴 건 다시 집어넣지 않을게."

아버지의 목소리는 여전히 축축했지만 아까보다는 더 따뜻하고 더 또렷했다. 미짓은 새 성냥을 찾아서 불을 붙였다. 아버지는 고개를 숙여 담배에 불을 붙이고 한숨을 내쉬며 몸을 뒤로 털썩 기댔다. 아버지가 내쉰 담배 연기가 천장을 향해 구불구불 말려 올라갔다. 미짓은 다시 아버지의 팔 아래로 파고들었다.

두 사람은 오랫동안 아무 말 없이 앉아 있었다. 미짓은 어느새 셉과 죽음과 요트에 대해 까맣게 잊어버리고 말았다. 아버지가 그 말을 꺼내기 전까지는.

"가거라. 아빠한테 다시 한번 승리를 안겨수거라."


그러나 미짓은 요트를 보자 이번에는 자신이 울 차례라는

211

것을 깨달았다.

갑판, 요트 좌석, 센터보드, 심지어 선체 바깥 부분까지 온통 흠집이 나 있었다.

칼자국이었다.

미짓은 분노에 떨며 자신의 적을 찾기 위해 해안 지구를 돌아다녔다. 그리고 진수대에서 겨우 45미터 떨어진 곳에서 스콜피언을 발견했고, 그 옆에서 레이더도 찾아냈다.

미짓은 맹렬한 기세로 항해 준비를 마친 후 요트를 물에 띄웠다. 그러고는 두 사람을 쫓아 출발선을 향해 돌진했다. 마음 속 그림도 계획도 목표도 없었다. 전에 없던 극심한 분노만이 존재했다. 그것이 두려움이나 계획 등을 모조리 덮어버렸다.

앞에서 스콜피언과 레이더가 미짓을 향해 방향을 돌렸다.

*미러클 맨, 이건 명백한 전쟁이에요. 저들은 경기를 원하지 않아요. 내 고통을 원할 뿐.*

미짓은 두 요트가 한 팀을 이루면서 서로 흩어지는 광경을 쳐다보았다. 네드가 뱃머리를 바람이 불어오는 쪽으로 돌리면서 바다 쪽으로 돌진했고, 셉이 돛의 방향을 바꾸어 해안 쪽으로 다가왔다. 미짓은 두 요트 사이의 공간을 노리고 파고들었다.

그런데 갑자기 두 사람이 방향을 바꾸면서 목표물을 모는 사냥개들처럼 미짓에게 접근했다.

미짓은 근육이 뻣뻣해지는 것을 느끼며 어떻게 해야 할지 머리를 굴렸다. 미러클 맨은 레이더의 오른쪽을 향해 있었는데 바람을 좌현으로 받고 오는 네드는 배의 방향을 바꿀 기미가 전혀 없어 보였다. 동시에 셉은 해안에서 빠른 속도로 미짓을 향해 다가오고 있었다.

이대로 가다가는 두 요트가 미러클 맨 선체 중앙부를 들이받을 게 분명했다.

미짓은 키를 아래로 당겨 뱃머리를 우현으로 돌리고 레이더의 뒷부분 옆으로 지나가보려고 했다. 그런데 네드가 미짓을 방해하고 나섰다. 미짓이 움직이는 순간, 자신도 요트를 완전히 돌려서 방향을 새로 바꾸었다.

미짓은 공간이 있는지 필사적으로 살펴보았다. 아주 좁은 공간이지만 잠깐의 틈이 보였다.

그러나 미짓의 마음을 읽은 셉이 이미 바람이 부는 쪽으로 오고 있었다.

미짓은 도움을 청할 사람이 있는지 둘러보았지만 다른 요트들은 모두 출발선에 있었다. 더욱이 구경하는 사람들은 이를 단순한 장난이라고, 세 명의 소년들이 즐겁게 하는 놀이라고 생각하는 것 같았다.

탕! 경기 시작 5분 전을 알리는 총소리가 들렸다. 미짓은 출발선으로 가려는 게 무모한 시도처럼 느껴졌다.

미짓은 돛을 움직여서 다시 해안 근처로 향했다. 네드가 바람이 부는 쪽으로 방향을 바꾸어 미짓의 뒤를 따르다가 불현듯 바람이 불어오는 쪽으로 뱃머리를 돌려 다시 미짓에게 돌진했다. 셉 역시 뱃머리를 바람이 불어오는 쪽으로 돌렸다. 그러자 요트 두 척이 화살의 뾰족한 끝처럼 미짓을 향해 돌진하는 모양새가 되었다.

미짓은 그 틈새가 점점 좁아지는 것을 보면서 해안 근처로는 갈 수 없다는 걸 깨달았다. 미짓은 화가 잔뜩 난 채 충돌을 피하려고 뱃머리의 방향을 돌렸다. 그러면서 아예 해안가로 향했다. 셉도 곧바로 뱃머리의 방향을 돌려 미짓을 따라갔다.

*미러클 맨, 저들은 미쳤어요.*

미짓은 두 사람이 마주보며 싱긋 웃는 모습을 지켜봤다. 분노가 치밀어 올랐다. 미러클 맨이 방파제 쪽으로 돌진했다.

미짓은 주위를 재빨리 둘러보았다. 셉이 너무 가깝게 따라붙어서 원래 계획대로 뱃머리를 돌릴 공간이 없었다. 이제는 방향을 바꾸는 방법밖에는 없었다.

미짓은 키를 아래로 내린 다음, 뱃전으로 가 밖으로 몸을 내밀어보았다. 그리고 그때 미러클 맨의 선체가 뒤쪽으로 둥둥 떠내려가고 있다는 것을 발견했다.

메인시트가 끊어진 상태였다.

미짓은 밧줄 끝을 와락 붙잡았다. 언뜻 닳은 것처럼 보였지만 그 부분을 누군가가 칼로 그어놓았다는 것을 알아차렸다. 얼마 동안의 항해 후 자연스럽게 줄이 끊어져버리도록. 그래서 바다 한가운데서 꼼짝달싹 못하도록.

"미친 미짓, 요트에 문제라도 생겼냐? 서둘러서 고쳐라. 안 그러면 해안까지 표류하고 말 테니까."

셉의 비아냥거리는 소리가 들렸다.

셉은 뱃머리의 방향을 돌려 미러클 맨의 앞을 지나쳐 갔다. 그러고는 웃음을 흘리면서 방향을 바꿔 출발선으로 향했다. 네드는 미짓을 보며 바보처럼 싱긋 웃더니 셉을 뒤따라갔다.

미짓은 절망감에 빠져 두 사람의 뒷모습을 노려보았다. 그 둘을 요트에서 확 잡아 빼버렸으면 좋겠다고 생각했다. 급기야 미러클 맨은, 정박돼 있던 소형 요트와 충돌했다. 미짓은 한 손으로 그 요트를 붙잡은 채 다른 한 손으로 미러클 맨의 돛을 내렸다. 돛을 내린 후에도 정박된 요트의 가장자리를 붙잡고서 셉과 네드를 찾았다.

처음에는 두 척이 보였으나 이내 한 척만 시야에 남았다.

셉의 요트였다.

*바로 형이 나쁜 기적을 일으키는 자야. 이 모든 걸 꾸며냈잖아. 형을 막아야 해. 나한테 총이 있다면……*

그때 갑자기 어떤 그림이 미짓의 마음속에 번쩍 하고 떠올랐다. 마치 눈앞에 커다란 텔레비전 화면이 켜진 것만 같았다.

미짓은 요트를 붙잡은 손에 힘을 주면서 눈을 가느다랗게 떴다. 머릿속에서 목표 이외의 생각을 모두 내쫓았다. 스콜피언의 빛나는 선체와 바람을 받아 불룩해진 돛과 할 일을 완수하고 거만하게 몸을 뒤로 기댄 셉의 모습이 터널을 통해 보이는 듯했다. 미짓은 눈을 거의 감길 정도로 가늘게 떴다.

터널의 가장자리는 좁아졌지만 총에 달린 망원 조준기로 보는 것처럼 그 안의 이미지는 더욱더 또렷해졌다. 머릿속 그림이 밖으로 나가게 해달라며 거세게 요동쳤다. 미짓은 마음속으로 방아쇠를 당겼다.

그러자 물위를 쏜살같이 미끄러져 나아가는 어떤 힘이 느껴졌다. 동시에 야만적인 흥분이 온몸을 훑고 지나갔다. 강어귀의 수면이 패터슨 박사의 진료실에서 봤던 꽃병의 물처럼 붉게 물들었다. 미짓은 극도로 흥분했다. 자신이 일으킨 상황을 차분히 곱씹어볼 수 없을 정도로.

"혀, 형을…… 마…… 맞혀!"

갑자기 스콜피언이 바람이 불어오는 쪽으로 빙글 돌았고 동시에 돛이 거세게 펄럭였다. 미짓은 셉이 원래 방향으로 요트를 되돌리는 모습을 봤다. 셉이 키를 위로 올렸다.

*형, 그래봤자 소용없어!*

미짓은 재빨리 그림을 바꾸었다. 스콜피언이 곧바로 반응을 보였다. 이번에는 뱃머리가 다른 방향으로 돌았다. 셉은 더 이상 그의 것이 아닌 키 손잡이를 쥐고 버둥거리다가 모든 시도가 실패로 돌아가자 요트 뒷부분 쪽으로 갔다.

미짓은 웃음을 터뜨렸다. 힘이 선사하는 환희를 맛보자 어느새 마음속을 가득 채웠던 분노가 눈 녹듯이 사라졌다. 오늘은 그 힘이 어느 때보다 더 강력했다. 미짓은 마음속 그림을 보면서 머릿속으로 셉의 키 손잡이를 다시 움직였다.

스콜피언이 바람이 불어오는 쪽으로 거세게 움직였다. 그 탓에 셉의 몸이 반대쪽으로 내동댕이쳐졌다. 그때 레이더가 방향을 바꿔서 돌진해왔다. 네드는 셉이 허둥대는 모습에 놀란 듯했다. 미짓은 두 요트가 가까워지기를 기다렸다가 그림을 다시 바꾸었다.

스콜피언이 다시 방향을 바꾸었다. 이번엔 바람이 부는 쪽이었다. 그 변화가 너무 빨라서 네드는 방향을 조정할 시간조차 없었다. 미짓은 두 요트가 서로 충돌하는 광경을 눈앞에 그려보았다.

그것은 게임이었고 즐거움 그 자체였다. 셉에게 힘을 행사하는 일은 미짓이 가장 원했던 최고의 기적이었다. 미짓은 마음으로 그 그림을 가지고 놀았다. 스콜피언이 방향을 돌려 자신 쪽으로 오도록 만들었다. 셉이 꼭두각시처럼 일어나서 미짓을 향해 요트를 돌렸다.

거리가 멀어서 미짓은 형의 얼굴에 어린 표정을 알아볼 수 없었다. 그러나 형이 그 힘의 원천을 감지했다는 사실은 알 수 있었다.

미짓은 앞뒤로 흔들리는 요트 위에서 몸의 균형을 잡으며 셉을 물끄러미 바라보았다. 그러자 셉이 갑자기 미짓을 향해 가운뎃손가락을 쳐들었다.

즐거움이 사라지고 분노가 되살아났다. 그림이 저절로 바뀌었다. 물론 그것은 미짓의 의지를 투영한 것이기도 했다. 그 터널로, 그 망원 조준기로 보니 모든 동작이 빠르게 스쳐 지나가고 있었다. 스콜피언이 바람이 불어오는 쪽으로 또다시 움직였다. 그 탓에 조종실에 있던 셉이 바람이 부는 방향으로 내동댕이쳐졌다. 그러자 요트가 또 그만큼 빠른 속도로 반대쪽으로 비스듬히 돌았다.

셉은 요트 중앙을 향해 거의 기다시피 걸어갔다. 그동안에도 셉의 몸은 몸부림치는 선체의 움직임을 따라 끝없이 흔들거렸다. 스콜피언의 뱃머리가 자기 꼬리를 쫓는 사냥개처럼 우현으로 원을 그리며 심하게 돌았다.

셉은 활대가 이동하는 걸 알아차리고 머리를 홱 숙였지만 너무 늦었다.

하활이 망치처럼 흔들거리다가 셉의 얼굴을 쳤다. 셉은 두 팔을 빙빙 돌리면서 뱃전 밖으로 떨어졌다.

그제야 미짓은 자신이 무슨 짓을 했는지 깨닫고 숨을 헐떡거렸다. 스콜피언이 맞바람을 받아 흔들거리다가 결국 뒤집히고 말았다. 기절하여 미동도 없는 셉의 몸뚱이가 밀물을 따라 슬금슬금 떠내려갔다.

무언가 잘못되었다는 생각이 들자 두려움이 점점 더 커졌다. 미짓은 조셉 노인의 목소리를 들은 것만 같았다. 하지만 그럼에도 불구하고 마음속 깊은 곳에서는 여전히 형의 죽음을 갈망하고 있었다.

근처에서 엔진소리가 크게 들리는가 싶더니 셉을 향해 다가가는 구조선이 보였다. 네드는 이미 사고 현장 근처에 도착해 셉을 향해 손을 뻗고 있었다. 셉을 끌어당길 요량이었다. 한 남자가 해안에서 그곳을 향해 거세게 노를 저어갔다.

미짓은 자신의 의지를 갈구하며 아우성치는 그림들의 울부짖음을 들었다.

구조대원들이 돌연 난관에 부딪혔다. 구조선의 엔진이 이유 없이 꿀렁거리더니 멈추려고 했다. 맞바람이 갑자기 레이더를 막아서고 나섰다. 요트의 돛이 펄럭거렸다. 노를 젓던 건장해 보이는 남자는 그만 노를 배 밖으로 떨어뜨리고 말았다. 그가 다시 노를 줍기 위해 안간힘을 쓰고 있었다.

*미러클 맨, 그만해요. 조셉 노인은 이런 걸 원치 않았어요.*

그러나 그림은 미짓의 마음에서 태피스트리(여러 가지 색실로 그림을 짜 넣은 직물-옮긴이)처럼 펼쳐지며 형을 살리려는 것

보다 훨씬 더 강한, 목숨을 파괴하려는 의지를 스스로 만들어
냈다.

이건 잘못됐어요. 이건 살인이에요.

처음엔 엄마를. 이번엔 형을.

제발, 날 도와줘요.

새로운 그림이 마음속에서 슬며시 떠올랐다. 검은색 옷을
입은 수많은 사람들이 관 주위에 서 있는 장면. 그곳엔 네드도
있었다. 아버지는 고별사를 읽는 중이었다.

제니는 울고 있었다.

그 순간 미짓의 몸에서 광기가 스르륵 빠져나갔다. 다시금
구조선과 노 젓는 배가 셉을 향해 움직였다. 미짓은 그 광경을
보고 자신도 모르게 안도했다.

제일 먼저 도착한 사람은 네드였다. 셉은 구조되자마자 몸
을 바르르 떨다가 레이더의 앞 갑판에 구토를 했다. 구조대원
들은 셉을 끌어당겨 구조선에 태우고 스콜피언의 뒤처리를
위해 급하게 출발했다. 노를 젓던 남자가 그 광경을 가만히 지
켜보았다.

미짓은 시선을 돌렸다.

안도하는 동시에 실망스러웠다.

그리고 혼란스러웠다.

미짓은 노를 꺼내 저으면서 요트장으로 향했다. 진수대에

도착하자마자 경기 시작을 알리는 총소리가 들렸지만 이제 미짓은 아무 관심도 없었다.

장례식을 보며 눈물을 흘리는 제니의 얼굴이 다시 보였다. 잠시 후에 그 그림은 점점 더 어두워지더니 이내 사라져 버렸다. 홍수처럼 밀려드는 두려움에 잠식당한 것처럼.


미짓은 방파제 바닥을 응시하며 앉아 있었다. 늦은 오후의 태양이 그 열기를 잃어가고 있었다. 발밑의 바위들도 점차 차가워졌다. 발 근처에 잔뜩 말라붙은 해조류가 즐비하게 늘어서 있었다. 그것들이 몇 시간 전에 이곳까지 밀고 들어왔던 밀물의 흔적을 보여주고 있었다. 그리고 지금 또다시, 바위 아랫부분에서 찰랑거리던 물이 진흙 쪽으로 슬슬 올라오고 있었다. 미짓은 레이거트를 바라보면서 물 위에 둥둥 뜬 채로 그곳에 닿을 수 있다면 얼마나 좋을까, 하고 생각했다. 이틀만 지나면 레이거트로 가기에 완벽한 조수가 밀려들 텐데.

그러나 이틀 후라니, 지금으로서는 너무나 먼 일이었다.

셉이 병원에 입원하는 것을 봤지만 전혀 기쁘지 않았다.

승리감도 안도감도 느껴지지 않았다.

혼란만 가득했다. 죽음과 힘, 그리고 무엇이 옳은지에 대한.

그리고 지금 자신이 무엇을 원하고 있는지에 대한.

미짓은 소형 선박용 정박지에 떠 있는, 몇 미터 뒤에 떨어진

요트들을 바라보았다. 지금은 물에 떠 있지만 곧 뭍 위에 있게
될 것이다. 미짓은 배를 매어두는 기둥에 손을 갖다 대고 손가
락 끝으로 밧줄을 만지작거리다가 밧줄을 따라 물까지 시선
을 옮겼다. 해초가 거무스름한 머리카락처럼 물 밖으로 늘어
져 있었다.

미짓은 화가 나서 밧줄을 잡아당겼다. 20미터 정도 떨어진
곳에 있는 작은 요트 한 척이 흔들리며 앞으로 약간 움직였다
가 썰물에 다시 뒤로 물러났다. 미짓은 자리에서 일어나 경사
면 아래로 조심스럽게 내려갔다. 발걸음을 뗄 때마다 발밑에
서 바위의 미끈미끈한 단면이 느껴졌다. 갑자기 발이 죽 미끄
러졌다. 미짓은 밧줄을 찾아 재빨리 팔을 휘저어봤지만 이내
놓치고 말았다. 미짓의 몸이 미끄덩거리는 해초 위로 그대로
넘어졌다. 미짓은 신발과 양말을 벗어서 방파제 위로 던져버
리고는 다시 물속을 향해 발걸음을 떼었다.

처음엔 해초 덕분에 울퉁불퉁한 바위의 촉감이 덜 느껴졌지
만 곧이어 조약돌과 질퍽한 진흙땅이 맨 발바닥에 닿았다. 미
짓은 이마에 손을 대고 바다를 물끄러미 쳐다보았다.

*미러클 맨, 나는 형을 정말 죽이고 싶어 하는 걸까요.*

*당신이 도와주었잖아요.*

*당신을 저주해요.*

미짓은 얕은 물에 주저앉았다. 그러고는 무릎 사이로 머리

를 묻었다.

시간이 얼마나 지났을까. 눈을 떠보니 이미 바닷물은 저 먼 곳으로 물러난 후였다.

온몸이 욱신욱신 쑤셨다. 목에서 쥐가 났고 으슬으슬 한기가 돌았다.

레이거트 쪽을 보니 진흙 위로 안개가 자욱하게 끼어 있었다. 미짓은 주변에 다른 요트가 있는지 이리저리 둘러보았지만 어렴풋한 윤곽만 보일 뿐이었다. 그렇게 자리에서 일어서려다가 미짓은 멈칫했다.

저 멀리 셉이 서 있었던 것이다.

자신을 바라보면서.

미짓은 한 발짝도 움직일 수 없었다. 셉은 병원에 있는데. 여기 있을 리가 없는데.

그러나 그 형상은 미동도 없이 계속 서 있었다. 너무 멀리 있어서 이목구비가 또렷하게 보이지는 않았지만 본능적으로 알 수 있었다. 미짓은 예전에 초크웰 역 위에서 목격했던 형상과 정원에서 형의 몸을 감싸고 있던 어렴풋한 기운을 떠올렸다.

미짓은 안간힘을 쓰며 일어났다. 어떤 설명이라도 들어야 했다. 조심스럽게 진흙을 밟으며 천천히 걸어갔다.

진흙 여기저기에 조가비 무더기가 흩어져 있었다. 미짓은 거기에 시선을 고정시켰다. 그 형상과 마주 보게 될 때까지 절대 앞을 바라보지 않겠다고 다짐하면서. 그렇게 걸어가면서 줄곧 이렇게 되뇌었다. 셉이 병원에서 퇴원했으며 그다지 심한 사고를 당한 게 아니라서 곧바로 수영하러 나온 거라고.

해안 쪽을 돌아보았다. 너무 멀게 느껴져서 자신이 그곳에 있었다는 사실을 믿기 어려울 정도였다. 미짓은 다시 머리를 숙이고 레이거트 쪽으로 계속 걸어갔다. 한 걸음씩 옮길 때마다 앞을 보고 싶은 충동이 더 강렬해졌다.

미러클 맨, 안 되겠어요…….

미짓은 결국 고개를 들었다.

그러나 그 형상은 사라지고 없었다.

미짓은 재빨리 주변을 둘러보았다. 진흙 속에서 낚시용 미끼를 찾는 사람들과 레이거트를 향해 수영하는 사람들과 요트에 달라붙은 따개비를 떼어내는 한 남자가 보였다.

잠시 후 그 형상이 다시 나타났다.

이번엔 예전에 레이 수영장이 있던 해안 부근이었다.

틀림없이 셉이었다.

미짓은 몸을 바르르 떨었다. 몇 분 사이에 그렇게 먼 거리를 이동하는 건 불가능했다. 하지만 미짓은 이제 더 이상 무엇이 불가능한지 구분해낼 수 없었다.

다리 쪽으로 재빨리 걸어갔다. 이번에는 기괴한 느낌을 발산하는 그 흐릿한 형상에 시선을 고정시켰다. 두려움을 느꼈지만 자신도 모르게 발걸음이 빨라졌다.

오른쪽으로 100미터 정도 떨어진 지점에서 기차소리가 들렸다. 미짓은 그 형상을 뚫어지게 쳐다봤다. 이번에는 시선을 절대로 돌리지 않기로 마음먹었다. 바닥을 확인조차 하지 않았다. 맨발로 진흙을 밟자 찌걱거리는 소리가 들렸고, 뒤집힌 조가비가 발바닥을 할퀴었다. 하지만 그것들을 피하기 위해 밑을 내려다보지는 않았다. 미짓은 방파제로 던져버린 신발을 잠깐 떠올렸다. 하지만 지금은 어쩔 수 없다고 스스로를 다독였다. 그러다 갑자기 한쪽 발이 진흙 속으로 미끄러지면서 푹 박혔다.

미짓은 신음을 내며 앞으로 넘어졌다.

그러나 곧바로 일어나 다시 해안을 훑어보았다.

그 형상은 사라지고 없었다.

미짓은 방향을 바꿔가며 미친 듯이 고개를 돌렸다. 멀리 신더길에서 초크웰 역을 향해 터벅터벅 걸어가는 키 큰 형상이 보였다. 그쪽을 향해 정신없이 달리다가 우뚝 멈춰 섰다.

*아니에요, 미러클 맨, 형이 아니에요.*

또 다른 형상이 다른 쪽에서 성큼성큼 걸어왔다.

미짓은 그쪽을 향해 또다시 달려가다가 이내 멈추었다.

*미러클 맨, 바보같이 굴지 말아요. 형이 아니잖아요.*

미짓은 신더길을 지나는 사람들을 유심히 쳐다보았다. 그리고 전에 한 번도 본 적 없는 휴일의 행락객, 개를 데리고 산책하는 사람, 연인들, 유모차를 끄는 사람들의 얼굴이 흡족한 미소를 띤 거대한 형상으로 부풀어 오르는 환상에 빠졌다.

미짓은 마침내 그 형상을 다시 발견했다. 그것은 신더길 아래쪽에서 요트장을 향해 걸어가고 있었다.

미짓은 달렸다. 두려움이 엄습했지만 그 형상에 닿고 싶은 열망이 두려움을 이겼다. 방파제로 돌진하는 동안 물이 허벅지에 튀고 날카로운 조가비 껍질이 발바닥을 스쳤다. 미짓은 울퉁불퉁 쌓여 있는 바위들을 기어올라 마침내 신더길로 들어섰다. 그리고 요트장을 향해 전속력으로 달렸다.

그러나 미짓은 갑자기 수많은 인파에 둘러싸이고 말았다. 그들은 미짓의 앞길을 막는 수많은 괴물들 같았다. 미짓은 날쌔게 피하기도 하고 사람들 틈을 비집고 들어가기도 하면서 몸을 앞으로 밀어봤지만 인파는 해안에 부딪혀 생기는 파도처럼 한순간에 몰려들면서 미짓을 계속 밀쳐냈다. 미짓은 머리를 숙이고 자신을 둘러싼 많은 발들을 보면서 자신이 나아가야 할 방향을 짐작했다. 미짓은 쉬지 않고 앞으로 밀치고 나아갔다.

그러자 갑자기 길이 열렸다.

20미터 정도 앞에 셉이 있었다. 성큼성큼 걸어가는 그 형상.

셉이었다. 셉이 틀림없었다. 지독하고 비열하고 소름끼치는 셉. 다른 사람일 리가 없었다.

그런데 지금 셉은 병원에 있지 않은가.

미짓은 두 팔을 뻗어 그 형상을 잡으려고 애쓰면서 걷는 속도를 높였다. 그러자 그것이 미짓의 존재를 알아차린 듯 발걸음을 멈추고 뒤를 돌아다봤다.

미짓은 자신도 모르게 뒷걸음질 쳤다. 총부리 같은 두 눈이 자신을 겨냥하고 있었다. 미짓은 가슴이 울렁거렸다.

그러나 그것은 잠시 후 다시 몸을 돌려서 요트장 쪽으로 뚜벅뚜벅 걸어갔다.

미짓은 비틀비틀 뒷걸음질 치다가 몸을 홱 돌려 정박지로 되돌아갔다. 거기서 양말과 신발을 주워들고서 후들거리는 발로 다리를 건너고 오솔길을 올라 다시 길가로 나왔다.

*미러클 맨, 난 미쳐가고 있어요. 아니, 항상 미쳐 있었던 건지도 몰라요. 어쩌면 셉의 말이 맞을지도 몰라요.*

미짓이 강어귀 쪽으로 다시 고개를 돌렸을 때, 그 형상은 여전히 그곳에 서 있었다.

패터슨 박사가 마지막 전극을 떼어냈다.

"잘했어. 아주 잘 마쳤다."

박사는 이렇게 말하고 진료실로 이어진 문 쪽으로 걸어갔다. 그러나 미짓은 따라가지 않았다. 박사가 미짓에게로 돌아왔다.

"무슨 문제라도 있니?"

미짓은 고개를 들지 않았다. 미짓은 어젯밤 늦게 병원에서 퇴원해 집으로 돌아온 셉의 얼굴이 얼마나 무섭고도 피곤해 보였는지, 셉이 말 한마디 없이 어떻게 침대로 직행했었는지 생각하고 있었다. 박사가 헛기침을 하더니 의자를 끌어당겨 앉았다.

"나한테 말해봐."

미짓이 양미간을 찌푸렸다. 하고 싶은 말들이 머릿속에서 끊임없이 윙윙거렸다. 그것들은 손으로 붙잡을 수 있을 만큼 단단하고 뚜렷했다. 하지만 막상 입을 열었을 때는 으르렁거리는 소리만이 간신히 새어 나올 뿐이었다.

박사가 미짓의 얼굴을 한동안 뜯어보다가 자리에서 일어나 말했다.

"비서에게 네 아버지께 차 한 잔 갖다달라고 말하고 오마."

미짓이 곧바로 손을 뻗었다.

"흐⋯⋯ 흐⋯⋯."

미짓은 자신도 모르게 박사의 소맷자락을 붙잡았다.

박사가 다시 자리에 앉았다.

"괜찮아. 조급해하지 말고. 난 아무 데도 안 갈 거니까."

"흐⋯⋯ 흐⋯⋯."

이 소리만 계속 흘러나왔다. 미짓은 머릿속에서 달아나는 단어를 붙잡기 위해 애쓰면서 의자에서 몸을 비틀었다. 미짓은 가장 하고 싶은 말 하나를 정했다.

"흐⋯⋯ 히, 히⋯⋯ 힘."

박사가 양미간에 힘을 주었다.

"힘? 힘이라고 했니?"

미짓이 고개를 열심히 끄덕였다.

"난…… 잘 모르겠는데…… 네가 어떤 힘을 말하는지. 힘에는 여러 가지 종류가 있으니까…….'

박사는 '힘'이라는 단어를 말할 때 약간 머뭇거렸다.

"예를 들어, 사물을 움직이는 물리적인 힘이 있지. 물건을 들어 올린다든지……."

미짓이 고개를 거세게 내저었다.

"그게 아니니? 음, 그렇다면 정신적인 힘이 있지. 아! 그런 힘을 말한 거구나?"

박사가 미소를 지었다.

"그래, 우리에겐 정신적인 힘이 있어. 우리는……."

"사, 상…… 황…… 토, 통…… 제."

"상황 통제? 정신적으로 말이니? 그래, 네가 원한다면 할 수 있지. 넌 지난번에도, 오늘 아침에도 그걸 증명해 보였어. 정신적인 힘을 사용해서 빛을 통제했잖아. 그리고 말이다, 넌 내가 아는 그 누구보다도 그 방법을 빨리 습득하고 있어."

박사가 말을 중단했다가 이어서 말했다.

"신기한 일이야. 넌 지금껏 그 누구에게서도 발견되지 않은 뇌파 조절 능력을 가지고 있어. 그리고 조금씩 다른 종류의 힘도 획득하고 있지. 이젠 조금씩 말도 하잖니. 긴장성 경련도 줄어들었어. 그리고 최근에는 발작도 일으키지 않았다고 아버지께서 말씀하시더구나. 맞니?"

미짓이 고개를 끄덕였다.

"그래, 이런 것들이 바로 상황에 대한 정신적인 힘, 즉 정신 통제의 예라고 할 수 있지. 네 질문에 충분한 답이 되었니?"

미짓이 몸을 앞으로 내밀며 말했다.

"히, 히…… 히……."

각 음절을 발음할 때마다 미짓의 머리가 위아래로 흔들렸다. 마치 박사의 얼굴에 그 단어를 새겨놓으려는 것처럼.

"히, 히…… 힘. 사, 사…… 람…… 에 대, 대…… 한…… 히, 힘……."

미짓은 입가에 흐르는 침을 닦았다.

박사는 턱을 어루만지다가 다시 양미간에 힘을 주었다.

"사람에 대한 힘? 상대방에게 뭔가를 설득하는 것처럼? 뭐, 그런 게 바로 사람에게 힘을 발휘한다는 의미가 되겠지. 상대 방도 내게 뭔가를 하도록 설득할 수 있으니까, 그런 측면에서 보면 그 사람 역시 사람에 대한 힘을 지녔다고 할 수 있고. 보통 자신과 아주 가까운 사람들이 그 힘을 발휘할 확률이 높아. 그런 의미로 말한 거니?"

두 사람의 시선이 마주쳤다.

"그런 의미가 아니구나."

박사는 양미간에 다시 힘을 주었다.

"그렇다면 생각 자체에 대한 힘을 말한 거구나."

박사의 신중한 목소리가 갑자기 뚝 멈췄다. 아무래도 그 주제로 대화를 이끌어나가기가 내키지 않는 모양이었다.

미짓은 조셉 노인을 떠올렸다. 요즘 들어 그 노인이 자꾸만 생각났다. 한쪽으로 기울어진 이상한 모자를 쓰고, 종잡을 수 없는 기이한 말을 쏟아내던 그 노인이 지금 자신 곁에 있으면 좋겠다고 생각했다. 그러자 진료실이 소음과 닻사슬과 굵은 밧줄과 나무 톱밥이 나뒹구는 조선소처럼 느껴졌다. 끊임없이 움직이는 노인의 깡마르고 거친 두 손과 번뜩이는 두 눈을 볼 수 있던 그곳.

박사가 다시 말을 꺼냈다.

"나는 잘 모르겠구나. 네가 정말로 궁금한 게…… 마술에 대한 것인지."

박사의 목소리가 약간 흔들렸지만 말은 계속 이어졌다.

"그런 측면에서, 타인에게 힘을 행사할 수 있다고 주장하는 사람들이 있지. 다른 사람이 자신에게 그런 힘을 행사한다고 하는 사람들도 있고. 하지만 정신과 의사들은 그런 것에는 별로 관심이 없단다."

박사가 재빨리 미소를 지어 보였다.

"물론 너도 그런 부분에 대해서는 전혀 신경 쓸 필요 없고."

미짓이 두 눈을 감고 웅얼거렸다.

"세, 세…… 셉."

그 말을 중얼거릴 때 마음속에 형의 모습이 떠올랐다. 그 순간 미짓은 두 사람이 서로에게 힘을 행사하고 있다는 걸 깨달았다. 서로 다른 종류의 힘을. 미짓은 이제 자신이 누구를 더 두려워하고 있는지 혼란스럽기만 했다.

미짓은 어둠 속에서 자신의 몸으로부터 분리된 목소리가 더 듬더듬 입을 통해 흘러나오는 걸 들었다.

"제가…… 제가…… 미, 미쳤나요?"

박사가 곧바로 대답했다.

"물론 미치지 않았어. 그런 말은 하면 안 돼."

미짓은 여전히 두 눈을 감고 있었다. 어둠이 빛보다 더 친근하게 느껴졌다. 박사가 의자를 뒤로 밀어내자 의자 다리가 나무 바닥을 날카롭게 긁어댔다. 다시 박사의 목소리가 들렸다.

"그런 부정적인 생각은 빨리 떨쳐내야지. 그렇게 망령처럼 푹 쓰러져 있지 말고 지금 네가 보이는 진전을 긍정적으로 생각해야 해."

미짓은 그 말에 눈을 번쩍 뜨면서 자리에서 일어났다. 무엇인가가 자신의 머리 위로 쿵하고 내려앉은 듯했다. 불현듯 혼란스러운 기억이 떠올랐다.

박사가 미소를 지었다.

"아까보다 나은걸! 에너지가 느껴지잖아!"

그러나 미짓의 표정을 보고선 재빨리 미소를 거두었다.

"왜 그러지?"

미짓은 알지 못했다. 박사가 내뱉은 말 중 어떤 단어가 자신의 두려움을 건드렸는지. 미짓은 몸을 떨었다. 그저 달리고 또 달려서 어디론가 도망가버리고만 싶었다.

미짓은 다시 조셉 노인을 생각했다. 그러자 자신을 그토록 두렵게 만든 단어가 무엇인지 알 것만 같았다. 미짓은 어선에서 죽어가던 노인을, 잔잔한 바닷물처럼 빛나면서도 깊게 출렁거리던 두 눈을 떠올렸다. 그리고 그때 그 단어 때문에 얼마나 무서웠는지도 기억해냈다. 그것이 무엇을 가리키는지 알지 못했음에도 불구하고.

*설령 나쁜 기적을 바란다 해도, 그것을 완전하게 그리고 완전하게 믿으면 얻을 수는 있어. 다만 뭔가가 뒤따라오지. 악이. 그것은 죽음 전에 망령처럼 나타나. 그것을 꼭 기억해라.*

노인은 자신에게 경고했었다.

"마, 망⋯⋯ 려엉⋯⋯."

미짓이 더듬더듬 말했다.

미짓은 박사가 자신의 팔을 붙잡는 것을 느꼈다.

"아, 사과하마. 부정적인 생각에서 벗어나게 해주려고 한 거였는데, 그만 적절치 못한 단어를 사용했구나."

"마, 망⋯⋯ 령⋯⋯ 무, 무⋯⋯ 엇?"

미짓은 의자를 꽉 붙잡았다.

박사가 불안한 눈빛으로 미짓을 지켜보았다.

"지금…… 망령이 뭐냐고 물어봤니?"

박사가 천천히 물었다.

미짓의 머리가 인형처럼 위아래로 움직였다.

박사가 넥타이 위치를 바로잡은 후에 다시 말했다.

"그래, 그런데 내가 한 말에 너무 중요한 의미를 부여하지 않았으면 좋겠구나."

박사가 헛기침을 했다.

"하지만, 그래 좋아, 망령은 일종의 유령이라고 볼 수 있지. 음…… 그게 가장 그럴듯한 정의 같은데. 음……."

박사가 잠시 뜸을 들였다.

"아, 잠깐만. 사전에서 찾아보자. 더 정확한 뜻을 알 수 있을 거야."

그러고는 그 자리를 벗어날 수 있어서 그나마 다행이라는 표정을 지으며 서둘러 진료실로 향했다. 그리고 몇 분 후 큰 사전을 손에 들고 돌아왔다.

박사가 다시 차분하게 가라앉은 목소리로 말했다.

"자, 그럼. 무슨 뜻인지 찾아보자."

박사는 페이지를 휙휙 넘기다가 어떤 한 부분을 눈으로 쭉 훑어보기 시작했다. 그러는 동안 미짓의 머릿속에는 강어귀와 요즘 자꾸 마주치는 기묘한 형상과 조셉 노인이 차례로 떠올랐다.

*바로 악이 뒤따라와.*

*악은 죽음 전에 나타나지. 망령처럼.*

"찾았어! 내가 읽어줄게."

박사가 애써 명랑한 목소리로 외쳤다.

"망령: 유령이나 환영. 특히, 살아 있는 사람 혹은 살아 있다고 생각되는 사람의 환영으로서, 그 사람이 죽을 즈음에 나타나는 것으로 여겨짐."

박사는 사전을 털썩 덮더니 미소를 지었다.

"진심으로 사과한다. 네 모습을 표현하기에는 정말로 부적절한 단어였어."

박사는 웃음을 짓더니 자기 자신을 나무라는 듯한 목소리로 말했다.

하지만 미짓의 귀에는 더 이상 박사의 목소리가 들리지 않았다. 그 모습도 보이지 않았다. 미소를 띤 박사의 얼굴이 마치 환영처럼, 실체가 없는 존재처럼 희미해졌다. 방 안이 온통 안개가 낀 것처럼 희뿌옇게 보였다. 문이 열리더니 유령 같은 형상이 또 들어왔다. 미짓은 그 형상이 아버지라는 사실을 어렴풋이 감지했다. 그 유령 같은 형상들이 자신을 말없이 내려다보고 있었다.

미짓은 그들을 시야에서 지우려고 두 눈을 질끈 감았다.

그런데 미짓의 눈앞에 펼쳐진 것은 어둠이 아니었다. 유령 같은 세 번째 형상이었다.

진흙 위에 서 있던 바로 그 형상.

*미러클 맨, 그건…… 죽음을 가리키는 거였군요.*

*셉의 죽음을.*

미러클 맨은 막 썰물이 빠져나간, 이른 아침의 잔잔한 바닷물 위로 미끄러지듯 나아갔다. 미짓은 바람을 맞으며 레이거트로 향할 때 으레 맛봤던 기대감을 떠올리려고 애썼다. 물론 즐거움을 위한 항해는 아니었지만. 미짓은 지금 혼자 있기 위해 레이거트로 가는 중이었다.

생각을 해야만 했다. 자신이 떠올린 생각과 그 흐름이 이미 마음을 불편하게 하고 있을지라도.

*살아 있는 사람의 환영.*

패터슨 박사가 읽어줬던 내용이 떠올랐다.

*누군가가 죽을 때 나타난다는 그것.*

미짓은 뱃전 바깥을 보며 수심을 확인했다. 몇 미터 아래에 진흙 바닥이 언뜻언뜻 보였다. 미짓은 너무 늦게 출발한 건 아닌지 걱정되었다.

바로 앞쪽은 수심이 더 깊은 레이크리크였다. 미짓은 레이거트와 만나는 지점에 도착할 때까지 레이크리크를 따라갈 것인지, 아니면 실패할 경우를 염두에 둔 채 둑을 지나가는 길을 택할 것인지 갈등했다. 미짓은 다시 수심을 확인했다.

*좋아요, 당신이 그렇게 하라면. 둑 쪽으로 가보죠.*

그 순간 거뭇거뭇한 강바닥이 물에 살짝 잠겼다. 그러나 잠시 후 다시 나타났다. 레이크리크로 가는 길은 이미 지나친 후였다. 센터보드가 강바닥에 걸리면서 진흙이 약간 튀었다.

미짓은 둑 쪽 길을 택한 걸 저주하며 몸을 숙인 채 센터보드를 살짝 들어올렸다.

미러클 맨이 다시 움직였다. 선체 아래에서 물이 만족스럽게 웃는 듯했다. 미러클 맨을 타고 있지 않을 때도 마음속으로 자주 들었던 그 웃음소리.

센터보드가 다시 위로 튀어 올랐다. 선체 밑 부분에서 진동이 느껴지더니 뱃머리가 우현으로 *기울었다.* 미짓은 진흙에 닿지 않을 때까지 센터보드를 위로 더 들어 올리고서 뱃머리를 원래 방향으로 돌렸다. 그나마 강하지 않은 북서풍이라 센터보드를 많이 내릴 필요는 없었다. 미짓은 레이거트에 죽 정박해 있는 어선과 이미 돛을 내린 요트들을 응시했다.

레이거트의 밀물을 기대하기에는 조금 이른 시간이었다. 하지만 미짓은 그런 광경을 상상했다. 요즘처럼 가뭄이 심한 시기에 레이거트는 꽤 멋진 휴식처였다. 나중에 진흙 바닥이 완전히 드러나게 되면 사람들은 레이거트의 해안을 맨발로 걸어 다닐 것이다.

미짓은 그곳을 혼자 독점하고 싶었다.

배가 점점 레이거트에 가까워졌다. 선체 밑의 진흙 둑이 높아진 것 같았지만 다행히 배를 잡아채진 않았다. 센터보드가 진흙에 닿는 일도 없었다. 200미터만 더 가면 레이거트였다. 미짓은 150킬로미터 정도 떨어진 해안을 뒤돌아보며 깊은 해방감을 느꼈다.

물빛이 더 검어졌다. 그리고 미러클 맨의 뱃머리가 마침내 레이거트로 들어섰다.

미짓은 센터보드를 밑으로 완전히 내리고 돛을 끌어당겨서 두 나무 섬으로 방향을 바꾸었다. 다양한 크기의 요트, 순항선, 모터보트가 사방에서 보였는데, 모두 미짓처럼 수로 양쪽에서 진흙 둑이 나타나기를 기다리고 있었다.

미짓은 좌현에서 계선부표를 보고 뱃머리의 방향을 돌린 다음, 그것에 요트를 묶어 고정시켰다. 그리고 요트 바닥에 잠깐 앉아 있었다.

그 시간에 대한 죄책감은 없었다. 셉이 다시 네드와 함께 외출할 수 있게 되었고, 아버지도 일하러 갈 수 있게 되었으니, 자신도 이렇게 혼자서 시간을 보낼 수 있어야 한다고 생각했다. 다만 불안감만은 여전했다. 그 형상이 다시 나타나지 않을까 자기도 모르게 주위를 둘러보는 습관이 생겼다.

진흙 둑이 점차 뚜렷하게 모습을 드러냈다. 물이 빠져나가자 진흙의 반질반질한 표면이 드러났다. 하지만 강렬한 태양빛에 이내 딱딱하게 굳기 시작했다. 잠시 후 물을 튀기는 소리, 사람들이 달려가면서 내지르는 소리가 사우스뱅크 이곳저곳에서 조금씩 들려왔다.

미짓은 돛을 올리고 부표에 매놓은 사슬을 풀었다. 주변에 소형 선박이 많긴 했지만 충돌할 위험은 거의 없었기 때문에 특별히 방향을 정하지 않고 수면 위를 둥둥 떠다니며 혼자만의 시간을 만끽했다.

그때 익숙한 모습이 눈에 들어왔다. 제니였다.


제니는 해안을 돌아다니고 있었다. 바람에 찰랑거리는 머리카락, 밑단 처리가 몹시 투박한 남사 옷 같은 짧은 청 반바지…… 제니가 틀림없었다. 제니는 마지가 몹시 싫어하는 걸 알면서도 그 옷을 자주 입었다. 느릿한 걸음걸이였다. 미짓은 제니 역시 특별한 목적 없이 이곳까지 걸어왔을 거라고 생각했다. 자신과 우연처럼 만나기 위해. 물론 터무니없는 생각이었다. 그때 제니가 손을 흔들었다.

미짓은 자신을 향한 손길이 아닐 거라고 생각하며 주위를 둘러보았다.

하지만 아무도 없었다.

제니가 웃음을 터뜨렸다. 미짓은 바람이 불어오는 쪽으로 방향을 바꾸어 둑 쪽으로 가면서 무슨 말을 해야 할지 계속 생각했다.

*미러클 맨, 적어도 제니는 유령이 아니에요. 그것만으로도 다행인 거죠.*

제니는 미짓 쪽으로 걸어와 뱃머리를 붙잡았다.

"안녕! 내가 항해를 방해한 건 아니지?"

"아, 아⋯⋯."

"아빠랑 싸웠어. 집에 틀어박혀 있다가 기분 전환 하러 나왔는데, 근데 이상하게도 말이야, 계속 미러클 맨이 생각나는 거 있지. 믿어지니?"

미짓은 제니의 강렬한 시선을 감당할 수 없어 고개를 아래로 떨구었다.

"그 생각을 떨쳐낼 수가 없었어. 미러클 맨이 생각날 상황도 아니었는데 말이야. 아빠랑 한바탕 다투고 머리끝까지 화가 치솟아 쿵쾅거리고 있었거든. 엄마가 잠깐 산책이라도 하면서 기분 좀 풀고 오라고 했는데, 그런데……."

제니가 목소리를 낮추었다. 미짓은 돛이 펄럭이는 소리 때문에 말을 놓칠까 봐 몸을 앞으로 기울였다.

"레이거트로 가야겠다는 생각이 드는 거야. 정말 무모한 결정이었지. 나, 한 번도 여기까지 직접 걸어와본 적이 없거든. 조가비가 널려 있는 진흙 위를 걷는 거 딱 질색이야."

그렇게 말하는 제니의 얼굴빛이 갑자기 어두워졌다. 제니는 잠시 뜸을 들였다가 다시 말을 꺼냈다.

"그런데 무언가가 나를 이끌었어. 미러클 맨 생각을 지울 수도 없고 말이야. 그리고 음, 그리고 어쩐지 너희 둘이 이곳에 있을 것 같더라."

제니가 재미있는 일이라는 듯 살짝 웃었다.

"너희 둘이라고 하니까 웃기지 않니? 미러클 맨을 마치 살아 있는 사람처럼 말했잖아."

그러면서 제니는 몸을 떨었다.

"춥다. 그 안에 들어가도 되니?"

미짓은 시선을 어디에 둬야 할지 몰라 키 손잡이만 계속 만지작거렸다.

"으, 으…… 응."

제니가 발에서 물을 뚝뚝 흘리며 요트 안으로 들어섰다. 미짓은 수로로 다시 방향을 바꾸었다. 제니는 부두를 응시한 채로 한동안 말없이 앉아 있다가 몸을 돌려 미짓을 보며 다시 미소를 지었다.

"물이 다시 들어오려면 얼마나 있어야 해?"

"네…… 네……."

"네 시간?"

미짓이 고개를 끄덕였다.

제니는 머리를 흔들어서 얼굴에 달라붙은 머리카락을 떼어냈다.

"그때까지 나와 함께 있어야 하는데 견딜 수 있겠니? 음, 네가 귀찮지만 않다면 해안을 따라 좀 더 항해했으면 하는데."

미짓은 바닥을 응시한 채 고개를 끄덕거렸다.

"그리고 밀물이 들어와서 사우스뱅크가 완전히 잠길 때까지 그곳에 남아 있고 싶어. 마지막까지. 그럴 수 있을까?"

미짓은 다시 고개를 끄덕였다.


미짓은 제니가 대화를 원하는 것도, 해변에 가고 싶어 하는 것도 아니란 걸 곧 알아차렸다. 그저 항해를 하고 싶은 것뿐이었다. 두 사람은 두 나무 섬 쪽으로 갔다가 다시 레이거트를 따라 로웨이 부표로 가서 부두의 끝을 향해 항해했다.

바람은 더 신선해졌지만 물결은 더 거칠어졌다. 둘은 그렇게 2킬로미터 정도를 더 항해한 후 마침내 강어귀의 수심이 깊어지는 곳에 도달했다. 바로 그곳에서 유조선들은 런던을 향해 올라가거나 저 멀리 북해로 이동한다.

두 사람이 레이거트로 돌아왔을 때엔 밀물이 한창이었다. 사우스뱅크의 대부분이 물에 잠겨 사라지고 없었다.

한 시간여 만에 제니가 입을 열었다.

"너도 생각을 정리하러 이곳에 온 거지? 모든 것에서 벗어나서 말이야."

미짓은 제니의 머리카락에 달라붙은 가느다란 해초를 떼어 내 뱃전 밖으로 던졌다. 제니가 미소를 지어 보였다.

"여긴 생각하기에 아주 좋은 장소지."

제니가 고개를 돌려 수평선을 바라보았다. 양미간이 약간 찌푸려져 있었다. 제니가 조그만 목소리로 말했다.

"완전히 망쳤어, 바이올린 대회 말이야."

그리고 그 말을 끝으로 다시 침묵했다. 계속 말을 해도 좋을지 고심하는 듯했다. 그러다가 생각에 잠긴 목소리로 다시 말을 이었다.

"모차르트 곡을 연주하고 싶었어. 그 곡을 좋아하기도 하고 정말 잘 연주해낼 수 있거든. 그런데……."

제니가 입술을 오므렸다.

"선생님이 브람스 곡을 추천해줬어. 내가 그 곡을 싫어하는 걸 알면서도. 모차르트 곡만큼 좋지도 않은데."

제니의 얼굴이 붉어졌다.

"미안. 이런 얘길 하려던 건 아닌데."

"아, 아…… 냐."

제니가 다시 보일 듯 말 듯 미소를 지었다.

"넌 사람 말을 참 잘 들어주는구나. 우리 아빠하곤 달라. 아빠는 자기 말만 해."

제니가 다시 침묵했다. 미짓은 제니가 할 말을 다 한 거라고 생각했지만 잠시 후 제니는 다시 입을 열었다. 깊은 생각에 잠긴 듯한 목소리로 천천히.

"연주 대회가 끝났을 때 선생님이 내게 이런 말을 하셨어. 실수도 없고 거의 완벽하게 연주했다고 말이야. 악절도 잘 나누었고 빠르기도 좋고, 다 잘했다고. 그래서 내가 물었지. 그럼 도대체 뭐가 잘못된 거냐고. 그때 선생님이 뭐라고 하셨는지 알아?"

제니의 눈은 미짓이 아니라 자기 자신의 내면을 보고 있는 듯했다.

"연주에 내 마음이 묻어났다는 거야. 곡은 아주 훌륭하게 연주했지만, 연주에 그 곡을 싫어하는 내 마음이 담겨 있었대."

제니는 흐르는 물을 물끄러미 내려다보았다.

"자신이 좋아하는 것에 집중하는 건 쉽다고 하셨어. 하지만 사람은 자신이 싫어하는 일에도 집중할 필요가 있다고 했지. 내 안에 있는 싫어하는 마음을 버려야 한다고 하셨어. 싫어했던 것을 좋아하게 될 때까지. 그 싫은 점이 무엇이었든지 간에 말이야."

미짓은 하늘을 올려다보았다. 그리고 순간적으로 천둥소리를 들었다고 생각했다.


진흙 바닥은 빠르게 사라졌다. 밀물 때가 되자 수로는 점차 넓어졌다. 대부분의 요트들이 그곳을 떠났고, 일부 요트는 해안으로 돌아가기 좋은 때를 기다리면서 작은 운하 입구로 모여들었다.

"가자, 사우스뱅크로. 그곳이 물에 잠겨 완전히 사라지기 전에 말이야."

두 사람은 남아 있는 진흙을 헤치며 앞으로 나아갔다. 잠시 후 미러클 맨이 진흙에 걸리자 제니가 얕은 물 위로 뛰어내릴 준비를 했다. 그 모습을 보고 있던 미짓의 마음속에 어떤 그림이 툭하고 튀어 올랐다.

또렷하고 완벽한 그림.

"하, 하…… 하지 마!"

제니가 어리둥절한 표정으로 미짓을 돌아봤다. 미짓이 뱃전 바깥쪽을 가리켰다.

"해파리잖아! 끔찍해. 하마터면 저 위로 뛰어내릴 뻔했어."

제니가 혐오스럽다는 듯 뒷걸음질 치다가 갑자기 고개를 돌려 미짓을 쳐다보았다.

"저기에 해파리가 있다는 걸 어떻게 알았니? 네가 앉은 자리에서는 안 보이잖아."

미짓은 제니가 대답을 기다리지 않길 바라며 바닥을 응시했다. 그러자 제니가 말했다.

"있잖아, 미러클 맨이 네 삶에 들어온 이후로 네가 많이 변했다는 거 아니?"

두 사람은 해파리가 지나가기를 기다렸다가 다시 얕은 물가로 배를 몰고 갔다. 그런 다음 진흙 바닥에 최대한 깊게 닻을 내리고 진흙 한복판으로 뛰어들었다.

두 사람은 물이 밀려드는 것을 지켜보면서 말없이 서 있었다. 제니가 미짓의 어깨 위에 손을 얹었다.

"괜찮니? 만날 사람이 있는 것처럼 주위를 계속 둘러보네. 사방 곳곳을 말이야."

제니가 말해주기 전까지 자신의 행동을 의식하지 못했던 미짓은 그 말에 몸을 떨며 가까스로 고개를 끄덕였다.

"미러클 맨이 있어서 정말 다행이야. 우리 둘 다 수영을 못하니까."

제니가 말했다.

마침내 마지막 진흙층이 사라졌고, 어느새 미짓의 발 주변으로 물결이 찰랑거렸다. 100미터 정도 앞에 정박해놓은 미러클 맨이 떠나고 싶어 안달 난 것처럼 물 위를 둥둥 떠다니며 흔들거렸다.

"자, 이제 집에 가야지."

제니의 목소리였다.

우드필드 가로 걸어가고 있을 때 제니가 앞쪽을 가리켰다.

"아직 아무도 없는 것 같은데. 창문도 닫혀 있고 차도 없고. 우리 집에 가서 차 좀 마실래?"

미짓은 벤과 마지를 떠올리며 고개를 저었다. 지금은 꾸며낸 듯한 웃음소리, 불쌍하다는 듯이 혀를 차는 소리, 무성의한 대답 따위는 듣고 싶지 않았다.

제니가 다시 입을 열었다.

"또 그러네. 계속해서 주위를 둘러보고 있잖아. 오늘 내내 그랬어."

미짓의 얼굴이 화르르 달아올랐다. 그 모습을 보고 제니가 미소 지었다.

"함께 있어줘서 고마웠어. 배에 태워준 것도. 오늘 정말 즐거웠어, 정말이야. 나 집에 도착하자마자 아빠랑 화해할까 봐. 그러니까, 내 안에 있는 싫어하는 마음을 버리고 말이야."

그래요, 미러클 맨. 제니의 바이올린 선생님이 그렇게 말했다죠. 한때 싫어했던 것을 좋아하게 될 때까지 자신 안에 있는 싫어하는 마음을 버려야 한다고요. 그 싫은 점이 무엇이든지 간에 말이죠.

"다시 말하지만 오늘 정말 고마웠어."

제니는 이 말을 하고 종종걸음으로 사라졌다.

미짓은 집 앞 현관 앞에서 숨을 골랐다.

한때 싫어했던 것을 사랑하게 될 때까지 그것들을 하나씩 버려라. 그것이 무엇이었든지 간에.

미짓은 집 안으로 들어가 문을 닫았다. 그러고는 부엌 쪽을 향해 걸어갔다.

싫어했던 것을 사랑하라. 그것이 무엇이었든지 간에.

그때 등 뒤로 무심한 발걸음 소리가 들렸다. 그리고 미짓이 채 돌아보기도 전에, 휙 하는 바람 소리와 함께 몽둥이가 미짓의 뒷머리를 내리쳤다.

미짓은 몸이 욱신거리는 걸 느끼며 눈을 떴다.

그러나 눈앞엔 온통 어둠과 혼란스러움과 두려움뿐이었다. 미짓의 몸이 구르고 비틀리고 튕겨 올랐다. 누군가가 자신을 쓰레기봉투처럼 함부로 운반하고 있었다.

미짓은 두 눈을 깜빡거려봤지만 눈앞은 여전히 캄캄했다. 머리에 거칠거칠한 덮개 같은 게 씌워져 있었고, 목쯤에서 끈이 친친 묶여 있었다. 움직일 때마다 목이 쏠렸다. 온몸이 구석구석 사정없이 쑤셨다. 미짓은 몸부림치며 소리쳤다.

그러자 곧바로 몸이 아래로 내동댕이쳐졌다. 부드럽고 축축한 바닥이 충격을 완화해주는가 싶었는데 곧이어 진흙 냄새가 강하게 풍겨왔다. 어디인지 생각할 틈도 없이 곧바로 구뒷발이 미짓의 얼굴 쪽으로 날아들었고 강한 충격에 미짓의 의식은 다시 혼미해졌다.

그 후로 미짓은 거의 아무것도 기억할 수 없었다. 죽음만을 원하며 헤매는 자신의 마음속에 어두운 그림자가 스며들고 있다는 것과 자신을 운반하고 있는 사람이 더 이상 힘을 쓰지 않고 있다는 것 외에는. 미짓은 진흙 위에서 질질 끌려갔다.

미짓은 발길질이 쏟아질 때마다 몸부림쳤지만, 고통은 더 이상 느껴지지 않았다.

잠시 후 미짓은 발길질이 멈췄다는 걸 알아차렸다. 땀과 입김에 축축하게 젖은 머리 덮개가 얼굴에 들러붙었고, 목 주위의 끈이 자꾸만 살결을 파고들었다. 미짓은 젖은 몸을 벌벌 떨며 알 수 없는 장소에 가만히 누워 있었다.

돌연 입 밖으로 외침이 터져 나왔다. 죽기 위해 그리고 살기 위해 미짓은 소리를 질렀다.

미짓은 철벅철벅 소리를 내며 자신에게 다가오는 발소리를 들었다. 누군가가 자신의 목을 휘감고는 너무나 익숙한 손길로 서서히 조이기 시작했다. 소름 끼칠 정도로 천연덕스럽게 태연한 목소리가 들려왔다.

"우리가 여기에 온 이유는 말이야, 너를 고통에서 영원히 해방시켜주기 위해서야. 내가 항상 약속했듯이 말이야."

뒤이어 다른 쪽 귓가에서 또다시 그 노래하는 듯한 목소리가 들렸다.

"네드의 차 트렁크 속은 어땠어? 꽤 아늑했지?"

미짓은 도망치려고 발버둥이 쳤지만 그럴수록 악마 같은 손이 더 단단하게 목을 죌 뿐이었다. 숨이 막혔다. 목소리가 다시 다른 쪽 귓가로 스르륵 옮겨가더니 귓속을 파고들었다.

"조금만 기다려. 곧 근사하고 큰 구덩이를 파주지. 하지만 내 얼굴은 보지 못할 거야."

말소리가 갑자기 속삭임으로 바뀌었다.

"조만간 넌 죽을 거니까."

무언가가 또다시 미짓의 머리를 내리쳤고, 미짓은 서서히 의식을 잃기 시작했다.


어둠.

머릿속에 처음 떠오른 단어는 그것이었다.

*여기가 어디지?*

이게 두 번째 의문이었다.

하지만 단서가 될 만한 기억이나 느낌은 없었다.

그때 세 번째 단어가 떠올랐다.

고통.

*고통을 느꼈던 게 기억나.*

*기억난다고? 난 누구지?*

대답이 없었다. 또 다른 생각이 머릿속을 파고들었다.

*난 죽었어. 그렇지?*

오한이 느껴졌다.

*아직 죽진 않은 모양이군.*

갑자기 진흙과 물과 바람의 감각이 떠올랐다.

*벌벌 떨던 몸.*

미짓은 무의식적으로 머리를 이리저리 돌리며 어둠 이외의 것을 찾아보려 했지만 헛수고였다. 머리를 돌릴 때마다 어둠이 얼굴을 휘감았다.

*자루로 만든 머리 덮개.*

기억이 퍼뜩 떠오르면서 동시에 고통이 느껴졌다. 구석구석 모든 근육이 아픈 듯했고 숨이 막혔다. 누군가가 머릿속을 망치로 두드리고 있는 것처럼 두개골이 울렸다.

미짓은 머리 덮개에서 벗어나려고 이리저리 격렬하게 고개를 움직여봤지만 목을 감고 있는 밧줄 때문에 소용이 없었다. 그제야 미짓은 자신이 밧줄로 묶여 있다는 사실을 기억해냈다. 덮개에 손을 뻗으려고 했지만 두 팔은 이미 뒤쪽에서 꽁꽁 묶여 있었다.

공포감이 왈칵 몰려왔다. 자리에서 일어나려고 했지만 두 다리의 무릎에도 밧줄이 묶여 있어 무릎 꿇은 자세에서 벗어날 수가 없었다. 물살이 허리 주변을 스치고 지나갔다.

미짓은 덮개 안쪽에 머리를 박으면서 몸을 흔들고 뒤틀었다. 밧줄이 묶여 있는 부위에 잔뜩 힘을 주었다. 이제 물은 가슴께에서 찰랑거렸다.

갑자기 한 개의 점 같은 빛이 보였다. 덮개가 움직이면서 조그맣게 찢어져 있던 틈이 눈앞으로 돌아왔기 때문이다. 미짓은 얼굴을 바짝 갖다 대고 실눈으로 밖을 내다보았다.

흘긋 보는 것만으로도 깊은 절망감에 빠졌다.

2킬로미터 정도 떨어진 해안에서 불빛이 반짝였다.

미짓은 그제야 자신이 어디에 버려졌는지 깨달았고, 그것이 끝을 의미하고 있다는 것도 알았다. 주위에는 수많은 말뚝들이 박혀 있었다. 그것들이 우리의 빗장처럼 서로 교차하고 있었다. 어두운 그림자가 드리워진 부두의 평평한 면이 보였고, 몇 백 미터 뒤로 바다를 향해 툭 튀어나와 있는 부두 끝이 보였다.

바닷물이 해안으로 서서히 밀려들고 있었다. 미짓 주변의 수면도 점점 깊어지는 것이 느껴졌다. 아롱거리는 달빛이 그 위를 수놓고 있었다.

미짓은 소용없는 짓이라는 걸 알면서도 밧줄에 묶인 두 팔에 힘을 주었다. 하지만 곧바로 그만두었다. 대신 몸에 조금씩 반동을 주면서 힘겹게 뒤로 이동하기 시작했다. 얼마나 갔을까, 따개비와 해초가 어지럽게 붙어 있는 차가운 금속 말뚝이 어깨뼈에 닿았다.

*만약 지금 발작을 일으킨다면. 만약……*

이성적으로 생각하려고 애썼지만 팔다리가 벌써 경련을 일으킬 준비를 하며 제멋대로 움직이기 시작했다.

*진정해. 진정하라고.*

미짓은 덮개 구멍에 눈을 대고 레이거트에 펼쳐져 있는 수면을 응시했다. 달빛이 흔들거렸다. 그 순간에도 미짓은 밀물이 진흙을 뒤덮는 광경을 그동안 얼마나 자주 감상했었나, 하는 생각을 떠올렸다. 자신도 모르게 그곳의 아름다움에 빠져들었다. 조만간 자신도 그렇게 뒤덮일 테지만.

*진정해. 진정하라고. 의식을 잃지 마.*

미짓은 쓰러지듯 말뚝에 몸을 기대었다. 불현듯 그것이 미끈미끈하고 거대한 손가락처럼 느껴졌다. 극도의 불쾌감 때문에 피부에 오소소 소름이 돋았다. 미짓은 다시 앞으로 꿈틀거리며 나아가려 했지만 밧줄 때문에 한계가 있었다. 머리 덮개가 살짝 움직이면서 다시 틈이 사라졌다.

어둠에 휩싸이자 마음속에 묻혀 있던 조셉 노인에 대한 기억이 떠올랐다. 그리고 그 끔찍한 상황에 직면하게 된 후 처음으로 미러클 맨을 생각했다.

마음속이 갑자기 하얗게 비워졌고, 그 안으로 각각의 그림들이 하나씩 들어오더니 점차 한 개의 이미지로 합쳐지기 시작했다. 미짓은 그동안 그래왔던 것처럼 그 이미지를 받아들였다. 그러자 차갑기만 하던 물이 목욕물처럼 따스하고 나른하게 느껴졌다. 자신의 몸을 옥죄고 있는 빳빳한 밧줄이 그냥 장난스럽게 걸쳐놓은 무명천처럼 느껴졌다.

물에 흠뻑 젖어 미끈미끈하기만 하던 말뚝이 갑자기 더 단단해지고 더 좁아지는 것 같았다. 그리고 거기에 붙어 있던 따개비들이 칼날처럼 날카롭게 번뜩이는 것만 같았다. 미짓은 따개비들 위로 밧줄을 비비면서 계속해서 몸을 위아래로 움직였다.

미짓은 지금 자신이 얼마나 침착한지, 자신을 얼마나 잘 다스리고 있는지 깨닫고 스스로도 놀라고 말았다. 위아래로, 위아래로. 몸을 움직일 때마다 마음속 그림의 밧줄이 점점 얇아졌고 따개비는 점점 더 날카로워졌다.

위아래로, 위아래로. 이젠 밧줄이 사라지고 날카로운 칼날만 보였다. 갑자기 몸이 앞으로 푹 고꾸라지면서 사방으로 물방울이 튀었다.

자유의 몸이 되었다는 기쁨에 미짓은 자신도 모르게 환희의 함성을 내질렀다. 그 함성이 사방의 고요함을 깨뜨리며 공기 속으로 울려 퍼졌다. 미짓은 서둘러 일어나 머리 덮개를 벗겨냈다. 쏟아져 내릴 듯이 반짝이는 별들, 그 가운데에서 빛을 발하고 있는 반질반질한 공 같은 달이 해안의 화려한 조명과 대조를 이루고 있었다.

미짓은 밧줄을 떼어낸 다음 물을 가르며 육지 쪽으로 걸어갔다. 이제 물은 허리 위에서 출렁거리고 있었다. 바닷물은 여전히 따스하고 부드러웠다. 미짓은 물에 손을 살짝 담갔다가 다시 수면을 어루만졌다.

*당신은 나의 적이 아니라 친구예요. 선장.*

푸른빛으로 넘실거리던 물이 미짓의 살결을 간질였다.

*나는 이제 확실히 알았어요, 내 적이 누군지.*

마침내 미짓은 물속에서 빠져나와 깨끗한 진흙 위에 두 발을 내디뎠다. 그리고 비로소 몸을 돌려 자신이 버려져 있던 곳을 물끄러미 쳐다보았다. 칠흑처럼 어두운 그곳.

*이제는 알아요, 내 적이 누군지.*


새로운 그림이 저절로 그려졌다. 의지를 이용해 그림을 그리거나 수정하거나 추가할 필요도 없었다. 마음속에 남겨진 유일한 감정이 이끄는 대로 그림은 한없이 펼쳐졌다.

증오.

미짓은 집까지 걸어갔던 것과 자신이 도착하자 집에 있던 사람들이 야단법석을 떨며 비위를 맞춰주던 것과 박사와 경찰이 자신을 향해 수많은 질문을 쏟아내던 걸 떠올렸다.

셉. 셉은 그 누구보다도 많은 질문을 퍼부어댔다. 의아해하는 셉의 눈빛 속에도 수많은 질문들이 들어 있었다. 미짓은 아무 말도 하지 않았다. 미짓은 더 이상 셉이 두렵지 않았다.

셉은 곧 죽을 테니까.

미짓이 그동안 본 것 중에서 가장 강력한 그림이었다.

그 그림은 이틀 동안 밤낮을 가리지 않고 미짓을 찾아왔다. 몇 번이나 돌려본 탓에 모든 내용을 알고 있지만 볼 때마다 흥미로운 영화처럼. 미짓은 이제 현실 속에서 그 그림을 받아들일 준비를 마쳤다.

해안에서 물거품을 일으키며 출발한 미러클 맨은 뱃머리를 레이거트로 돌렸다. 그러고서 손쉽게 물마루를 넘어갔다. 발 밑의 선체가 사냥 준비를 끝낸 짐승처럼 흔들렸다. 미짓은 셉과 네드를 찾았다. 두 사람은 미러클 맨의 우현 뒤쪽으로 멀찍이 떨어진 채 항해하고 있었다. 서로 대화라도 하려는 모양인지 가깝게 붙어 있었다.

하지만 말을 하는 사람은 없는 것 같았다.

미짓은 섭이 하활에 맞아 물속에 떨어진 후 처음 나선 항해라는 것을 기억해 냈다. 그리고 마음속 그림을 다시 들여다보았다.

*이번이 형의 마지막 항해가 되겠지.*

돛이 펄럭이자 미짓은 시트를 조절했다. 바람은 미짓이 그림에서 본 대로 거세고 예측 불가능했다. 그림이 실현되지 못할 까닭이 없었다.

미짓은 두 사람을 다시 뒤돌아보았다. 네드가 어딘지 모르게 이상해 보였다. 얼굴이 부어 있었고, 심술기가 사라진 두 눈에 내면의 갈등이 서려 있었다. 심지어 섭과 함께 있는 것을 불안해하는 것 같았다.

섭은 미짓이 부두에서 탈출한 이후 미짓에게 거리를 두었다. 계속 태연한 표정을 지었지만 특유의 여유 만만한 미소는 사라지고 없었다.

미짓은 정말 아무렇지도 않았다. 그런 건 더 이상 중요하지 않았다.

*섭은 곧 죽을 테니까.*

레이거트가 차츰 가까워졌다. 햇빛에 반사된 수면이 반짝거렸다. 모두 미짓이 마음속에 그린 그대로였다. 그 그림에서 봤던 순항선, 소형 요트, 고속 모터보트, 수상스키를 타는 사람들도 보였다. 미짓은 미러클 맨을 레이 수로 아래로 몰고 가아직 누구의 손길도 닿지 않은 계선부표로 향했다. 그림에서 본그대로였다.

계선부표는 정박해놓은 범선 뒤쪽에서 이리저리 움직이고있었다. 그것 역시 미짓이 마음속으로 그렸던 광경이었다.

미짓은 부표를 끌어올려 요트를 정박시킨 다음 돛을 내린후 선체 바닥에 드러누웠다. 하늘을 올려다보니 변덕스러운바람을 따라 이리저리 펄럭이고 있는 삼각기가 눈에 들어왔다. 두 눈을 감으니 불타오르는 듯한 그림이 펼쳐졌다. 미짓은기다렸다.

그렇게 두 시간이 지난 후에야 자리에서 일어났다. 양쪽의진흙 둑은 더 높아졌고, 사우스뱅크는 수영하는 사람들로 가득했다. 하지만 미짓은 스콜피언과 레이더를 찾아 수로 쪽으로 재빨리 시선을 돌렸다.

두 사람은 수로 중앙 쪽을 향하고 있었다.

미짓은 돛을 올리고 부표에서 사슬을 푼 후 레이거트 입구를 유심히 쳐다보며 두 사람을 향해 돌진했다.

그때 그것이 모습을 드러냈다.

그 괴물 같은 배가 육중한 소리를 내며 로웨이 부표를 지나가고 있었다. 끔찍하리만치 거대한 몸을 흔들면서, 악마의 이같은 하얀 물보라를 일으키며 스콜피언과 레이더를 향해 다가가고 있었다. 선실이 물 위로 높이 솟아 있었다. 꼭대기에 매달린 안테나 두 개가 공중에서 나부꼈고, 뒤쪽 대빗에 매달린 구명보트가 거센 물결 위에서 흔들렸다.

미짓이 원하던 상황이었다. 12미터를 넘는 선체, 20노트 이상의 속력, 너무 거만한 탓에 타인을 위해 속도를 줄이거나 배의 방향을 바꿀 생각조차 못하는 키잡이. 모든 게 완벽했다.

미짓은 마음속 그림에서 봤던, 항해용 모자를 쓴 뚱뚱한 남자를 찾아보았다. 그 남자는 타륜 옆에 있었다.

미짓은 눈앞에 펼쳐진 광경에 두려움을 느끼며 잠시 몸을 떨었지만 이내 그 감정을 떨쳐냈다. 이제 와서 뭔가를 바꾸기엔 너무 늦었다.

*셉은 반드시 죽어야 해.*

미짓은 방향을 변경해 괴물 쪽으로 다가갔다. 바람이 점점 거세졌고 풍향은 더 변덕스러워졌다. 지금 미러클 맨이 전복되면 모든 일이 어그러질 것이다. 미짓은 요트의 균형을 맞추려고 힘주어 몸을 밖으로 내밀었다.

괴물은 거품을 물고 이를 으르렁거리며 미짓에게 다가왔다. 미짓은 자신이 창조한 죽음의 거물에 매료된 채 그 모습을 지켜보았다. 자살 코스로 늘이닥친 삭은 요트를 빌견한 뚱뚱한 남자의 얼굴이 급작스럽게 어두워졌다. 그 표정을 보고 미짓은 쾌감을 느꼈다. 괴물의 뱃머리가 미짓의 머리 위에서 사자처럼 크게 입을 벌렸다.

미짓은 기다렸다. 1초, 2초, 3초. 그리고 바람이 불어오는 쪽으로 요트의 방향을 정확하게 바꾸었다.

괴물이 굉음을 내지르며 미러클 맨 바로 옆을 지나쳤다.

남자는 창밖으로 머리를 내밀고는 미짓을 향해 고함을 질렀다. 하지만 미짓은 이미 셉과 네드에게 시선을 돌린 후였다. 그깟 고함소리야 신경도 안 쓰였다.

모든 게 아주 수월했다. 미짓이 마음속 그림에서 봤던 대로 두 사람은 바람을 등진 채 두 나무 섬을 향해 질주하고 있었다. 죽음을 향해 질주하고 있었다.

그들 쪽으로 괴물이 다가섰다.

네드는 바람이 불어오는 쪽으로 뱃머리를 돌려 두 사람 뒤에서 달려오고 있는 괴물에게서 벗어났다. 셉 역시 괴물이 우현으로 지나가도록 방향을 조정했다.

*완전하게 그리고 완전하게 원하고 완전하게 믿어라.*

미짓은 그림을 들여다보았다. 그리고 곧 풍향이 바뀌는 것을 느꼈다.

*미러클 맨, 지금이에요.*

갑자기 파도가 스콜피언의 뱃머리를 덮쳤고, 그 바람에 스콜피언의 선체가 바람 부는 쪽으로 기울어졌다. 그러자 돛의 반대쪽에 바람이 가득 찼고, 선체가 내팽개쳐지듯 방향을 틀었다.

셉은 고개를 숙이고 요트 안으로 몸을 던졌지만 재빠르지 못했다. 하활이 머리 위로 떨어졌고, 셉은 키 손잡이를 놓쳤다. 셉이 좌현으로 벌렁 나자빠졌다. 요트는 통제력을 잃고 우측으로 돌았다.

괴물이 스콜피언의 중앙을 쳤고 마침내 셉이 선체 밖으로 떨어졌다.

미짓은 가만히 있지 못하고 요트 위에서 이리저리 몸을 뒤틀었다. 지금 두 눈에 보이는 것은 마음속 그림뿐이었다. 자신이 그동안 꿈꿔왔고 바랐으며 믿었던 그림.

프로펠러.

난도질.

죽음.

미러클 맨, 셉을 죽여요. 셉을 죽이라고요.

스콜피언의 돛대와 돛이 수면으로 떨어졌고, 잠시 후 선체의 잔해가 떠올랐다.

뒤집힌 채 둥둥 떠 있는 셉의 몸도.

뚱뚱한 남자가 엔진을 후진으로 가동시키자 선체에서 미친 개의 거품처럼 쉿 하고 물보라가 일었다. 마침내 괴물이 정지했다. 한 여자가 선실에서 급하게 뛰쳐 나오더니 구명띠를 셉이 있는 쪽으로 던졌다.

그러나 셉은 움직이지 않았다.

요트가 다가오는 소리가 들려 살펴보니 레이더가 사고 현장을 향해 질주하고 있었다.

"빨리! 어서 와서 도와!"

네드가 소리쳤다.

그러나 미짓은 바람이 불어오는 쪽으로 요트의 방향을 바꾸고서 뒤도 돌아보지 않고 먼 바다를 향해 나아갔다.

*이제 다 끝났어.*

미짓은 저녁 어스름이 깔릴 때쯤에야 집으로 돌아갈 채비를 마쳤다. 둑을 삼켰던 바닷물은 끊임없는 순환에 의해 다시 밀려나가고 있었다. 그러나 미짓은 조수의 변화를 거의 알아차리지 못했다.

지금껏 먼 바다에 나가 있었기 때문이다.

미짓은 한 번도 뒤돌아보지 않았다. 헬리콥터가 사고 현장으로 날아가는 소리를 들었을 때도. 미짓은 뚱뚱한 남자가 무전으로 도움을 요청하리란 걸 알고 있었다.

그리고 그게 아무 소용없는 짓이란 것도.

바다가 미짓을 이끌었고, 미짓은 기쁨을 즐길 혼자만의 공간을 찾아 그 손짓에 응했다. 먼 바다로, 더 먼 바다로.

하지만 진수대 근처를 지나는 그 순간, 미짓의 마음은 고통으로 찢어질 것만 같았다. 미짓은 의아스러워졌다.

*왜 이렇게 고통스러운 걸까. 도대체 왜.*

진수대 밑에서 선체를 향해 몸을 굽히는 순간 어떤 형상이 모습을 드러냈다. 미짓은 곁눈질로 그 형상을 흘끔거렸다. 희미한 어둠에 휩싸인 채로 그 형상은 잠시 동안 미동도 없이 서 있다가 갑자기 움직였다. 미짓은 안도의 한숨을 내쉬었다.

제니였다.

제니는 미짓 쪽으로 오지 않고 주변을 배회하다가 이내 사라졌다. 미짓은 제니가 화를 내고 있다고 생각했다. 자신이 셉을 돕지 않고 사라졌기 때문에. 네드가 그 일을 모든 사람에게 말했겠지. 미짓은 선체를 뭍으로 끌어올린 다음 진수대 위쪽으로 천천히 걸어갔다.

제니는 스콜피언을 보관해놓던 요트장 가장자리 판자에 앉아 있었다. 미짓은 망설였다. 미짓의 발소리를 듣고도 제니는 고개를 돌리지 않았다.

"셉이 점점 의식을 잃어가고 있어."

제니의 목소리엔 분노 대신 슬픔만이 가득했다.

"그 멍청한 남자의 배 위에서 숨을 거두지 않도록 응급조치는 잘 취했나 봐. 지금은 병원에 있어. 생명유지 장치에 목숨을 의존한 채로. 프로펠러 하나가 머리를 쳤대."

제니는 얼굴을 찌푸렸다.

미짓은 마음속 그림에서 봤던 장면을 떠올렸다. 생사가 불확실한 상태로 누워 있는 셉의 모습.

"점점 더 깊은 혼수상태로 빠져들고 있어. 의사들 말로는 의식이 되돌아올 가능성은 희박하대. 마치…… 마치 어떤 힘이 그걸 막고 있는 것만 같아. 셉을 강제로 죽음으로 몰아넣는 것 같아."

멀리서 쾅쾅거리는 천둥소리가 들렸다.

"생명유지 장치를 떼어낼지 말지 내일 오후에 결정해야 된대. 결정은 네 아버지께서 하시겠지."

미짓은 강어귀 위로 드리워진 하늘이 어두워지는 것을 물끄러미 쳐다보았다. 제니가 망설이는 듯한 목소리로 말했다.

"네가…… 뭔가를 했지. 그냥 알 수 있어. 너한테 무엇인가가 있다는 걸. 미러클 맨을 갖게 된 후로 네게 어떤 힘이 생긴 것 같아."

미짓은 제니가 무엇을 알고 있는지, 어떤 생각을 하는지, 무엇을 원하는지 의아해하며 제니의 두 눈을 날카롭게 쳐다보았다.

제니가 처음으로 미짓의 눈을 마주보았다.

"셉이 너를 난쟁이라고 불렀을 때 말이야. 그건 단순한 장난이 아니었지? 그리고 네 요트의 칼자국, 그것도 셉이……?"

미짓은 고개를 끄덕였다.

제니의 볼 위로 굵은 눈물방울이 흘러내렸다. 제니는 화가 난다는 듯 눈물을 쓱 닦았다.

"셉이 너한테 끔찍한 짓을 했다는 걸 알아. 어쩌면 수도 없이 많이 했겠지. 몇 주 전부터 그런 예감이 들기 시작했어."

제니가 코를 훌쩍이며 눈물을 다시 닦아냈다.

"셉은 모든 사람들에게 자신이 너를 얼마나 생각하고 있는지, 얼마나 도와주고 싶어 하는지 입버릇처럼 말했어. 우리 모두 그 말을 믿었지. 그런데 셉이 너를 난쟁이라고 부르던 순간……."

제니가 코를 훌쩍였다.

"나는 보고 말았어. 셉이 네게 다가갈 때 네 얼굴에 떠오른 두려움을."

제니는 판자를 다시 응시했다. 미짓은 제니의 어깨에 손을 얹으려고 팔을 반쯤 뻗었다가 다시 거두어들였다.

"너희 어머니가 너를 낳다가 돌아가셨기 때문이니? 그래서 셉이 널 그렇게 미워하는 거니?"

미짓이 고개를 끄덕였다.

제니가 잠시 침묵하다가 다시 말을 이었다.

"있잖아, 셉이 네게 무슨 짓을 했든지 간에 지금 셉은 그 벌을 받고 있어. 의사들이 말해줬어. 셉의 뇌가 손상돼서 설령 살

아닌다 해도 이전과 똑같을 수는 없을 거라고."

제니가 눈을 가늘게 뜬 채 미짓을 마주보았다.

"셉은 살아날 수 없는 거지? 네가 도와주지 않으면."

미짓은 난간에 기대어 출렁거리는 수면을 응시했다.

제니는 알고 있었다. 제니가 알고 있다는 사실을 알고도 미짓은 놀라지 않았다. 제니는 이미 많은 것을 파악했을 것이다. 제니는 항상 그 누구보다도 미짓을 더 잘 이해했다.

미짓은 미러클 맨의 돛이 바람에 펄럭거리는 소리를 들었다. 폭풍은 곧 지나갈 것이다. 한바탕 비가 쏟아지고 나면 모든 것은 달라지리라.

제니가 미짓의 팔을 붙잡았다.

"미러클 맨을 다른 곳에 치워놓는 게 좋겠어. 아버지는 집에 계실 거야. 그리고 아마도 네 도움이 필요하실 거야."

제니는 몸을 돌려 걸어가다가 갑자기 미짓을 향해 다시 몸을 돌렸다.

"셉을 죽게 놔두지 마. 셉이 끔찍한 짓을 했다는 건 알아. 하지만, 하지만 말이야, 지금 셉은 그 죗값을 충분히 치르고 있어. 그러니 셉을 용서해줘. 네 안에 도사리고 있는 미움을, 셉을 싫어하는 마음을 버릴 수 있잖아. 내가 예전에 해줬던 말, 기억나지?"

미짓은 신더길을 걸어 내려가는 제니를 지켜보았다. 그 모습이 시야에서 사라진 후에도 혹시 제니가 다시 자신에게로 돌아오지 않을까 기대하며 그쪽을 계속 바라봤다. 하지만 미짓은 결코 제니가 다시 돌아오지 않을 거라는 걸 알았다.

*셉을 용서해. 싫어하는 마음을 버려.*

병원 침대에 누워 있는 셉의 형상이 다시금 떠올랐다. 미짓이 그 그림을 마음에 그리고 바라고 믿었을 때처럼 선명하게. 미짓의 의지가 작용할수록, 그래서 그 그림에서 생명이 빠져나갈수록 그림을 뒤덮고 있는 검은색은 더욱 짙어졌다.

*하지만 미러클 맨, 난 형을 증오해요, 말할 수 없이. 형은 내게 너무 많은 잘못을 저질렀어요. 그래서 도저히 용서가 안 돼요.*

멀리서 다시 한번 천둥소리가 울렸다.


한밤중이 훨씬 더 지난 시간이었다. 미짓은 자신의 방 밖에서 서성거리는 발소리를 들었다. 그동안 밤중에 찾아오는 발소리를 얼마나 두려워했던가. 하지만 이제 그런 일은 없으리라. 문이 살짝 열리더니 아버지의 모습이 어슴푸레 비쳤다.

"여기 있었구나. 난 네가 아예 안 돌아오는 줄 알았다."

아버지가 침대 위에 걸터앉았다. 하지만 그 얼굴은 어둠에 가려 보이지 않았다.

"곧 병원에 돌아가봐야 한다. 셉이 언제 세상을 뜰지 모르니까. 하지만 일단 너를 봐야 한다고 생각했어."

또 한 번 천둥소리가 울렸다. 이번에는 더 길게, 더 크게, 더 깊게.

"부두에 버려졌었다는 거 안다. 그 밖에 여러 가지 일에 대해서도. 네드의 아버지가 병원으로 찾아오셨어. 요 며칠 네드의 행동이 이상했다고 하시더구나. 그리고 결국 오늘 저녁에 네드가 울면서 모든 걸 털어놓았다고 하셨어."

미짓은 자신의 기분이 어떤지 잘 알 수 없었다.

"네드는 경찰에 연행됐어. 담당 경찰이 병원에 있는 나한테 전화를 걸었고. 경찰이 우리 두 사람과 얘기하고 싶어 해. 셉하고도 말이야. 물론 셉이……."

아버지가 크게 숨을 내쉬었다.

"그리고 네가 바다로 나간 후에 패터슨 선생님에게서 편지 하나를 받았다."

창밖에서 번개가 번쩍였다. 서늘한 빛 한줄기가 방 안을 잠깐 동안 비추다가 다시 어둠 속으로 사라졌다. 방 안은 다시금 어둠에 휩싸였다.

"특별한 실험을 제안하셨어. 네게서 어떤 정신적 힘을 발견했다고 하시더구나. 너도 그것에 대해 선생님께 말하려 했다던데."

아버지가 잠시 말을 멈추었다.

"그런데 그게 다가 아니야."

신음하는 듯한 바람소리가 들리더니 곧바로 거센 빗줄기가 후드득거리며 창문에 떨어졌다.

"엄마 이야기를 꺼내자 네가 몹시 괴로워했다고 하시더구나. 네가 과거의 일로 죄책감을 느끼는 것 같다고."

아버지가 미짓 가까이로 몸을 숙였다.

"잘 들어라, 얘야. 이제부터 아빠가 하는 말 잘 들어. 그건 결코 네 잘못이 아니었어. 네 엄마는 말이다…… 자기 대신 네가 살기를 원했던 거야, 알겠니. 만약 지금 네 엄마가 살아 있다면, 내가 사랑하는 만큼 널 사랑했을 거다. 네 엄마는 숨이 끊기는 그 순간까지 널 사랑했고, 지금 이 순간도 널 사랑하고 있단다."

미짓은 천장을 응시했다.

*지금 이 순간 저 어둠 속 어딘가에서 엄마가 날 내려다보고 있을까.*

미짓은 예전에 가끔 그런 느낌을 받았다는 걸 기억해냈다.

다시 불빛이 번쩍였다. 미짓이 몸을 움찔거리자 아버지가 미짓의 팔을 어루만졌다.

"패터슨 박사님이 또 다른 얘기를 해주셨다. 셉을 언급할 때마다 네 얼굴에 두려움이 서렸다고 하시더구나."

아버지는 고개를 숙이더니 낮은 목소리로 말을 이었다.

"있잖니, 얘야. 네가 세상에 나왔을 때 셉은 아직 어렸단다. 엄마에 대한 애착이 아주 강했지. 조용한 데다 겁 많은 아이였어. 네 엄마가 세상을 떠났을 때 난 그 애를 많이 걱정했단다. 마음의 문을 완전히 닫아버릴까 봐. 그런데 오히려 점점 적극적인 성격으로 변하더구나. 학교에선 친구들을 많이 사귀었고, 공부며 스포츠며 모든 것을 잘 해내더구나. 태도에 자신감이 넘쳐흘렀어. 그게 병이 깊다는 증거라고는 전혀 생각지 못했다. 얘야, 난 전혀 몰랐다. 한 번도 의심한 적 없었어. 그 녀석이…… 그 녀석이……."

아버지가 갑자기 창문을 바라보며 침묵했다. 그런 후에 다시 미짓에게로 시선을 돌렸다.

"셉이 죽는다고 생각하면 견딜 수가 없구나. 셉이 벌을 받아야 한다는 건 안다. 하지만 지금은 셉이 살아날 수만 있다면 아빠는 그 어떤 것이라도 내어줄 수 있을 것 같구나."

미짓은 형 위에 드리워진 어둠을 다시 떠올렸다. 그리고 이제는 자기 자신에게도 그 어둠이 드리워져 있다는 사실을 깨달았다.

그것이 자신의 마음속에서 나온 것이라는 것도.

"형을 용서해줄 수 있겠니……. 그 애가 한 짓을 알지만…… 그래도 용서할 수 있겠니."

*형을 용서하렴.* 사람들은 내게 계속 요구한다. *처음엔 제니*

가 이번엔 아버지가. 하지만 두 사람은 형이 내게 얼마나 많은 고통을 주었는지 알지 못한다.

"기적이 일어나길 계속 기도한단다. 하지만 내 기도 실력은 형편없는 것 같구나. 기적을 만들 사람은 너뿐인 것 같아."

미짓은 요트를 만들던, 그 괴짜 같은 노인의 말을 떠올렸다. 그 노인을 제대로 알지 못했지만 그를 아주 많이 좋아했었다.

*기적을 만들어내는 데 아주 뛰어난 사람들이 있지. 그들은 원한다면 곧바로 기적을 일으킬 수 있어.*

천둥소리가 한층 더 가깝게 들렸다.

"아니다, 애야. 사실 우리 인간은 애초에 기적을 일으킬 수 없는 존재인지도 몰라. 이 모든 게 운명인지도 모르지."

아버지가 미짓의 생각을 읽기라도 한 것처럼 말했다.

*좋은 기적이 있고 나쁜 기적이 있는 거야. 그러니까 반드시 선장이 기뻐할 만한 일을 원해야 해.*

아버지가 천천히 일어났다.

"가봐야겠구나. 아침에 마지 아주머니와 벤 아저씨 집에 다녀오렴. 무슨 일이 생기면 두 분에게 연락해 둘게. 두 분 모두 병원으로 곧 오실 것 같다마는……. 제니가 초조해하는 것 같더구나."

제니.

*제니는 내 안에 있는 싫어하는 마음을 버리라고 한다.*

275

*하지만 내 마음속은 온통 미움뿐인 걸. 그저 형이 죽기만을 원하는 걸.*

아버지가 미짓의 머리에 입을 맞추었다.

"좀 자두렴. 많이 힘들었을 텐데."

다시 한번 번개가 번쩍이며 아버지의 얼굴을 비추었다. 아버지가 몸을 숙이며 말했다.

"폭풍은 지나가게 마련이란다. 꼭 그렇게 될 거야. 아빠가 약속하마, 정말로."

미짓은 창밖이 아닌 자신의 머릿속에서 천둥이 치는 것만 같았다. 하지만 적어도 지금 자신이 무엇을 해야 하는지는 또렷하게 알 수 있었다.

아버지가 다시 천천히 입을 열었다.

"나를 용서해다오."

미짓은 아버지를 올려다보며 그 어느 때보다 더 환한 미소를 지었다. 아버지 쪽에서는 그 미소가 보이지 않을 거라는 걸 잘 알고 있었지만. 그러고는 이렇게 속삭였다.

"아…… 안, 녀…… 녕. 아…… 빠."

오후 늦게 의사의 호출이 있었다.

"아주 이례적인 경우입니다. 혼수상태에서 깨어나리라고는 전혀 예상치 못했습니다. 그런데…….".

의사가 사람들을 둘러보며 다음 말을 이었다.

"기적이 존재하나 봅니다."

"셉은 언제 볼 수 있습니까?"

아버지였다.

"얼굴은 어떻게 손 쓸 방법이 있나요?"

마지가 물었다.

"뇌 손상이 큰가요?"

벤이 물었다.

제니는 창밖으로 보이는 강어귀만 응시할 뿐 아무 말도 하지 않았다.

의사는 한동안 사람들이 말을 마치길 기다렸다가 천천히 입을 열었다.

"뇌 손상은 있을 수 있습니다. 뭐라 말씀드리기는 아직 이르고요. 얼굴은······."

의사가 머리를 흔들었다.

"성형 기술이 워낙 발달했다고는 하지만 이 경우는······."

"평생 저렇게 살아야 하나요?"

마지가 물었다.

"아마 그래야 할 것 같습니다."

아버지가 앞으로 걸어 나갔다.

"셉을 좀 봐야겠습니다."

의사가 아버지를 말렸다.

"잠시 후에요. 아, 그리고 셉이 일종의 언어장애 증상을 보인다는 걸 미리 말씀드려야겠습니다. 일부 단어밖에 말하질 못해요. 그것도 아주 힘들게. 그리고 한 가지 더."

의사는 양미간에 힘을 주며 말을 잠시 중단했다.

"상당히 괴로워하고 있어요. 계속 무언가를 말하려 하고요. 무슨 말인지 알아들을 순 없지만, 간호사 말로는 누군가에게 계속 용서를 비는 것 같다고 하더군요."

그 말에 제니가 재빨리 고개를 돌렸다.

"누구한테 용서를 비는 거죠?"

의사가 고개를 흔들었다.

"글쎄, 그걸 파악하기가 힘들더군요. 조셉……이라고 하는 것 같던데…… 그래요, 계속 조셉을 찾는 것 같았어요. 혹시 무슨 뜻인지 아나요?"

아버지가 조용히 앞을 응시했다.

"네. 누군지 알고 있습니다. 우리 모두 조셉을 잘 알고 있죠. 지금 그 애가 어디 있는지 알고 있는 사람 있나요?"

제니가 다시 창가로 몸을 돌리며 중얼거렸다.

"저요, 제가 알아요."


미짓은 사우스뱅크 근처로 흘러가는 바닷물을 물끄러미 바라보았다.

*선장, 우리 다시 만났군요. 당신과 나와 미러클 맨 모두 함께 말이에요. 가장 큰 기적을 위해.*

거센 폭풍은 지나갔다. 지금은 추적추적 비만 내렸다.

*하지만 선장, 비는 내 친구인 걸요. 나 혼자 당신을 차지하고 싶을 때 사람들을 멀리 쫓아 보내주잖아요.*

진흙 바닥에 물이 차올랐다. 미러클 맨이 점점 위로 솟는가 싶더니 찰랑거리는 수면 위로 둥둥 떠올랐다.

선장, 나는 형을 용서할 수 없어요. 형을 위험에 빠뜨린 그 그림보다 더 강력한 그림을 찾을 수가 없어요. 지금 내 머릿속 엔 그 어두운 그림만 가득할 뿐이에요. 선장, 처음부터 미러클 맨이 아니라 당신에게 말했어야 해요.

미짓은 뭔가를 찾듯이 다시 주위를 둘러보았다.

그리고 마침내 그것을 발견했다.

바다와 인접한 둑 끝에 서서 자신을 응시하는 셉의 형상을.

미짓은 차고에서 가져온 망치를 꺼내 위로 높이 들어 올렸다가 선체를 향해 온 힘을 다해 내리쳤다.

상갑판이 우두둑 소리를 내며 쪼개졌다. 미짓은 망치를 들어 계속 내리쳤다.

선체의 바닥 널에 물이 스며들었다.

미짓은 얼굴에 흘러내리는 눈물을 손으로 닦으면서 돛대와 하활을 뜯어내 바다로 내던졌다. 선미판 안쪽에 달린 판을 발로 찼고 부력 주머니에 구멍을 냈다. 그런 다음 어깨를 뱃머리 아래에 괴고서 힘을 주어 밀어냈다.

처음에는 아무 변화가 없는 듯했다. 하지만 서서히 바닷물이 밀려들면서 미짓의 어깨 위에서 무거운 짐을 가져가기 시작했다. 미짓은 뒤로 물러서서 숨을 크게 내쉬며 미러클 맨의 잔재들이 물 위에서 흔들흔들 천천히 멀어지는 것을 지켜보았다.

이제 미짓은 그 형상이 있는 쪽으로 몸을 돌렸다.

그것은 바다에 떠 있는 조각상처럼 똑같은 자리에 서 있었다. 미짓은 그것을 향해 걸어가다가 마지막 남은 진흙땅 위에 멈춰 섰다.

*이번엔 달아나지 않는군요. 이번엔 내가 당신을 이겼어요. 그래요, 셉은 살 거예요.*

잠시 후 미짓은 그 형상이 변했음을 알아차렸다.

그것은 이제 셉의 얼굴이 아니었다.

바로 자신의 얼굴이었다.

물이 미짓의 발을 부드럽게 휘감았다.

미짓은 평화로운 강어귀의 풍경과 그것의 아름다움과 얼굴 위로 떨어지는 비의 따스함을 음미하며 잠시 동안 가만히 서 있었다.

그리고 살아 있는 동안 그렇게 두려워했던 그 순간이 왜 더 이상 두렵지 않은지 마침내 깨달았다. 지금 자신이 무엇을 버렸고, 무엇을 얻었는지를.

*선장, 이제 당신이 그들을 돌봐줘요.*

미짓은 미소를 지으며 얕은 물속으로 한 발짝 내딛었다. 그리고 다시 한 발짝, 또다시 한 발짝.

미짓은 자신과 닮은 그 형상과 함께 더 깊은 비디를 향해 조금씩 걸어 들어갔다.

그들 위로 눈물 같은 빗방울이 따뜻하게 번지고 있었다.

가끔 이런 질문을 받곤 합니다.

미짓의 마지막 선택이 의미하는 바가 무엇인지에 대해서요. 그때마다 저는 자기희생이자 용서이자 사랑의 또 다른 모습이라고 대답합니다. 그 말에 어떤 독자는 이런 질문을 던지기도 합니다. 그러한 가치들이 꼭 한 생명의 죽음으로써 얻어질 수 있는 것이냐고. 물론 아닙니다. 하지만 이 작품 안에서 미짓은 그렇게 큰 희생을 감수해야만 형을 살릴 수 있었습니다. 자신이 살아 있는 한 셉은 언제라도 죽을 수 있다는 걸 알았기 때문이죠. 셉에게 복수하고 싶어 하는 자신의 무의식적인 욕망을 스스로는 도저히 통제할 수 없다는 걸 깨달았죠. 그리고 만약 셉이 죽는다면 자신이 사랑하는 주변 사람들의 삶

또한 무너질 거라는 걸 알았습니다. 그래서 자신의 목숨과 셉의 목숨을 맞바꾼 것입니다.

그러나 여기서 중요한 건 미짓의 죽음이 절망이 아니라는 사실입니다. 미짓은 사실상 단 한 번도 스스로를 통제해본 적이 없었습니다. 처음엔 자신의 장애와 형에 의해 억압당했고, 힘을 가진 후로는 그 힘에 압도당했죠. 마지막 그 순간이야말로 미짓이 살면서 스스로 선택하고 온전히 통제할 수 있었던 단 한 순간이었습니다. 미짓이 그토록 바랐던 진짜 기적의 순간이었지요. 미짓이 미소를 지으며 바다로 들어가는 것은 그러한 복잡다단한 감정의 발현이라고 볼 수 있습니다.

마지막으로 이 소설이 여러분의 가슴에 조그마한 울림이라도 남겼기를 진심으로 바랍니다.

팀 보울러

# 기적은 우리 마음속에서부터 시작된다

팀 보울러는 이 작품을 스물다섯 살 때부터 쓰기 시작했다고 한다. 그리고 정확히 10년 후, 비로소 마지막 글자에 마침표를 찍었다고 한다. 짧지 않은 기간이었지만, 작가는 그 과정을 고뇌보다는 환희로, 두려움보다는 가슴 벅찬 시간으로 추억한다. 어깨에 힘을 뺀 상태에서 펜을 들었고 그렇기 때문에 마음 가는 대로 즐겁게 놀릴 수 있었다는 말처럼, 이 작품은 실로 그에게 하나의 축복이자 기적이었을 것이다. 『미짓』, 팀 보울러의 첫 소설이자 작가로서 이름을 알리게 해준 데뷔작!

서정성 짙은 풍경 묘사와 환상적인 미스터리는 여전했다. 첫 소설이니만큼 팀 보울러 특유의 감수성이 부족하지 않을까 우려했지만 그건 기우였다. 오히려 후작들보다 더 강렬하고 순수한 감성이 생생하게 배어나오는 듯했다. 눈으로 볼 수 없는 힘에 대한 묘사도, 중얼거리는 듯한 주인공 소년의 독백도 모두 투박하지만 아름다웠다. 바닷가를 묘사하는 장면에서는 금방이라도 푸른 물감이 뚝뚝 흘러내릴 것만 같았고, 요트경기 장면에서는 거센 바닷바람이 귓가를 휘감는 듯했다. 이 작품 속엔 아직 다듬어지지 않은 팀 보울러가 살아 숨 쉬고 있었다. 그것은 낯설지만 분명 기분 좋은 만남이었다.

이 책의 주인공은 열다섯 살 난쟁이 소년 '미짓'이다. 작품의 제목이자 소년의 별명이기도 한 그 단어는 말 그대로 '꼬마, 난쟁이'를 의미한다. 그것은 주인공을 드러내는 하나의 외형적 상징이자 그가 감내해야 하는 고통을 가리키는 내면적 상징이기도 하다.

그래서 이 소설은 마냥 밝지 않다. 선천적 열등감에서 벗어날 수 없는 주인공, 현실 도피에 대한 욕망, 사춘기 형제 사이에서 피어오르는 미묘한 대립과 갈등, 증오 그리고 정체를 알 수 없는 기이한 노인과의 만남 등 시종일관 모호하고 먹먹한 분위기가 작품을 주도한다. 하지만 결국 이 작품이 말하려고 하는 것은 '어둠' 그 자체가 아니라 청명한 '새벽'이다. 짙은 밤바다 저 멀리 어슴푸레하게 번져오는 여명의 느낌, 바로 그것이다. 어두운 밤을 통과하지 않고서는 누구도 새벽에 도달할 수 없다고 했던가. 고통의 과정을 이겨내고 성찰의 과정을 거치지 않으면 그 누구도 인생의 진리를 깨달을 수 없을 것이다. 팀 보울러는 독자들에게 그 이치를 알려주기 위해 극단적 상황에 내몰린 난쟁이 소년을 내세웠다.

자신의 꿈에 매달려 하루하루 버티던 소년은, 결국 알 수 없는 힘의 도움을 받아 꿈을 이루어낸다. 하지만 그는 곧 그것이 진짜 기적이 아님을 알게 된다. 오히려 기적을 일으키는 진짜 힘은 자신의 마음속에 있으며, 자신과 상황을 똑바로 직시하고 선택할 때 그것을 이룰 수 있음을 깨닫게 된다. 소년은 힘을 남용해 자기 것으로 만들었던 것들을 모두 내려놓고 진짜 기적을 일으키기 위해 마지막으로 자신을 희생한다. 그러면서 스스로에 대한 힘과 사랑과 용서의 의미를 되찾게 된다. 현실 세계에선 결코 이룰 수 없었던 성장을 마음속에서 이룩한 것이다.

몇 번씩 곱씹어보고 싶은 말들도 많았다. '완전하게 원하고, 완전하게 믿고, 완전하게 그리면 원하는 걸 이룰 수 있다'는 조셉 노인의 말도, '자신이 좋아하는 것에 집중하는 건 쉽지. 하지만 살다 보면 자신이 싫어하는 것에도 집중할 필요가 있어. 네 안에 있는 싫어하는 마음을 버려야 해. 한때 싫어했던 것을 좋아하게 될 때까지. 그 싫었던 부분이 무엇이든지 간에'라고 했던 제니의 말도 모두 가슴에 남는다.

특히 제니의 말속엔 팀 보울러가 독자들에게 전하고 싶었던